诺贝尔文学奖得主
莫言剧作集

姑奶奶披红绸

Grandaunt

with

Red Silk

莫言

浙江文艺出版社

姑奶奶披红绸

真言

莫言 2012 年诺贝尔文学奖获奖证书

诺贝尔奖晚宴致辞（原稿）

尊敬的国王陛下、王后陛下，女士们，先生们：

我，一个来自遥远的中国山东高密东北乡的农民的儿子，站在这个举世瞩目的殿堂上，领取了诺贝尔文学奖，这很像一个童话，但却是不容置疑的现实。

获奖后一个多月的经历，使我认识到了诺贝尔文学奖巨大的影响和不可撼动的尊严。我一直在冷眼旁观着这段时间里发生的一切，这是千载难逢的认识人世的机会，更是一个认清自我的机会。

我深知世界上有许多作家有资格甚至比我更有资格获得这个奖项；我相信，只要他们坚持写下去，只要他们相信文学是人的光荣也是上帝赋予人的权利，那么，"他必将华冠加在你头上，把荣冕交给你。"（《圣经·箴言·第四章》）

我深知，文学对世界上的政治纷争、经济危机影响甚微，但文学对人的影响却是源远流长。有文学时也许我们认识不到它的重要，但如果没有文学，人的生活便会粗鄙野蛮。因此，我为自己的职业感到光荣也感到沉重。

借此机会，我要向坚定地坚持自己信念的瑞典学院院士们表示崇高的敬意，我相信，除了文学，没有任何能够打动你们的理由。

莫言2012年诺贝尔奖晚宴致辞（原稿片段）

此篇根据断手改，今日重读，犹惨然。幼童撒娇人皆喜，英雄卖功狗也嫌。弱女立志图自强，男儿有泪真轻弹。浪漫原本外来语，土足即是活神仙。打油诗述剧本英雄浪漫曲故事

丁亥初秋 莫言

作者题诗

题《英雄浪漫曲》

此篇根据《断手》改，今日重读犹惨然。

幼童撒娇人皆喜，英雄卖功狗也嫌。

弱女立志图自强，男儿有泪莫轻弹。

浪漫原本外来语，知足即是活神仙。

打油诗述剧本《英雄浪漫曲》故事

丁酉初秋　莫言

一丈红绸披上身，满城争看斩美人。啸聚山林称霸主，刺绣闺阁是千金。乱世多有稀奇了，虎皮难掩女儿心。荡飞雪梅花，谁见此无人不惊魂。

打油诗述刘本娟姥娥披红绸让主匕日

丁酉初烁 莫言

作者题诗

题《姑奶奶披红绸》

一丈红绸披在身,满城争看斩美人。
啸聚山林称霸主,刺绣闺阁夸千金。
乱世多有稀奇事,虎皮难掩女儿心。
漫天飞雪梅花落,见此无人不惊魂。

打油诗述剧本《姑奶奶披红绸》主旨

丁酉初秋 莫言

目录

1 英雄浪漫曲

63 英雄·美人·骏马

129 姑奶奶披红绸

199 大水

243 哥哥们的青春往事

英雄浪漫曲

1. 一条缓慢流淌的河

一片生长着郁郁葱葱桑林的河滩地。

一条既是河堤又是道路的河堤路。路两侧植着刺槐树,槐花怒放,一片雪白。

一队脖子上系着红领巾的少先队员从石桥上走过。走在队伍前头的是一个持着少先队队旗的男孩子,他黑黑瘦瘦,头上蓬着坚硬的乱发。他就是少年时代的苏社。队旗后,两个孩子抬着一个编扎粗糙的大花圈。花圈后是少先队的乐队,大铜鼓、小铜鼓、金色小号、金色大钹合奏出生气勃勃的音乐。

少先队员们整齐地列队在河滩桑林中一座大墓前。墓上杂草丛生,墓前一块青石碑,碑上镌刻着隶体大字:抗德英雄苏金榜之墓。

鼓乐声中,少先队员把花圈献到墓前。

少先队辅导员站在墓前向学生们演讲:1887年,德国帝国主义为了加强对中国的经济侵略,开始修筑胶济铁路。他们毁坏庄稼,强拉民夫,激起人民群众极大愤怒,平安村农民苏金榜串连群众,与德国侵略者展开了英勇斗争,苏金榜就是苏社同学的老爷爷……

脖子上系着红领巾的苏社化为老爷爷骄傲的脸。

脖子上系着红领巾的小媞(她是一个胖乎乎的小姑娘)和留嫚(她是一个有残疾的孩子,左胳膊短小,无活动能力。她眼睛又黑又大,闪烁着忧郁的、坚韧的、争强好胜的光芒)与少先队员们一起注视着苏社,目光里流露出崇敬的意思。

2. 墓碑前

桑叶青青。布谷声声。阳光灿烂。脖子上系着红领巾的苏社、小媞、留嫚等几个男女孩子趴在墓碑前的沙地上,围成一个圆圈。孩子们都用双手捧着下巴。留嫚因为左胳膊发育不全,只能用一只手托着下巴。割草用的筐子和镰刀散乱地拥挤在他们身后的沙地上。

男孩甲:"长大了,我要当县委书记!"

男孩乙:"我要当省委书记,专门管你!"

男孩丙:"我当中央书记,全管着你们!"

苏社:"行啦,你们别吹牛啦!"

男孩丙:"苏社,你长大了干什么?"

苏社:"我当我的老爷爷!"

孩子们沉默。孩子们的幻觉:画面变色,出现抗德英雄苏金榜手持大刀的形象。

画外响起源远流长的音乐声。

小媞:"长大了,我要当一个电影演员。"

留嫚:"长大了,我要当一个田径运动员。"

男孩子们一齐笑起来。

男孩甲:"瘸胳膊还想当田径运动员,真会做梦!"

留嫚痛苦地低下了头。

3. 满银幕雪白的槐花,布谷声声

画外继续着源远流长的音乐。

银幕上显出片名、演职员表。

4. 土路

沿着槐树夹道的土路,迎面开来一辆解放牌运输车,司机是一个潇洒的姑娘,她头发剪得短短的,脖子上围着一条红色绸巾。

苏社坐在姑娘身旁,他穿着摘去帽徽领章的军装,右臂失去,衣袖空荡荡地下垂着。他的前胸上佩戴着一枚金光闪闪的军功章。

车厢里是一群被网罩住的绵羊。

苏社周期性地用舌头舔嘴唇。

女司机偷眼看他。

他用左手摸出一支烟,插烟入嘴;用左手掏出火柴;用膝盖夹住火柴盒,抽火柴划火。车晃,火灭,他舔嘴唇。

女司机减缓车速。

苏社点烟成功。

女司机按喇叭。

前方路上出现两个骑自行车的女人。她们弯着腰拼命踏车,好像在比赛。

司机按着喇叭超越自行车。

小媞和留嫚弯腰踏车的背影。留嫚用右手扶车把,发育不全的左胳膊像条干丝瓜悬在膀子上的特写镜头。

苏社张嘴欲喊叫,卡车一闪而过。苏社从车窗里探出头后望。

车上羊声咩咩。

5. 河上小石桥

河水清清,平滑如镜。

苏社蹲在桥头下河边的踏脚石上,对着倒映在河水中的面孔发呆,他的背包放在桥头上。

他撩着清水笨拙地洗脸。

他陷入沉思中。

6. 小石桥

新兵苏社站在小桥上,向送行的乡亲们道别。

丰满漂亮的小媞把一朵纸扎的红花别在苏社胸前。

一阵风起,苏社胸前的红花被刮到桥下。

前来送行的留嫚跑下桥头,踩着嘎嘎吱吱乱响的初春的酥冰去捡红花。

薄冰破裂,留嫚惊叫欢笑。冰水淹到她的膝盖。她轻捷地跑上桥,裤腿上水淋漓,她脸上笑嘻嘻。她把红花结结实实地系在苏社的扣子上。

小媞脸上流露出不愉快的神情。

留嫚在石桥上跳跃着。她虽然臂有残疾,但身体健康,充满活力。

(画面渐隐)

7. 小石桥

苏社从水边站起来,用衣袖揩着脸。

小媞和留嫚骑着自行车从对面冲上桥来,小媞在前,留嫚在后。两人都汗流浃背。

在桥头上,小媞和留嫚跳下车来。

三人对面而视,良久。

留嫚欢叫着:"老同学,到底成了英雄啦!"

苏社冷冷地说:"你好!"

小媞:"你回来啦……"

苏社冷冷地说:"你好!"

留嫚:"嗵,摆起英雄架子来了!'你好!你好',就会说这么一句话?"

苏社苦笑着。

小媞:"听说你受了伤……"

留嫚:"老同学,立了大功了吧?"

留嫚上前托起苏社胸前的军功章,仔细地观看着,感动地说:"真漂亮……"

小媞跑下桥头,蹲在苏社刚才蹲过的石头上,掬起一捧水,捂住了脸。

留嫚:"等等我们,一块儿走。"

留嫚下桥洗脸。她和小媞并排蹲着,用单臂灵巧地掬水。

8. 村庄里街道

小媞、留嫚推车缓行,苏社跟在后边。苏社的背包放在留嫚车上。

苏社:"你们两个干什么去了?窜得那样急?"

留嫚:"练车。"

苏社:"练车?"

留嫚:"参加自行车比赛,乡里组织的,你参加不?五月份一场比赛,男人的;六月份一场比赛,女人的。"

苏社摇头。

留嫚:"你摇什么头?我一定要争第一名,挣块奖牌,比你这块还大。"

9. 小媞家院子

羊叫声中,出现小媞家的院子,从院里的陈设上可以看出这是一个勤俭之家。

院里来来往往走着人。

小媞的爹与一中年汉子在捆绑一只羊。

10. 小媞家内室

苏社站在炕前高谈阔论:"那次打穿插,跑了两天两夜,干粮袋、水壶全丢光了,到了山头上,一个个都瘫了,连长副连长指导员副指导员每人摸出一盒烟,全连围上来抢烟,会抽的抽,不会抽的也抽,山坡上烟气腾腾,像烧窑一样。紧接着敌人就上来了,黑压压一大片,我端起一挺轻机枪,来回扫射着,敌人像麦个子一样,横七竖八,倒了一山坡。"

听众脸上都显出惊愕、崇敬的表情。

小媞娘端着茶具往屋里挤着:"闪闪呀,闪闪!"

小媞从炕沿上蹭下来,高举着手把茶具接住。

小媞娘:"小心着点!"

一个高大汉子猛一回头,把茶壶碰翻,热茶烫得众人很自然地叫唤起来。

小媞娘:"小老祖宗!什么时候你才能不毛手毛脚呢!"

小媞佯装生气,拉着脸说:"怨我吗?"

苏社:"没事没事,我不喝水!那次我们被包围在一个山头上,三天三夜没喝一滴水。嘴唇都裂开了,连长说,'同志们,喝尿吧!'大伙捧着尿壶,推来推去,谁也舍不得喝。连长生气了,说,'喝!我命令你们,喝!'我接过尿壶,喝了一口,哎哟哟,比青岛啤酒滋味都好!"

众人龇牙咧嘴。

小媞脸上略带羞涩的神情。

11. 小媲家院子

一轮圆月在云团中穿行。

月光笼罩着小媲家的院子。院子当中摆一张方桌,一盏昏黄的马灯挂在梨树上,梨花盛开,方桌上菜肴丰盛,正中一个高起的托盘里,放着一只煮熟的羊头。

男人们围桌而坐。

村支书,一个中年庄稼汉子,端着酒碗站起来,说:"乡亲们,来,为了咱平安村出了一个新英雄。喝一碗!"

众人站起,神色肃穆,端着酒碗,与苏社碗沿相碰后,都一饮而尽。

一位老年农民:"苏社,好样的,跟你老爷爷一样的英雄好汉!"

众人豪饮。

月亮在云海里挣扎。

树上虫鸣唧唧。

旷野里传来火车驰过的响声。

12. 在另一个农家小院里

一张方桌上有酒有菜,方桌周围坐着十几个男人,残缺的月亮照着他们的脸。

村支书端着一碗酒,站起来:"乡亲们,为咱们这个小小的平安村出了一个英雄,喝一碗。"

众人立起与苏社碰碗喝酒。

13. 街景　中午

阳光强烈,苏社喝得半醉,晃晃荡荡在街上走。

留嫚穿着短裤,骑着自行车迎面冲来。车铃爆豆般响。苏社左躲右闪,留嫚亦左躲右闪,终于相撞。留嫚灵巧地跳下来,自行车与苏社一同摔倒。

留嫚拉起车子,笑嘻嘻地看着坐在地上的苏社。

苏社乜着醉眼:"你为什么往我身上骑……我的身体是路吗?"

留嫚:"你为什么往我车子上撞,我的车子是,是墙吗?"

苏社:"你说我撞墙?"

留嫚:"起来吧,大英雄。"

苏社爬起来,掸打着军装上的土。

留嫚:"你不热?"

苏社:"不热。"

留嫚:"不热为什么流汗?"

苏社:"出冷汗。"

留嫚掩口笑。

两人一起往前走。

留嫚:"什么时候到你这个穷姐姐家去坐坐,大家都请英雄吃饭,我也该请。"

苏社:"不行不行,忙不过来!今晚去王才大叔家,明日晌午去元礼爷家,明晚去……"

留嫚:"总有你闲的时候吧,等别人都请完了,我再请你。"

苏社:"到时再说吧。"

一青年农民骑着一辆载重自行车,车上载一包沙土,迎面骑来。青年汗水淋漓,气喘吁吁,与苏社留嫚马马虎虎地打个招呼就过去了。

留嫚:"五月十号,乡里举办男子载重自行车比赛,你不去看?"

苏社:"有什么好看的?"

留嫚:"报社、电视台都要来记者呢。"

苏社:"记者我见多了。"

留嫚:"不是让你去看记者,让你去看车赛!"

苏社嘴角上挂着嘲讽的笑。

留嫚:"你笑什么!"

苏社:"我没笑。"

留嫚:"六月十号,女子自行车比赛,你去看吗?"

苏社:"不去。"

留嫚:"小媞也参加!"

苏社:"你也参加,是吗?"

留嫚:"我要争第一名,把小媞甩在后面。"

苏社:"可能吗?"

留嫚:"你到时看!"

留嫚骗腿骑上车,在车上回头喊道:"什么时候吃你和小媞的喜糖?"

苏社:"我说什么时候就是什么时候。"

14. 夜晚

月亮半缺,在奇形怪状的云团里挣扎。

月亮更缺,在奇形怪状的云团里挣扎。

一钩新月,在奇形怪状的云团里挣扎。

一轮圆月,在奇形怪状的云团里挣扎。

在月亮与云团的斗争过程中,一直响着火车驶过铁桥时发出的空空洞洞,节奏分明的响声。

15. 喧闹的、初夏的村庄的早晨

村庄里的街道。

街道一侧的井台。井台高出地面,像个小小的舞台,井台一侧有一架腐朽的木栏杆。

人们川流不息地从井里挑走水。

街上拥挤过一群绵羊,赶羊的是个老头儿。

一匹骆驼拉着一辆崭新的胶轮大车从街上走过,赶车的是一个衣衫不整的中年妇女。

一个穿着时髦的三十五岁的老青年骑着一辆鲜红的摩托车从骆驼车旁窜过。

赶车女人:"建设,轻点烧包,别扎到沟里去。"

骑摩托车的建设在车上回头,喊着:"杜香是副扑克牌,大小光棍随便来!"

赶车女人:"建设,早晚你要扎到沟里去!"

建设口头喊:"休想!"

建设的摩托车跑到浅浅的路沟里,歪倒了。摩托突突地响着,建设跳到路上。

赶车女人开心地大笑。

建设:"女人的嘴真脏!呸,一天没好运。"

赶车女人:"女人嘴脏你还找啊找啊!"

建设把摩托车拖上来,用衣袖擦拭着车上的泥土,解嘲地说:"摩托,摩托,我的好老婆!"

形形色色下地劳动的农民。

一个要参加乡里的载重自行车比赛的小伙子弯腰踏车,车上载上一麻包沙土,麻包上横绑着一把锄头。

农民甲:"骑到地里,还有力气锄地?"

农民乙:"年轻人么!"

建设骑着摩托车去追赶骑自行车的小伙子。

留嫚和小媞骑车从对面驶来。

建设满怀感情地叫一声:"留嫚……"

留嫚答应一声。

留嫚和小媞并车前进。

小媞:"留嫚姐,建设大哥对你真有了意思了。"

留嫚脸上泛起凄楚的笑容。

16. 农田里

上午,阳光灿烂,板块般的鹅黄色的麦田。青翠的玉米田。

几个农民在玉米田里手摇着喷粉器喷洒药粉,烟雾升腾。

沾满药粉的痛苦的脸。

一块棉田。

地头上立着载着沙土包的自行车,骑车的小伙子正在勤奋地锄地。

17. 河滩桑树林

留嫚在采桑叶,由于臂有缺陷,她干得相当吃力。

留嫚的小女儿桑官在桑林里跑动着。

桑官:"娘,一只小蚂蚱。"

留嫚:"掐掉它的头,撕断它的腿。"

桑官撕碎蚂蚱。

一只野兔在桑树下悠闲地玩耍,啃草。

桑官:"娘,一只小兔子。"

留嫚:"逗着它玩玩。"

桑官对着小野兔扮鬼脸。

一只蜜蜂在桑树干上爬动。

桑官:"娘,一只小蜜蜂。"

留嫚:"别动它啊,它会蜇人。"

18. 桑林外河边

一群十岁左右的割草的男孩子脱得赤条条地立在河边滩涂上,看着河水流动。

银幕上全是孩子们黝黑的、瘦骨伶仃的背。

突然,他们发疯般地狂叫着往河里冲去。

河水静静流淌,孩子们好像都消逝了,河边凌乱地摆着孩子们的衣裳和割草工具。

19. 苏社的家

这是三间新盖的房子。

苏社坐在门槛上吹口琴。琴声枯燥单调。

20. 街景

苏社在街上百无聊赖地走着,一条大狗对着它狂吠。

苏社捡起一块石头掷狗,狗狂叫不止。苏社前进狗后退,苏社后退狗前进。

一个白发苍苍的老太太把狗喝退,把手罩在眼上,吃力地打量着苏社。

21. 河堤

堤内桑林,堤外麦田。

田野里响着放羊娃嘹亮的歌声。

喷药农民喷出的蓬松如云团的美丽药粉烟雾。

苏社沿着河堤蹒跚行走。

迎面跑来美丽的女孩桑官,她高举着一根桑条,像举着一面旗帜。

桑官:"娘,一个解放军!"

留嫚背着一个装满桑叶的大筐子,从桑林里钻出来往河堤上爬。沉重的筐子压弯了她的腰,看不到她的脸,只能看到她沾满了泥土的脚在艰难地移动。

从沉重的桑叶筐下发出的声音断断续续:"桑官……慢点跑……小心摔倒……磕破鼻子……"

在河堤上,留嫚放下沉重的筐子,随着坐在地上,她背倚桑筐喘息,脸上有汗。

桑官转到桑叶筐后,怯生生地打量着苏社。

留嫚:"大英雄,到田野里看风景?"

苏社:"你少来讽刺人!"

留嫚:"没讽刺你呀,你这人真是!——桑官,这是你舅舅,你舅舅是英雄,你看到他胸前那块功劳牌子了吧?"

苏社胸前的军功章在阳光下灿烂生辉。

苏社:"你养蚕?"

留嫚:"今天还有人请你吃饭?"

苏社尴尬不语。

留嫚:"什么时候没人请你吃饭了,我请你去吃炒蚕蛹。"

留嫚弓腰欲背筐,一起两起都因筐重而起不来。

苏社:"我来帮你背着吧。"

留嫚:"得了,你还不如我呢!来,从背后帮我一把。"

苏社帮留嫚把筐子搭起来。

桑官在前边无精打采地走着。留嫚在中间困难地走着,看不到她的脸,只看到一只盛满桑叶的大筐在移动。苏社跟在桑筐后不三不四地走着。

从桑筐下发出留嫚断断续续的声音:"后天,载重自行车比赛,你不去看?"

苏社:"……到时再说吧。"

留嫚:"去看看吧,闲着没事,我看你也闷得慌。"

22. 凌晨　桑林外河堤

苏社斜背着鼓鼓囊囊的军用挎包,站在河堤上高声喊叫:"小媞!小媞!"

小媞探头探脑地从桑林中钻出来。她穿着一身新衣服,丰满又漂亮。

苏社:"你躲躲闪闪地干什么呀!"

小媞将身子半掩在桑树后,红着脸说:"你别大声嚷嚷好不好?"

苏社:"光明正大,怕谁?"

小媞:"不怕谁,你也不是不知道村里人那些臭嘴。"

苏社:"让他们说去,早晚也得让人知道。"

小媞:"苏社,咱俩可是什么事也没有。"

苏社:"有什么事呢? 今日登记,明日结婚,后日生孩子,有什么事呢?"

小媞:"谁跟你去登记,你这样胡说我就不跟你一道去了。"

苏社:"好好好,别生气,不去登记,去看自行车比赛。"

小媞:"本来就是嘛!"

苏社掏出烟、火柴,蹲下,用膝盖夹着火柴盒划火柴。

小媞上前帮他点着烟。

小媞怜悯地看着他,问:"非要抽?"

苏社嘴角抽搐,凶狠地抽了一口烟,说:"当兵的,靠口烟撑着架子,那次打穿插,跑了两天两夜,干粮袋,水壶,全丢光了……"

小媞打断苏社的话:"你说的跟电影上演的一模一样。"

苏社:"电影全是演屁,光死坏人,不死好人,或者光死好人,不死坏人,打仗跟电影可不一样。"

小媞从桑树后把自行车推上河堤,说:"别说了,上了路再说,我驮着你。"

23. 河堤

自行车在河堤路上轻快地跑着,堤内桑林堤外麦田源源不断。

建设骑着摩托车从背后冲上来。

摩托喇叭嘀嘀响,小媞骑车闪到一边,建设骑着摩托超越小媞和苏社。

建设:"苏社,小媞,小两口儿去登记!"

小媞:"烂嘴建设,扎到堤下摔断脖子,省得你贫嘴寡舌。"

建设:"我是'九段'摩托驾驶员!"

小媞看到建设在摩托车上做危险动作,不由得技痒。她单手撒开车把,双手撒开车把。

苏社:"你的技术挺高。"

小媞:"留嫚比我骑得还要好,她骑在车上能脱裤子穿裤子。"

苏社:"她的丈夫是干什么的?"

小媞:"她早离婚了。"

苏社:"她丈夫也有残疾?"

小媞:"没有,挺漂亮的一个小伙子。"

苏社:"是小伙子不干了?"

小媞:"不,是留嫚不干了。"

苏社:"小伙子一定虐待她了。"

小媞:"没有。"

苏社:"那她为什么要离婚?"

小媞:"你去问她嘛!"

苏社:"噢,生气啦!"

小媞扶住车把用力踏车,苏社歪着头看着小媞丰满的背。

苏社闭起眼,好像想什么事情。

苏社睁大眼,伸出胳膊揽住了小媞的腰。

小媞扭着腰肢,窘急地说:"把手拿开。"

苏社的手在小媞胸前乱摸着。

小媞撒开车把腾出手,去拨苏社的手。自行车歪歪扭扭地前进。

自行车蹿下河堤,钻到桑林里。

苏社摔在河堤漫坡上,啃了一嘴泥土。

小媞和着车子撞到桑树上。

24. 河堤

苏社趴在河堤漫坡上不动。

小媞犹犹豫豫上前去,把苏社拉起来。

苏社吐着嘴里的泥土,激动地说:"动动你怎么啦?封建脑袋瓜子,你到城里看看去!"

小媞:"苏社……你别逼人……你是英雄,你为国有功,我知道你好……可你知道人家怎么议论你?"

苏社:"议论我什么?"

小媞犹豫一下,说:"人家说你吹牛,你根本没去打仗。"

苏社脸色陡变:"没去打仗,没去打仗我的胳膊让狗咬去啦?"

苏社蹲下,用膝盖夹住火柴盒划火抽烟。

小媞:"你也用不着生气,村里人的话,都是望风捕影地瞎传。"

苏社:"你信他们的?"

小媞:"我当然不信,不过,你也得把尾巴夹一夹。俺爹不让我跟你混在一块。俺爹说你不下地劳动,吃遍百家饭,像个兵痞子。"

苏社:"好一个你爹!"

小媞:"俺爹也是为你好。"

苏社:"看完了自行车比赛,我们就去县里,让他们给我安排个工作,只要你同意跟我好,我让他们也给你安排个工作,咱搬到县城里去住。"

小媞:"他们能安排你吗?"

苏社:"他们敢不安排,老子连胳膊都丢了。"

苏社把挎包往前一转,猛然想起,说:"坏了,跌碎了!"

小媞:"什么跌碎了?"

苏社:"娃娃。"

小媞:"什么娃娃?"

苏社:"订婚礼物呀!"

小媞:"你又胡说!"

苏社解开挎包,摸出两个塑料娃娃。

苏社拿着一个男娃娃,说:"这是我!"

小媞接过男娃娃。

苏社摸出一个女娃娃,说:"这是你!"

女娃娃一只胳膊摔折了,耷拉在肩膀上。

小媞笑着说:"这不是我,是留嫂!"

苏社:"回家找点胶水粘上。"

25. 热闹的乡镇

宽阔的马路。马路两侧的空地上,拥挤着成群的农民,再远一点是一些卖水果、零食的小摊贩。宽阔处搭一席棚，席棚上大字横标，"大栏乡首届男子载重自行车比赛"，席棚附近竖着几幅大广告，推销青岛产金驼牌载重自行车。

一个乡镇干部拿着话筒向群众发表演说："各位村民、各位领导、各位记者、同志们、朋友们、先生们、女士们，欢迎你们前来观看指导我们大栏乡首届男子载重自行车比赛。随着人民群众生活水平的不断提高，自行车已经成为农家必备的生产和生活工具，这就是物质文明。为了建设精神文明，我们举办首届自行车赛，青岛金驼自行车厂为我们提供赞助，工农联盟，让我代表大栏乡全体农民向金驼自行车厂的工人老大哥表示革命的敬礼！六月十号我们还将举行大栏乡首届女子自行车比赛，欢迎各位到时再来观看。物质文明和精神文明就像自行车的两个轮子，缺了一个也玩不转……"

三十多个年轻农民（也有一位年龄较大但身体特好的农民）手扶着自行车把站在石灰水浇成的白线上。每辆自行车上都载着一包沙土。

一个手持发令枪的小伙子焦灼不安的脸和扭来扭去的身体。

几个记者提着照相机跑来跑去。

苏社和小媞在人群里。

留嫚在人群里，桑官骑在她脖子上。

人群后十几米处，坐着一个形容枯槁的老头，他面前守着一个翠绿色的柳条筐，筐里盛着鲜红的大樱桃。

卖樱桃老人凄凉嘶哑的喊叫声："樱桃……"

乡镇干部："我们乡党委认为，举办农民自行车比赛，是社会主义新农村的新事物，是党的富民政策之花结出的丰硕果实……"

一个年轻的乡党委秘书模样的人走到乡镇干部身边，附耳说了一句什么。

乡镇干部抬腕看了一下表："村民同志们、领导同志们、记者同志们、女士们、先生们，非常感谢！大栏乡首届男子载重自行车比赛现在开始！"

卖樱桃老人："樱桃……"

发令枪响。

背上钉着号码布的运动员们用各种的姿势推车助跑，上车。有一辆车当场歪倒，麻包跌裂，流出黄沙。车子十分沉重，运动员们垂死挣扎般蹬着自行车。

两辆摩托车尾随着自行车队慢慢行驶。

建设骑着红摩托车从人群里钻出来。

发令员："哎，你是干什么的？"

建设："巡逻队！"

发令员："你停车！"

建设骑着摩托车飞一般跑了。

26. 乡镇街景

樱桃老人半闭着左眼，大睁着右眼，看着苏社。

苏社蹲在樱桃筐前，横声横气地问："樱桃，怎么卖？"

小媞站在一侧，注视着筐里的樱桃。

樱桃老人："五毛一斤。"

苏社提起一颗樱桃，举着看一会儿，一仰脖子，让樱桃掉进嘴里。

苏社："好甜的樱桃，就是太贵了。老头，我是从前线回来的，那里的樱桃一毛钱一斤。"

卖樱桃老人睁一目眇一目，冷冷地打量着苏社。

苏社又提起一颗樱桃扔进嘴里，呜呜噜噜地说："便宜点儿卖不卖？"

樱桃老人愤怒地盯着他。

苏社往嘴里一颗接一颗地扔着樱桃，边咀嚼边说着："便宜点儿，一毛钱一斤卖不卖？"

樱桃老人："走你的路！"

苏社往嘴里扔着樱桃说："一毛钱一斤，我全买了你的。"

樱桃老人双目圆睁，满脸怒容。

小媞用脚尖踢踢苏社，轻声说："苏社，走吧。"

苏社又往樱桃筐里伸手，樱桃老人伸手抓住了他的手。

苏社："你干什么？老头，噢，还不许尝一尝吗？"

樱桃老人恶狠狠地说："你爹从来没有教教你？"

苏社："你敢骂人？"

樱桃老人："你拿一毛钱！"

苏社："我不买！"

樱桃老人："拿一毛钱！"

苏社："老头，真抠门呀，吃你几个破樱桃是瞧得起你！"

樱桃老人："拿一毛钱！"

群众一圈圈围上来，都不说话，表情各异地看着苏社和老人，小媞羞色满面，局促不安。

27. 人群外

留嫚牵着桑官的手走到人圈外，用力抻脖子也看不到圈里的情景。桑官着急乱嚷，留嫚蹲下，让桑官骑到脖子上。

留嫚："看到了吗？"

桑官："看到了。"

留嫚："里边干什么呀？"

桑官："打架。"

留嫚："谁跟谁打架？"
桑官："英雄叔叔和一个老爷爷打架。"

28. 樱桃摊前

苏社抠搜出几个硬币扔在地上，说："算我倒霉，老财迷。"

苏社站起来要走，樱桃老人一探身，揪住了苏社那只空空荡荡的衣袖。

苏社晃着身子，无法挣脱樱桃老人鹰钩般的手爪："你想动打的吗？老头，我告诉你，动打的你可不是对手，鬼子的特工队都是练过飞檐走壁的，照样躺在我的脚下。"

樱桃老人揪着苏社的衣袖，不松手也不抬头。

小媞羞容满面，奋力往外挤着。

小媞与留嫚和桑官相撞。

留嫚："小媞，是苏社吗？"

小媞满眼是泪，不说话，跑走了。

29. 樱桃摊前

旁观者言："年轻人，你弯弯腰，拾起钱，递到他手里；给他个面子，借坡下驴，他做买卖你赶路。"

苏社弯腰捡起硬币，拍到老头手里，说："老子在前方为你们卖命，吃几个破烂樱桃还要钱！"

樱桃老人："小子，你慢走！"

樱桃老人挽起裤腿，把一条假腿露出来，用烟袋锅子敲着，敲出木石之声："小子，老子在朝鲜吃雪时，你还在你爹腿肚子里转筋呢！樱桃……樱桃……"

30. 街景

小媞奋力骑车,疾驰在回家的道路上。

31. 比赛场面

农民自行车运动员汗流浃背,奋力踏车。

一辆自行车后轮胎爆炸,骑车的小伙子从车上跌下来。他低头看着瘫在地上的自行车,满脸沮丧。他愤怒地用脚踢着自行车的辐条,辐条碰痛了他的脚趾;他滑稽地抽搐着脸,单脚在地上跳着。

骑在最前边是那个健壮的老农民,他车技高超,不时回头看紧跟在他身后的平安村那个小伙子。

建设骑着红摩托追上来,高叫着:"大锁!加油啊!"

大锁抬头看建设。

建设:"大锁,我车上有根绳子,拖着你跑吧!"

大锁气喘吁吁地骂:"去你妈的!"

建设:"加油,大锁,追过这个老头子,为咱平安村争光!"

大锁死命蹬车,终于超过老年农民。

建设调皮地叫着:"完了,老头! 没有戏了!"

老年农民愤怒的脸。

建设:"大锁,别让老头追上! 我去报信啦!"

建设骑着红摩托,飞一般向终点驶去。

32. 席棚前

散乱移动的人群。樱桃老人叫卖樱桃的声音、凉粉老婆子叫卖凉粉的声音、花生瓜子小姑娘叫卖花生瓜子的声音混杂在一起,热闹而嘈杂。一个卖玩具的小伙子摊前,围着成群的孩子,玩具是气球、叫子之类。

苏社蹲在一个僻静的墙犄角里,凶狠地抽烟。

留嫚和桑官站在苏社面前,看来话已说完,都沉默着。

桑官吹一个红气球。气球嘴上绑着一个叫子,泄气时叫子吱吱地响着。

桑官吹鼓气球,松嘴,气球泄气;叫子吱吱地叫着,单调又枯燥。

桑官拼命吹气球,气球膨胀,一声脆响,气球爆炸。

桑官吓愣了的脸,叫子含在嘴里。

33. 终点

地上拉着一条红绳子。两边站着计时员、发令员,还有乡镇干部、电视台记者。路边站满群众。

建设骑着红摩托飞驰而来。

群众欢呼。

建设高举起一只手,像英雄一样挥舞着:"现在,骑在最前边的是,平安村的耿大锁!平安村的乡亲们,欢呼吧!"

乡镇干部:"哪里来的愣小子,捣乱治安,抓住他!"

几个人冲上去截建设,建设的摩托车拖着终点的红绳子跑走了。

计时员高叫:"停下……绳子……停下……绳子……"

34. 比赛场地外

留嫚:"英雄,别这样啦,车子来了,看看去呀!"。

苏社痛苦地摇摇头。

留嫚牵着桑官向终点跑去,跑几步,蹲下,让桑官骑到脖子上。

留嫚驮着桑官跑到终点。

35. 比赛车道上

大锁努力踏车,再也顾不得回头。老年农民拼命追赶。

两辆车相差一米,先后驶向终点,道路两边的群众拼命呐喊。

大锁与老年农民冲过终点线。

几辆自行车陆续冲过终点线。

群众呐喊。桑官骑在留嫚的脖子上拍巴掌。

记者急急忙忙地拍照。

36. 墙犄角

苏社站起来,望望热火朝天的终点,捡起桑官扔掉的气球叫子,正着吹几下,不响;倒过来吹几下,叫子吱吱地叫起来。

苏社吹着叫子,向一条狭窄幽静的小巷深处走去。

他走到一道铁丝网前。铁丝网上挂着白漆木牌,牌上写着:养鸡重地,闲人止步。

他双手抓着铁丝网,怔怔地望着露天鸡场里那些雪白的来亨鸡。

37. 席棚前

疲惫不堪的运动员和激动不安的观众。

老年运动员拉着乡镇干部的胳膊:"乡长,我抗议!"

乡镇干部:"你抗议什么?"

老年运动员:"本来是我的第一名!"

乡镇干部:"怎么变成第二名了呢?"

老年运动员:"一个愣小子骑着摩托捣乱,影响了我的情绪!"

乡镇干部:"我已经派人抓他去了。"

老年运动员指着获得第一名的耿大锁,愤怒地说:"他和他是一个村的。"

耿大锁挤一下鼻子。

老年运动员:"他们早有预谋,他还要用绳子拖着他跑!"

耿大锁:"胡说!你拉不出屎来赖茅房!"

乡镇干部:"拖了没有?"

老年运动员:"没拖,他乱喊乱叫,影响了我的情绪。"

乡镇干部:"算啦算啦!第二名也不错嘛!这么大年纪了,得了第二名也非常光荣。"

老年运动员:"本来我是第一名。"

乡镇干部:"明年,明年你再争第一名。"

几个年轻的乡镇干部拧着建设的胳膊,拖着那条红绳子,推推搡搡地走过来。

老年运动员指着建设:"就是他!"

乡镇干部抢过那条红绳子,对准建设的屁股抽了一绳子。建设夸张地大叫着。

乡镇干部:"你还叫?"

乡镇干部又抡起绳子。

建设:"乡长,哎哟,别打了,我错啦!"

周围的群众和记者们都被建设的滑稽相逗乐了。

乡镇干部:"谁让你来捣乱?"

建设:"乡长,我没捣乱!我学习雷锋么!"

乡镇干部:"扣下他的摩托车!"

建设:"别扣我的车,我明日还要去贩虾酱么!"

乡镇干部:"滚蛋吧!"

建设:"乡长,六月十号,女子自行车比赛,我还来当义务巡逻队。"

乡镇干部:"再来捣乱就没收你的摩托车。"

建设：“乡长，咱俩讨论讨论，你说，我骑着摩托跟在自行车后，万一有人摔倒了，我就去救护她，有什么不好？”

乡镇干部：“你这个家伙，是不是还没有媳妇？”

建设：“是啊！”

乡镇干部：“你多大啦？”

建设支吾着："三十……一啦。"

乡镇干部：“三十一？”

建设：“三十……三……”

乡镇干部：“到底多大啦？”

建设：“三十五，属兔子的。”

乡镇干部：“我一猜就知道你想骑着摩托夸富兜风，勾引个大嫚做媳妇！”

建设：“乡长，说妥了！”

乡镇干部：“研究研究。”

38. 河滩桑林内

阳光灿烂，桑林景色秀美，布谷鸟单调的叫声。

小媞在桑林中散漫地行走着。

小媞停在苏金榜（苏社的老爷爷）墓前，用一根挂满绿叶的桑条抽打着青石墓碑。

小媞回忆起儿时情景：

五六个孩子每人手持一支金光闪闪的小号吹奏，吹出的调子很简单但满有意味。阳光照耀着小号，照耀着他们脖子上的红领巾，照耀着苏金榜的青石墓碑。

小苏社吹了几声小号，说：“长大了我要做我的老爷爷！”

小媞吹了几声小号，说：“长大了我要做个电影演员！”

小留嫚吹了几声小号,说:"长大了我要做个田径运动员。"

39. 桑林外河边
远处传来一阵男孩子们的喊叫声。

河边滩涂上,凌乱地扔着男孩子们的衣服和割草工具。孩子们都不知哪里去了。

河水金碧辉煌,缓缓流淌。

40. 中午　小媞家院门外
大门紧闭,苏社轻轻敲门。

41. 小媞家内室
小媞爹冷若冰霜,蹲在炕上,托着烟袋吸烟。

苏社坐在炕前一条长凳上,局促不安。他掏出烟盒,烟盒空了。他把烟盒攥成一团扔掉。

小媞娘走进来,把旱烟筐箩递给苏社,说:"卷支旱烟抽吧。"

小媞爹:"人家是抽洋烟的人,稀罕你那旱烟!?"

苏社伸出去的手又缩回来,满脸尴尬。

小媞爹脱掉鞋子扔到炕上,盘腿坐起来,怒冲冲地说:"快拾掇饭吃!"

小媞娘:"小媞出去啦,等等她吧。"

小媞爹:"吃了饭要干活!麦子要浇水喷药,玉米要锄草定苗,你当我是二流子,甩着袖子趿拉着鞋呀!"

小媞娘:"看你这熊脾气。"

小媞娘端着饭来。一盘白馒头,一碟子黄酱,一把嫩葱。

小媞娘:"大侄子,一块儿吃吧。"

小媞爹攥着馒头,恶狠狠地咬了一口。

苏社十分尴尬,独臂在胸前乱摸。

小媞爹恶狠狠地吃馒头。

苏社:"大伯,吃了你家几顿饭,我牢牢地记住了,你也牢牢地记住吧,我迟早会还你的。"

42. 下午　井台

苏社挑着两只水桶走上井台。

一群鸭子在井台下的泥水中觅食,井边栏杆上搭着一张肮脏的羊皮。

苏社用独臂别别扭扭地打水,水桶碰撞着井壁,咣咣当当地响着,扁担钩子哗啷哗啷响着。

平静的水面上显出苏社阴沉的脸。

水桶打在水面上,水面动摇,苏社的脸破裂。

那只桶在井里笨拙地晃动着,总也打不进水。

苏社用独臂把水桶上上下下地提上来。苏社把水桶连同扁担摔在井台上。

他抬起头,仰望着又蓝又高的天;他低下头,死盯着井栏杆上那张又烂又脏的羊皮。

一个漂亮姑娘挑着两只水桶轻盈地走上井台。

漂亮姑娘:"战斗英雄,打水呀!"

漂亮姑娘脸上的笑容消逝,她放下自己的扁担和水桶,凑到苏社跟前,说:"苏社哥,我来帮你打。"

苏社:"滚开!"

漂亮姑娘尴尬地说:"苏社,俺可是一片好心。"

苏社:"好心?好心不得好报!"

漂亮姑娘打好水,挑起,委屈地看一眼苏社,匆匆忙忙地跑走了。

留嫚提着一个乌黑的瓦罐,身后跟着桑官,说说笑笑地走上井台。

留嫚:"英雄,站在这儿发什么愣?"

苏社:"你别叫我英雄!"

留嫚:"我看你也不像个英雄。"

苏社:"狗熊!"

留嫚:"你是不是想跳井?"

苏社:"也许会跳呢。"

留嫚:"跳下去我可不捞你。"

苏社:"不要你捞。"

留嫚:"别跳,跳下去把井水弄脏了,大家都会骂你。"

苏社:"你说得有道理。"

桑官捡来一根树枝戳着井栏杆上那张破羊皮。

留嫚:"桑官,别戳那东西。"

建设挑着水桶走上井台。

建设:"留嫚……苏社兄弟……"

留嫚和苏社简单地答应着,留嫚的情绪变得很低落。

建设:"你们看比赛去啦?"

留嫚:"去啦。"

苏社:"看到了你的精彩表演。"

建设羞红了脸,喃喃地说:"发疯呗,三十多岁的人啦,按说不应该那样啦……"

留嫚:"大锁回来啦?"

建设:"回来啦,腿都累瘸了。"

留嫚:"你用绳子拖他啦?"

建设:"哪有的事!听那老东西胡说。不过,这个糟老头子真厉害,要不是我吼了两嗓子,大锁真追不上他。"

建设看看井台上的苏社的扁担和桶,说:"我来帮你们打吧。"

留嫚:"不用!"

建设放下扁担水桶,说:"我来给你打。"

留嫚:"我自己能打!"

建设夺过留嫚手里的瓦罐。

留嫚面有愠色,说:"我自己能打。"

建设打上一罐水,放在留嫚面前。

建设拿起苏社的扁担和桶,帮苏社打好两桶水,摆在苏社面前。

建设自己打好水,挑起,说:"留嫚,六月十号,就看你的了。"

留嫚:"我要争第一名!"

建设:"到时我去给你助威。"

留嫚:"不用。"

建设挑水走了。

留嫚和苏社对视着,桑官还在戳着那张羊皮。

留嫚弯下腰,把那罐水倒回井里。井水哗哗响。

苏社表情复杂的脸。

留嫚跪在井边,用只手握住瓦罐上的绳子,把瓦罐缓缓地顺到井里去。她灵巧地晃动了两下绳子,井里传上来瓦罐进水的咕噜声。她用力把绳子往上提,提到胳膊不能上举为止,然后,她伸过头去,用嘴咬住了绳子。在很短暂的时间里,一瓦罐水是挂在她的嘴上的,趁着这机会,她把手迅速地伸下去抓住绳子,松开咬住绳子的嘴……她那条先天残缺的小胳膊随着身体的起伏悠来荡去……她把满满一瓦罐水叼到井台上,站起来,气喘吁吁。

苏社注视着留嫚。

留嫚粗糙的嘴唇和细密牙齿的特写镜头。

43. 通往县城的公路

清晨,阳光鲜红,涂染万物。时有各色车辆通过。

苏社依旧着军装,斜背军挎包,形只影单地走着。

一辆手扶拖拉机噗噗响着驰来,苏社侧身路边,高高地举起独臂。示意拦车。

开拖拉机的是个戴墨镜的小伙子,他坐得梆硬,像焊在拖拉机上的铁铸件,对苏社的示意连半点反应也没有。

拖拉机飞快地开过去。

苏社挥手驱着拖拉机排出的黑烟,嘴里嘟哝着一句骂人的话。

苏社在公路上走着。

画外响起小号吹奏出的简单而凄凉、委婉又惆怅的音乐。

44. 河滩边

持续不断的小号声中,出现河滩桑林,出现河边滩涂,那群赤裸裸的男孩子挖着滩涂上的黑泥往身上和脸上涂抹,他们的衣服和割草工具凌乱地扔在他们身后的滩地上。

阳光灿烂。

45. 墓碑前

持续不断的小号声中,依次闪出儿时脖系红领巾脸如葵花、苹果的苏社、小媞、留嫚站在苏社的老爷爷苏金榜的青石墓碑前吹奏小号的画面。

46. 公路

持续不断的小号声。

小媞和耿大锁弯腰弓背,骑着自行车从苏社身边飞一般驰过。

苏社痛苦的脸。

留嫚骑着自行车,车梁上坐着花枝招展的桑官,车货架上载着一筐雪白的蚕茧。

47. 公路

留嫚放慢车速,与苏社搭话:"英雄!"

苏社从懵懂中清醒过来,冷冷地看留嫚一眼,愤怒地说:"谁再叫我英雄,谁就是王八蛋!"

留嫚跳下车子,笑着说:"哎呀,你这人,好大的脾气。去县城吗?"

苏社:"是的。"

留嫚:"去干什么?"

苏社:"杀人放火抢银行!"

留嫚笑着说:"我的天哪!"

桑官:"娘,快走嘛!"

留嫚:"就走。大兄弟、老同学,什么时候有空了去我家吃饭啊,我卖了蚕茧,有了钱,应该好好犒劳你一顿。"

留嫚单臂扶车把,非常灵巧地骑上去。

48. 公路

苏社站在路边。

一辆乳白色的上海牌小轿车疾驰过来。

车离苏社七八米远时,苏社猛地往前一蹿,站在公路当中。

轿车紧急刹车,发出一阵嘎嘎吱吱的响声。

轿车紧挨着苏社的身体刹住。

司机——一个二十多岁的小伙子,从车上跳下来,怒骂:"他妈的,你活够啦!"

苏社脸上挂着冷酷的笑容,不说话,双目炯炯,逼视着司机。

司机:"滚开!"

苏社不语,阳光照着他的脸和他胸前的军功章。

一个四十多岁的干部从轿车里钻出来,和颜悦色地说:"同志,您要去哪?"

苏社:"县城!"

中年干部:"上车吧!"

苏社钻进轿车。中年干部钻进轿车。司机钻进轿车,嘴里低声嘟哝着。

中年干部:"小许,开车。"

49. 公路

路两边的即将成熟的小麦翻滚着杏黄色的波浪。

飞驰的小轿车。

50. 轿车内

录音机放着被"现代派歌唱家"软处理了的电影《英雄儿女》插曲:

　　烽烟滚滚唱英雄。
　　……

中年干部闭目养神。

苏社坐得局促不安,他是第一次坐轿车。

他把挎包摘下来放在座位上。

51. 公路

轿车超越骑自行车的留嫚。

苏社向外张望。

轿车追上拼命踏车的小媞和耿大锁。

苏社猛然喊叫:"停车!停车!"

中年干部:"小伙子,干吗?还没到县城。"

苏社:"停一下,我碰到熟人啦!"

中年干部:"小许,靠边,停车。"

轿车在小媞和耿大锁前边几十米处停下。

苏社开车门,开不开,中年干部探身拔一下插销,车门大开。苏社跳下车,横眉立目站在车旁,志得意满地看着骑车过来的小媞和耿大锁。

耿大锁跳下自行车:"苏社大哥。"

小媞亦跳下自行车,脸膛红红地看着苏社。

苏社怒目注视小媞。

轿车突然启动,车门响一声。

苏社回头:"别走,等着我!"

轿车疾驰而去。

苏社的军用挎包从车窗扔出来,跌落到路面上。

小媞嘲讽地说:"你的专车跑了!"

耿大锁:"苏社大哥,我用自行车驮着你走吧。"

52. 繁华的县城街道

红男绿女熙来攘往,自行车穿梭般往来。

苏社背着挎包在街上漫步。

街道一侧一幢漂亮的小楼房,大门口挂着一块白木牌,牌上写着黑色大字:"复员退伍军人安置办公室"。

53. 复员退伍军人安置办公室内

苏社坐在沙发上,面色阴沉。他一口口抽烟。

一个精明的、和蔼可亲的女干部热情地为苏社倒茶。

电话铃响。

女干部接电话。

54. 一个布置得温暖舒适的房间

一个七八岁的女孩坐在电镀折叠椅上打电话。

电话机旁的桌子上摆着一个金鱼缸,鱼缸里有两条红色金鱼在游动,一只黑色金鱼肚皮朝天沉在缸底,分明是死了。

女孩:"妈……那条黑金鱼死了!"

电话里传来女干部的声音:"哎呀!怎么搞的?"

女孩:"我没搞它,我听到它叫了一声。它叫了一声就死了。"

女干部的声音:"噢,它还叫了一声。"

女孩:"怎么办,妈?"

女干部的声音:"哦……这样,兰兰,你拉开写字台中间的抽屉,会看到在抽屉的尽里头有一个白色的小铁盒,你把小铁盒打开,会看到一把镊子,你拿着这把镊子,走到金鱼缸边,你把镊子伸到鱼缸里,夹住黑金鱼尾巴与肚子联结的地方……"

55. "安置办"内

苏社把烟头扔在地上,用脚狠踩了一下。

苏社气呼呼地问:"同志,我的事怎么办?"

女干部对着话筒说:"兰兰,小心着点,别把金鱼的肚子弄破,别把桌子上的台布弄脏!"

苏社站起来。

女干部放下话筒,和蔼地说:"同志,您别着急,等我们主任开会回来,我一定把您的情况向他认真汇报。"

女干部提壶为苏社倒水,苏社转身走出门去。

女干部对着晃动不安的门,同情地摇摇头。

她又拿起话筒,咯吱咯吱地拨号。

56. 县民政局大门口

苏社走进民政局大门口。

57. 县劳动局大门口

苏社走出劳动局大门口。

58. 喧闹的农贸市场

苏社在市场上穿行。

市场上各色商品琳琅满目,在卖农具的货摊前,立着小媞和耿大锁。他和她在挑选镰刀。

卖镰刀的是一个四十多岁的中年汉子,他袒着肚腹,声嘶力竭地喊着:"常记镰刀!常记镰刀,纯钢包刃,削铁如泥,吹毛立断,不崩不卷,保修保换!"

卖镰汉子拿起两把镰刀,叮叮当当地敲着,对小媞和耿大锁说:"大兄弟,大妹妹,常家的镰刀历史悠久,美名远扬,用常家的镰刀割麦子像割嫩韭菜一样省力……"

卖镰汉子旁边,那个卖草帽的中年妇女也巧舌如簧地宣传着自家草帽的做工精巧,式样新颖,经久耐用。

……

苏社走进肉市。

肉市两侧竖着一排排立柱,立柱上架着横木,横木上悬着铁挂钩,铁挂钩上吊着一扇扇的猪肉、牛肉、羊肉,好像为了证明似的,卖羊肉的案后铁钩上挂着带毛带角的羊头。

一个肥胖的女人手持一柄明晃晃的大砍刀,好像对顾客充满仇恨,她恶狠狠地吼叫着:"羊肉!"

苏社哆嗦了一下,惊恐地看着吊钩上的羊头和卖肉女人的脸。

卖肉女人:"羊肉!"

苏社倒退一步,一脚踩在一条狗的尾巴上。那条狗原来是坐在那儿贪婪地盯着架上的羊肉,挨踩之后,它愤怒地跳起来,毫不客气地在苏社小腿上撕了一口。

苏社的军裤被豁开一个大口子。

狗心平气和地坐下,继续注视着架上的羊头和羊肉。

卖肉女人:"羊肉!"

苏社抬起脚对准狗,放下脚;抬起脚对准狗,放下脚;抬起脚对准狗,放下脚。

狗岿然不动。

卖肉女人:"羊肉!"

苏社(恶作剧地):"羊肉!"

59. 农贸市场

苏社梦游般地往前走。

农贸市场上的喧闹声消逝,只能看到买主和卖主讨价还价、匆忙开合的嘴。

60. 色彩斑斓的成衣货摊前

留嫚拿着两条不同颜色的女童裙比较着。

桑官:"娘,英雄叔叔。"

留嫚抬头看到苏社。

61. 成衣货摊前

苏社面带一丝微笑,如分花拂柳般穿行在农贸市场拥挤的人群中。

苏社的幻觉:

(熟悉的小号声委婉而忧伤地响着,贯穿在全部幻觉的画面中。)

一群绵羊在乡间土路上拥拥挤挤地走着。

一个有深入持久接吻镜头的外国电影片段,有影无声。

一个有残酷厮杀场面的战争片片段,外国影片、中国影片均可,有影无声。

河边滩涂上,那群熟悉的男孩子遍身涂满污泥,只剩下牙齿和眼睛是干净的。

62. 农贸市场尽头

留嫚手提着几个纸包——纸包里露出鲜艳的衣服,桑官手持两根冰棍,吸吸溜溜地吃着。

留嫚和桑官拦住神游的苏社。

留嫚:"苏社!"

苏社怔怔地看着留嫚和桑官,开颜一笑,很是凄楚。

留嫚:"苏社!"

苏社从梦幻世界中清醒过来,充满敌意地看留嫚。

留嫚:"你傻啦?"

苏社:"一群白绵羊。"

留嫚:"什么?"

苏社:"一匹红马驹。"

留嫚:"什么什么?你大白天做梦呀?桑官,你舅舅晒昏了头,给他根冰棍吃。"

桑官把冰棍递给苏社:"给你,叔叔。"

留嫚:"叫舅舅。"

桑官:"舅舅。"

苏社接过冰棍,剥开纸,提着。

留嫚:"我卖了蚕茧,有钱啦,请你吃饭去。"

63. 一条狭窄的街道

街道两侧有很多饭馆、酒店。

苏社跟在留嫚和桑官后边,麻木不仁地走着,冰棍提在他手里,化得淋淋漓漓。

桑官看着那根冰棍,不断地舔着舌头。

各个小店的门口,几乎都挂着一个音箱,放着刺耳的流行音乐。

64. 饭店门前

留嫚、桑官、苏社停在一家小饭店门前。

店门口没挂音箱,挂着一块很大的红色木牌,木牌上用黄漆写着工工整整的大字:

中国共产党党员袁强国为您服务

红木牌下挂一黑木牌,木牌上写着金色大字——袁记个体饭店。

留嫚:"嫁人要嫁当兵的汉,吃饭要进党员的店。"

苏社冷笑一声。

留嫚:"你笑什么?你总是阴阳怪气的。"

苏社:"好人不当兵,好铁不打钉……"

留嫚:"你不是好人吗?"

桑官:"舅舅,你是党员吗?"

苏社语塞。

65. "袁记个体饭店"内

顾客满座,热闹非凡。

留嫚、桑官、苏社站在过道上。

三十多岁的店主袁强国迎上来,他身穿洁白的工作服,头戴洁白的工作帽,红光满面,笑容可掬。

袁强国:"您好,您好,您好,小妹妹,共产党员袁强国为你们服务。"

留嫚:"有啤酒吗?"

袁强国:"有。"

留嫚:"有烧鸡吗?"

袁强国:"有。"

留嫚:"有饺子吗?"

袁强国:"有。"

桑官:"有冰棍吗?"

桑官看着苏社手中即将化尽的冰棍。

袁强国:"没有,不要紧,小妹妹,我可以帮你去买。"

苏社打量着座无虚席的饭店,对留嫚说:"走吧,没地方坐啦!"

袁强国:"哎,同志,别走,别走,有地方,有地方!您是刚刚参战回来的?"

苏社不置可否地点点头,又摇摇头。

袁强国:"亲爱的顾客同志们,一位从前方归来的英雄战士,带着他的妻子女儿来到我店就餐,这是我们的光荣!"

顾客抬起头,打量着苏社和留嫚、桑官。苏社和留嫚满脸赤红。

袁强国:"为了让英雄和他的妻女坐下就餐,请用餐完毕的顾客到洗手间洗手揩面,那儿有毛巾和香皂,十分感谢您!"

好几个顾客站起来,走向洗手间。

一个穿着工作服的姑娘收拾桌上的杯盘,擦抹桌子。

袁强国安排留嫚、苏社和桑官就座。

袁强国从口袋里掏出圆珠笔和纸簿:"要点什么?"

留嫚:"四瓶啤酒,一只烧鸡,两个冷盘,一盘……"

袁强国:"韭菜炒鸡蛋?"

留嫚:"韭菜炒鸡蛋,再来一盘……"

袁强国:"葱爆羊肉?"

留嫚:"葱爆羊肉。再来一斤饺子。"

袁强国:"八两吧,这么多酒菜,八两饺子足够了。"

袁强国:"十九元七角,外加小妹妹要的三根冰棍,总共二十元。"

苏社:"我有十元钱。"

留嫚:"放着你那十元钱吧,说好了我请你。"

袁强国:"你们不是一家子?"

留嫚:"是一家子。"

留嫚拿出钱付账。

几个吃过饭的顾客围住袁强国。

顾客甲(好像是一个退休老干部):"小同志,你是哪年入的党?"

袁强国:"八四年。"

顾客甲若有所思地点着头。

顾客乙(三十多岁,眉清目秀):"小袁同志,我是《大众日报》记者,我要报道您的事迹,您同意吗?"

袁强国:"我不值得报道,您去报道他(袁强国指指坐在桌子边抽烟的苏社),前方回来的英雄。"

顾客丙(一个五十多岁的妇女):"小师傅,你有对象了吗?"

袁强国:"马上结婚,马上结婚。"

顾客丙失望地摇头。

袁强国:"欢迎大家再次光临,我以共产党员的党性向大家保证,本店决不短斤缺两,本店决不卖腐烂变质食物,本店决不用不消毒的餐具。"

苏社:"这小子,真聪明!"

留嫚:"你说什么?"

苏社:"他装得挺像。"

留嫚:"都能这样装也行啊!"

桑官:"舅舅,你是党员吗?"

苏社:"是。"

桑官:"你不好,你浪费我的冰棍。"

袁强国端来酒菜。他把一只盛着三根冰棍的碟子放在桑官面前:"小妹妹,你要的冰棍。"

留嫚:"快谢谢叔叔。"

桑官:"谢谢叔叔。"

66. 桑林外河边滩涂

画面上出现那群遍身污泥的男孩子。

孩子们飞跑着向河中扑去。

河水平缓流淌,阳光灿烂。孩子们的衣服和割草工具凌乱地扔在滩涂上。

67. "袁记个体饭店"内

留嫚举着啤酒杯,说:"苏社,为你实现了当英雄的理想干杯!"

苏社:"我不是英雄……"

留嫚:"那么,为了你的幸福干杯。"

苏社:"我没有幸福……"

留嫚伤感地:"那么,为我们童年时的美好理想干杯。"

苏社和留嫚碰杯,喝酒。

熟悉的小号声起,银幕上显出苏社和留嫚追忆儿时生活的幻景:

郁郁青青的桑林,严肃的青石墓碑,脖子上系着红领巾、手持闪光小号的孩子们。

儿时的留嫚:"长大了,我要当个田径运动员!"

孩子们看着小留嫚有残疾的胳膊,怪声怪气地笑着。

儿时的苏社:"哈,瘸爪子还想当田径运动员!"

孩子们怪笑着……

小号声止,回到现实。

苏社端起一杯啤酒,深怀歉疚地说:"留嫚姐,为你能在六月十号的自行车比赛中获得第一名,干杯!"

两人碰杯喝酒,四目对视,目光里包含着无数的语言。

袁强国:"里边请,里边请,中国共产党党员袁强国为您服务!"

小媞和耿大锁走进饭店,他们手里提着新买的镰刀和草帽。

袁强国:"里边请,里边请,我以党性向您保证,本店价钱公道,服务周到,足斤足两,童叟无欺……"

苏社:"后来呢?……他真的动手打你了吗?"

留嫚:"没有……他又骂了我一句……"

苏社:"他骂你……"

留嫚:"他骂我是个瘸爪子……"

桑官举着一根冰棍,看着冰棍下沿垂着的欲滴不滴泪珠般的水珠。

苏社笨拙地往酒杯里倒酒,泡沫溢出杯外。

苏社举起杯,低沉地说:"为了今后的日子,干杯!"

留嫚举杯与苏社相碰。

喝完酒后,两人都把手中的空杯向对方示意,目光相视,脸上都绽开痛苦的微笑。

留嫚:"我现在感到很轻松。"

桑官:"娘,我也很轻松。"

小媞看到此情此景,停脚不前,脸上出现了复杂的神情。

耿大锁发现了留嫚和苏社,热情地打着招呼:"留嫚大姐,苏社大哥,你们也在这里?"

小媞转身向店外跑去。

耿大锁追出去。

68. 街景

小媞在街上急走。

耿大锁匆匆追赶。

耿大锁:"小媞!你到哪里去?"

一个刚刚挂完招牌的小伙子穿着白工作服站在店门口喊叫:"抻面……抻面……请来吃抻面……共青团员个体户主于小泉请您吃抻面……"

白漆的红招牌上写着字：正在积极申请入党的共青团员于小泉用热情的态度和优质的抻面为群众服务争取入党。

69. 县剧团大门口

出卖戏剧服装道具的货摊,架子上挂着大刀、长枪。

留嫚推着自行车,苏社脖子上骑着桑官。

桑官:"娘,我要大刀!"

留嫚:"女孩子家,要什么大刀。"

桑官:"我要!"

苏社放下桑官,走到货摊前,要过一把明亮的大刀看着。

70. 桑林内苏金榜青石墓碑前

苏社手持那把大刀,绘声绘色地说着什么。

留嫚牵着桑官,站在墓碑前,听苏社说话,盛满绿桑叶的大筐放在她身边。

那群男孩子穿着衣服站在或坐在墓碑前,听苏社讲话,他们的割草工具凌乱地扔在身后。

苏社:"……杀完鬼子之后第二天,县官坐着一乘四人轿到我们村来了,县官身后跟着一群清兵,都持着刀枪,吓得发抖。见了面后,县官问,'你就是奸民苏金榜?'我老爷爷说,'老子就是苏金榜!'县官说,'奸民,你煽动刁民杀害洋人,反抗朝廷,犯下了灭族之罪!'我老爷爷说,'狗官,洋鬼子骑在我们头上拉屎,难道就不许我们把头上的屎掰下去吗?'县官说,'大胆刁民!'我老爷爷说,'中国的土地,为什么要洋人来修铁路?'县官说,'修路载在条约,是朝廷的大事,区区草民,焉敢多事!'我老爷爷说,'修铁路占了我们的土地,毁了我们的庄稼,压了祖宗的坟墓,坏了我们的风水!'我爷爷举起大刀,咔嚓一声,把县官的轿杆劈断了。县官吓得屁滚尿流,我老爷爷和乡亲们举起刀枪,一齐高喊'杀杀杀,杀二羊(洋),杀了青(清)羊杀白羊(洋)!'"

71. 墓前

苏社在苏金榜墓前挥动大刀,为留嫚、桑官和男孩子们表演刀术。

72. 村庄内街道

傍晚,夕阳如血。

衣衫不整的中年女人赶着骆驼车从街道上走过,车上满载着金黄的麦捆。

那个黑瘦的老头赶着一群绵羊在街上走。

那群男孩子手持着棍棒、木刀从胡同里冲出来,他们高喊着:"杀杀杀,杀二羊,杀了青羊杀白羊!"

孩子们冲进羊群,挥动木棍、木刀胡乱劈砍,一边砍一边狂呼乱叫。

绵羊惊叫着四散奔逃。

放羊老头恼怒地骂着:"兔崽子们!小鳖羔子!"

放羊老头追赶男孩。

放羊老头抓住一个男孩,拧住耳朵问:"兔崽子,我的羊碍你们什么事了?"

男孩吱哟乱叫。

放羊老头:"说!是谁给你们出的主意?"

男孩:"哎哟……别拧了,我说……是苏社叔叔,他教我们练刀……"

下工的农民拥进村庄,村党支部书记提着镰刀走过来。小媞、耿大锁也在人群中。

放羊老头:"支书,你说,哪有这样的英雄,有本事上战场杀敌人去,撺掇着一群孩子,杀起我的羊来啦!"

村党支部书记:"怎么回事?"

苏社背着一筐桑叶,留嫚牵着桑官,桑官拖着那把拴着红绸子的大刀走进人圈。

放羊老头:"苏社大侄子,我跟你可是近日无仇,远日无怨!"

苏社放下桑叶筐:"老叔,怎么啦?"

放羊老头:"我这群羊碍你什么事了?"

苏社:"你的羊怎么啦?"

桑官举起大刀,严肃地喊叫:"杀杀杀,杀二羊,杀了青羊杀白羊!"

放羊老头:"我的天,养羊都不许啦!"

村党支部书记问那男孩:"二壮,怎么回事?"

男孩结结巴巴地说:"苏社叔叔……给我讲老爷爷杀洋鬼子的故事……我们……"

村党支部书记:"你们就来杀绵羊?"

男孩点头。

村党支部书记:"是苏社叔叔让你们杀绵羊的吗?"

男孩:"不是……苏社叔叔教我们练武,给我们讲故事……"

村党支部书记:"狗崽子!快招呼他们,帮刘二爷把羊赶回家去!"

男孩召唤着其他男孩,跑着赶羊去了。

村党支部书记:"刘二爷,不怪苏社,他向孩子们进行革命教育,是好事呢!"

刘二爷喏喏着退了。

苏社要背桑叶筐,村党支部书记说:"哎,苏社,县复员退伍军人安置办公室来了一封信,让你去一趟,他们好像要安排你去化肥厂看大门。"

苏社:"我不去!"

村党支部书记:"去吧,看大门挺轻松的。"

苏社:"我不去!"

村党支部书记:"吃国库粮,月月开工资,不比你当农民好!"

苏社:"我不去,你们商量一下,什么时候分两亩责任田给我。"

苏社背起桑叶筐向前走。

村党支部书记:"苏社,你可别犯糊涂病啊!"

村党支部书记冷冷地看了留嫚一眼。

桑官拖着刀去追赶苏社。

留嫚凄凉的脸。

小媞嫉妒的脸。

73. 夜晚　苏社的家

天上半轮残月。

苏社在吹口琴。

小媞背着一个花书包走进来。她是认真打扮过的,漂亮丰满楚楚动人。

苏社放下口琴,冷冷地说:"是你,请坐。"

小媞走到桌边,从书包里摸出一条烟和四个煮熟的鸡蛋放在桌子上。

苏社:"我戒烟啦。"

小媞:"那你吃鸡蛋。"

苏社:"我吃鸡蛋过敏。"

小娘:"你骗人!你没戒烟,你吃鸡蛋也不过敏!"

苏社:"好吃难消化。"

小娘委屈地哭起来:"反正……我爱你……"

小娘转身跑走。

苏社:"小娘!"

苏社拿起烟,放下烟;拿起鸡蛋,放下鸡蛋;拿起鸡蛋,放下鸡蛋……他把四个鸡蛋依次拿一遍。

苏社痛苦、矛盾的脸。

74. 凌晨,红日初升　井台

苏社提着一个新瓦罐走上井台。瓦罐上拴着的绳子也是新的。

一个青年农民热情地要帮苏社打水。

苏社:"我自己能打。"

青年农民:"客气什么,苏社大哥。"

青年农民帮苏社打好水。

苏社说:"谢谢。"

青年农民:"顺手的事,谢什么。"

青年农民自己打好水,挑着走啦。

苏社用独臂推倒水罐,罐里的水泻进水井。

苏社跪在井边,抓着绳子,把罐子顺进井里。摆动绳子,罐子进水。他握绳单臂上举,举到顶高时,伸过头去,张嘴咬住新绳子,一瞬间,一罐水是挂在他嘴上的,趁着这一瞬间,他迅速地把臂伸进井里,抓住了绳子……

苏社把一瓦罐水提到井台上,他依然跪在那罐水前,好像在喘息,又好像在沉思。

75. 中午　苏社家院子内

门口外一侧有一只盛水的小缸,苏社打水用的瓦罐放在缸旁。

苏社用单臂持一把锄头,困难地操练着。

小媞挑着两桶水进来,不说话,把水倒进缸里。

苏社扶着锄头,痛苦地思索着。

小媞放下扁担水桶,站在苏社背后。

两人沉默着。

小媞捅了一下苏社的腰:"哎,你真的要了责任田?"

苏社:"嗯!"

小媞:"真的不去县城工作?"

苏社:"不去!"

小媞:"你说过要去县城工作,你说过让县里也给我安排工作,我们去县城里安家。"

苏社:"那是过去的事啦。"

小媞:"苏社哥,我是为你想,你不能错过这个机会,我们去了县城——我会好好照顾你的,为你洗衣服,为你做饭。"

苏社:"我没那么大的福气。"

小媞:"我知道你被鬼迷了心窍!"

苏社:"我愿意。"

小媞跳到苏社面前:"我哪儿比不上她?比她丑?"

苏社:"你比她漂亮。"

小媞:"一个离过婚的半货子老婆,拖着一个'油瓶子',瘸着一条胳膊,你稀罕她什么?"

苏社:"我愿意!"

小媞恶毒地说:"两个瘸爪子!鱼找鱼,虾找虾,瘸胳膊找缺胳膊!"

苏社:"你滚!"

小媞哭着说:"滚就滚!"

小媞哭着跑了。

苏社扔下锄头,拎起小媞的水桶和扁担,噼里啪啦扔到门外,然后用力关上院门。

苏社焦躁地转圈,走到水缸边。他抓起水瓢,疯狂地舀着缸里的水往外泼,一连泼了几十瓢。最后,他一脚蹬倒水缸,缸里残余的水流了出来。

苏社满身水湿,坐在房门槛上,看着倾倒的水缸和缸旁的新水罐。幻觉中出现他与留嫚在井台上一次配合默契的打水情景。

小号声远远飘来,时弱时强,如泣如诉;画面飘飘渺渺,虚幻空灵,宛若一个美丽的梦中的情景:

井台上,苏社和留嫚双双跪下。苏社左臂健全,留嫚右臂健全,两只健全的胳膊并在一起,产生无穷的意味。

两条健康胳膊的特写镜头。

苏社动情的脸。留嫚柔情的脸。

留嫚把水罐顶下井去……

留嫚用力举臂,举到不能再高。

苏社伸臂入井抓住绳子,用力上举,举到不能再高。

留嫚探臂入井,抓住绳子……

苏社探臂入井,抓住绳子……

……

一罐清水摆在井台上,苏社和留嫚隔着水罐对面而跪,四目相视,柔情缱绻。

苏社张嘴,双唇翕动,好像有所求。

留嫚满面羞色,点头、摇头,好像有所应又有所不应。

76. 中午　留嫚家内室

留嫚家五间房,一间灶房,一间卧房,三间蚕房,为便于拍摄,可打破北方农家内室格局,使内室一览无余。

留嫚正在灶前烧火,火苗燎烤,她的脸上布满细密的汗珠,她的腮上沾着一道灶膛里的黑灰。

建设坐在一条小矮凳上,局促不安,时而搔头皮,时而抓脖子。

建设:"你……一个人过日子……挺艰难的……一个人……"

留嫚看着灶里的火,平静而冷淡地说:"过惯了。"

建设:"你有什么活儿我帮你干……我也是一个人……"

留嫚看着灶里渐渐微弱的火:"我自己什么都能干。"

建设:"你一条胳膊……"

留嫚看着灶里已经熄灭的火,冷冰冰地说:"大哥,别在我这儿耽误工夫啦。"

77. 中午　小媞家内室

小媞躺在炕上,侧着身,看着苏社送给她的两个娃娃。女娃娃的胳膊已治好。一男一女两个娃娃对着小媞微笑。

幻觉:苏社和小媞并排站着微笑。

小媞爬起来,抓过女娃娃,把女娃娃曾经摔折过的胳膊用力一掰,女娃娃的胳膊耷拉下来。

小媞抓过男娃娃,咬牙切齿地把他的右臂拧掉。

小媞把缺臂和折臂的娃娃并在一起,娃娃对着她微笑。

幻觉:苏社和留嫚亲密地靠在一起,微笑着。

小媞拉过一条床单蒙在头上。

78. 中午收工时　河堤路上

留嫚站在桑叶筐前揩汗,桑官在槐树下玩耍。桑叶筐上放着长长的光滑的小扁担。

建设骑着摩托过来,停车。

建设:"留嫚……我用车给你驮回去……"

留嫚:"大哥,求求你,走你的路吧。"

建设遗憾地跨上摩托,先是慢行,后是飞行。

留嫚呼来桑官,把扁担弄好,母女二人抬着桑叶行走。留嫚几乎把桑叶筐放在自己的胸前,桑官只承担很小的重量,但扁担与五岁女孩的肩膀联系在一起,还是显得很不"人道"。

79. 村庄内街道

井台附近,苏社提着一瓦罐水与抬着桑叶的留嫚和桑官相遇。

苏社怔住。

桑官停步,哭咧咧地说:"娘,我抬不动啦。"

留嫚怒冲冲地:"走!"

桑官乞求地望了苏社一眼,眼里夹着泪花,似流不流,歪歪扭扭向前走去。

苏社提着瓦罐,目送着母女俩。

80. 梦幻般的画面

扎着红绸蝴蝶结、漂亮如花朵的桑官与衣着朴素的留嫚抬着桑叶前行。

桑官的特写镜头(眼泪不要流出来)。

留嫚的特写镜头(眼泪不要流出来)。

81. 夜晚　留嫚家内室

留嫚的自行车放在显眼的位置上。

苏社坐在凳子上,桑官坐在他膝盖上,苏社轻轻揉着桑官的肩膀。

留嫚抓着桑叶喂蚕。

满箔银灰色的蚕。

留嫚:"你还是去县城工作吧,别犯傻了。"

苏社:"我愿意。"

留嫚苦笑着:"你别剃头挑子一头热了,我不会嫁人的。"

苏社:"再有三天就要比赛了,这两天我去采桑叶,你练车。"

留嫚:"我不去赛车啦。"

桑官:"娘,我要你去,我要你去嘛!"

苏社:"别吵,桑官,你娘去。"

桑官:"舅舅,你去吗?"

苏社:"去。"

桑官:"我也去。"

苏社:"你也去。"

桑官:"蚕呢?"

苏社:"请王大娘给照看一天。"

留嫚:"我真的不参加比赛了。"

苏社:"你会参加的,而且一定能夺第一名!"

留嫚:"我即便是嫁人,也要嫁给一个不缺胳膊的人!"

苏社痛苦地低语:"你真这么想?"

留嫚:"是的,你走吧!"

苏社轻轻推开桑官,缓缓地站起来,慢慢地走出屋子。

桑官孤零零地站着。

留嫚把头抵到蚕架的立柱上,她的肩头颤抖。

82. 上午　热闹的乡镇

场景基本同上次比赛一样。

席棚上的大字横标:"大栏乡首届女子自行车比赛"。

高大的广告推销着济南自行车厂制造的海燕牌自行车。

三十多个年轻妇女手扶车把站在白线上。

运动员们都穿着短裤、短袖运动衫,唯有留嫚穿着短裤、长袖衫。

小媞与留嫚并排站着。

小媞嫉妒的脸。

记者们抢拍着虽有残疾但依然生气勃勃的留嫚。

苏社扛着桑官站在观众群里。

桑官背上背着那柄红缨大刀。

自行车队伍后并排着四辆摩托。建设骑在他的红摩托上,胳膊上缠着写着"救护"红字的白袖标。

耿大锁也在观众群里,他手里握着五六支红荷花,躲躲闪闪地生怕被人挤坏了。

桑官:"娘!"

留嫚回头,微笑,点头。

苏社微笑,点头。

发令枪响。

运动员飞身跳上自行车。

记者抢拍留嫚。

四辆摩托车尾随着自行车队。

83. 街景

苏社为桑官买冰棍。

84. 街景

苏社与耿大锁相遇。

苏社:"献花?"

耿大锁不太自然地:"谁得了第一名献给谁。"

85. 公路

你追我赶的自行车。

留嫚骑车的镜头。

小媞骑车的镜头。

86. 终点红线

焦急等待的人群。

苏社扛着桑官站在人群里。

桑官一手提一支冰棍,冰棍化得淋淋漓漓。

87. 公路

骑在最前边的是小媞和留嫚,两人相差仅一车距离。

建设冲出摩托行列,追在小媞和留嫚身后路侧。

建设:"留嫚,加油!"

这时可听到终点线附近群众的欢呼声。

留嫚拼命追赶。

建设:"留嫚,加油!"

小嫚的车子在前头做蛇形运动。

留嫚匆忙回避。

88. 终点
观众欢呼。
桑官骑在苏社脖子上高叫着:"娘——娘——娘——"
耿大锁:"小媞——小媞——小媞——"

89. 离终点 100 余米远的赛车道
小媞与留嫚相距三五米远。
小媞的车子突然弯到留嫚的车道上。
留嫚猛拧车把,自行车摔倒。
留嫚摔在地上,伏着,看不见脸。
留嫚的自行车轮子空转着。

90. 终点红线
小媞骑车冲过红线。

91. 赛道外
建设跳下摩托车,飞跑到留嫚身边。

92. 赛道上
苏社扛着桑官向留嫚跑去。
桑官哭叫着:"娘——娘——"

93. 终点处
几十辆自行车鱼贯冲过终点红线。

94. 比赛现场

观众和自行车运动员向留嫚涌去。

一块很大的空场地上,只剩下小娓和耿大锁。

小娓往前走两步,停下。她满面汗水,十分狼狈。

耿大锁站着,提着荷花,看着小娓。

小娓垂下了头。

95. 夜晚

一轮皎洁的圆月挂在空中。

96. 留嫚家内室

明亮的电灯光照着满架的银灰色的蚕和墨绿色的桑叶。

急雨般的蚕吃桑叶声。

留嫚躺在炕上,她臂上缠着白纱布,露着手;脸上蒙着白纱布,只露着鼻子、嘴巴和一只眼睛。

炕下的方桌上,平放着那把银光闪闪的红缨大刀。

苏社拿着一个金光闪闪的大奖牌给留嫚看。

苏社:"这是小娓让大锁送给你的。"

留嫚的嘴上显出凄楚的笑容。

桑官:"舅舅,我要!"

苏社把奖牌给桑官。

桑官把玩着奖牌。

苏社喂蚕。

桑官:"舅舅,你的奖牌呢?"

苏社从口袋里摸出自己的军功章递给桑官。

苏社坐在凳子上,把桑官抱到膝上。

桑官比较着两枚奖章。

微弱的小号声,渐渐强烈。音乐温暖、忧伤、抒情,好像一个人在寻找自己失落的精神家园。

桑官在苏社膝上睡着了。

苏社轻轻地剥开桑官的手,拿出奖章,放在方桌上的大刀旁。

苏社用独臂把桑官放到炕上,为桑官盖上床单。

从留嫚那只露在白纱布外边的又大又黑的眼睛里突然涌出了一颗硕大的、晶莹的泪珠。

留嫚伸手拉灭电灯。

银色月光像瀑布般泻进窗户。

月光照在蚕箔上,美丽而生动。

月光照在红缨大刀、金色奖章上,辉煌又宁静。

(为了便于化妆,留嫚的丧失功能的小胳膊可改成缺一只胳膊。她缺左胳膊,苏社缺右胳膊。)

——剧终

英雄・美人・骏马

第 一 部

1. 会稽城内一条古老的街巷

街巷两侧酒旗招展,各类店铺鳞次栉比。狭窄的、铺着石板的街巷两边立着一些叫卖瓜果蔬菜的小摊贩,女人居多。

"卖金橘!卖金橘!"

"热粽子热粽子糯米热粽子!"

……

从街道的一头,项羽和十几从乘驰马而来,蹄声清脆。渐近闹市,项羽勒住马缰,与从骑揽辔徐行。

项羽的特写:他二十出头年纪,身材魁梧挺拔,面色黝黑,浓眉大眼,高鼻阔口,英气勃勃。他身穿一袭黑色战袍,外罩轻皮甲胄,头上铜盔红缨,腰悬短剑,胯下黑色骏马。

街道两侧摊贩注视项羽。

一男摊贩:"看哪,这就是诛杀殷通、举兵反秦的项公子!"

众摊贩亲热地招呼项羽:

"项公子!"

"少将军!"

一女摊贩拿起一颗金黄的橘子对项羽掷去。

女摊贩:"项公子,吃金橘!"

项羽伸手接橘,说:"多谢父老美意!"

摊贩们将面前的水果、粽子对项羽及其从骑掷去。

项羽张开战袍接果。

这时,从街边一家铁匠铺里冲出一位脸抹煤灰、手持铁钳的妙龄女子。她扑到项羽马前,嘴里高叫着:"还我的马!"

项羽嘴里正塞着半个粽子,嘴里呜呜噜噜。那女子用长钳夹住项羽的衣甲、发狠使劲把项羽拖下马来。项羽衣襟兜着的水果、粽子滚落地下。

"你这强盗,抢了我家的马!"

众骑兵下马,把女子擒住。

她拼命挣扎着,脚踢嘴咬,宛若一只被擒的小兽。

项羽怔怔地盯着她的天生丽质的脸,嘴里的粽子也忘了咽。

一红脸白须、腰扎铁匠遮火油布的老人从铁匠铺里出来,大喊:"虞姬,不得放肆!"

项羽急忙咽下口中食物。

虞公抱拳对项羽行礼:"少将军!"

项羽慌忙还礼:"老丈。"

虞公:"小女鲁莽,冲撞了少将军,还望少将军恕罪。"

项羽贪恋地看着虞姬,呵斥部下:"不得无礼!"

从骑放开虞姬。

黑马走近虞姬。

虞姬摸着黑马的脖子,嘴里喃喃着:"老黑,老黑,我早就猜到你是被他们抢走的。"

项羽:"敢问老丈高姓?"

虞公:"不敢,小民虞姓。"

项羽看一眼虞姬,红着脸略显局促地问:"这位是……"

虞公忙说:"小女虞姬,"转向虞姬,"还不快向少将军赔罪!"

虞姬用双脚践踏着从项羽身上滚下来的金橘,果色鲜艳,吸引了她。她弯腰捡起一个,剥了皮,将果肉塞进黑马嘴里;又弯腰捡起一个,剥了皮,掰一瓣塞进自己嘴里。虞姬吃着橘瓣说:"这是我的马,放在溪边吃草,被这些贼偷走了。"

虞公:"大胆!这是威震江东的项公子,少将军!"

虞姬做了一个蔑视的怪样。

虞公正色曰:"少将军举义兵除暴秦,天下敬仰,一匹马算什么!"

虞姬:"那也不能偷呀!"

项羽笑曰:"这确是一匹骏马,项羽愿出千金购买!"

虞姬:"万金也不卖。"

她嘴里这样说着,人却往铺子里走去。走至门口,转身回头,将手中的果皮对项羽投来。

项羽正痴痴地目送着她,被果皮打中。

虞公大喝:"无礼!"

虞姬忽然粉面潮红,半娇半嗔地盯项羽一眼,转身跑进店铺。

虞公躬身曰:"冒犯少将军。"

项羽慌忙还礼,曰:"无妨,无妨。待会儿项羽亲送千金。"

虞公:"少将军能骑它除暴秦,是老儿一家的洪福,怎敢收受重礼。"

项羽叹息曰:"我原以为天下骏马尽充秦王马厩;天下美女,皆入秦王宫室,没想到这会稽小城,竟然还有这等美人骏马!"

虞公曰:"为避秦,小女女扮男装跟老夫打铁,将军起兵后,才敢恢复女装。"

项羽支吾欲语。

虞公跪地曰："小女虽然粗鲁,但也初通文墨,略知剑法,如少将军不嫌微贱,老夫愿将此女献给少将军执箕奉帚。"

项羽拉起虞公,深揖毕,孩子般咧嘴傻笑,然后飞身上马,夹马疾驰。号角声中,威武悲壮的音乐声起。

在音乐声中,一彪人马在旷野飞驰,项羽在马上表演着娴熟骑技。在马队奔驰中,推出红色与黑色的片名、字幕。

第 二 部

2. 会稽城外,演兵场,将台

项梁站在将台上,挥动五色令旗,指挥着台下八千江东子弟兵做进攻、合围、布阵、撤退等训练。

项梁年约五十,神色严肃,衣甲灿烂,有大将风度。

将台两侧置大鼓若干,号角若干,大锣数面。鼓声阵阵,号角长鸣,锣声瘆耳,这一切都看着项梁手中令旗行事。

项梁举起一面黄色令旗,将台下司旗兵便把黄色大旗摇动,演兵队列中,所有的黄色旗帜举起,士兵们根据旗帜的指示做出或跑步、或搏杀、或呐喊、或肃静的响应。此起彼伏,此呼彼应,静若处子,动若脱兔,纵横变化,如雁阵如长龙,十分威武好看。

项羽站在项梁身边,几次欲言得不到机会,显出烦躁不安的样子。

项梁不满地斜看项羽,突然把手中令旗递过来,项梁说:"你来指挥!"

项羽退一步,不接令旗,却说:"叔叔,我跟你说过那个女子……"

项梁一劈令旗,怒曰:"家仇未报,国恨未雪,陈王新亡,强秦肆虐,这难道是你儿女情长的时候吗?"

项羽噘起嘴巴,竟表现出一些与他的勇武身躯极不和谐的小儿女情态,但确是真情流露,他呢呢喃喃地说:"叔叔……你没见到她……你不为我娶来她,我什么也干不成……"

项梁恼怒地挥动着令旗,台下司旗手和台侧鼓角手一时无所适从,鼓角乱鸣,队列混乱。

"不长进的东西!"项梁怒道,"让你读书识字,你学三天不学了;让你练习剑法,你半途而废;让你习演阵法,你不求甚解。现在更好,大敌当前,你竟……"

项羽赌气地说:"叔叔,你要是不给我娶来那美貌女子,我什么也不干!"

项羽一屁股坐在将台上。

项梁挥动小旗,发出指令,让全军就地休息。

台下队伍休息,全体坐地,但刀枪树立,旗帜不乱,阵势井然。

项梁语重心长地说:"羽啊,秦国杀了你爷爷,灭了我们全族,你跟着我四处流浪,忍辱负重,就是要等待时机,报仇雪恨。现在正是我们厉兵秣马,杀过江去,大展鸿图的时候,战乱当中,有妻子多有不便,娶亲的事就往后拖一拖吧。"

项羽坐着不起。

项梁叹息曰:"你生生让我惯坏了。"

项羽:"叔叔,别说了。"

项梁:"那女子是什么人家的女儿?"

项羽:"是会稽城中铁匠虞公的女儿。"

项梁不悦地说:"我家是楚国贵族,怎能与铁匠家联姻!"

项羽:"叔叔,陈王说,'帝王将相,宁有种乎?'等我做了皇帝,她不就成皇后了吗?"

项梁:"似你这般儿女情态,做什么皇帝。"

这时,将台下一阵喧哗。

虞姬身穿一袭洁白丝裙,头戴一个用野草野花编织成的花冠,手持一柄漂亮的短剑,肩扛一支沉重的铁戟,跌跌撞撞,冲上将台。

守护将台的士兵拦阻虞姬。虞姬大声咋呼,又憨又野,扔掉肩上铁戟,砸中一士兵的脚,那士兵抱脚呼痛。

众士兵哗然。

虞姬站在将台下跳脚大呼:"项羽——项羽——"

将台上,项梁大声说:"哪里来的野女子,敢来搅乱我将台!"

项羽大喜,跳起来,大喊:"虞姬!"

虞姬飞一样蹿上将台,粉脸挂汗,娇喘微微,瞪着眼看项羽。

二士兵将铁戟抬上将台。

虞姬:"我爹让我送戟来。"

项梁偷眼看着丰姿绰约的虞姬,面露欣喜之色,佯怒曰:"好一个大胆的女子!给我轰下去!"

项羽:"叔叔,你别吓唬她!"

虞姬跪拜曰:"虞姬拜见叔叔。虞姬奉父亲之命为少将军送戟。"

项梁曰:"虞姬,你冲撞将台,该当何罪?"

虞姬:"望叔叔罚我为项羽做妻子!"

项梁笑曰:"要是我不答应呢?"

虞姬站起来,环顾左右,指指将台下项羽的坐骑黑骏马,说:"那我就牵走我家的马!"

项梁与众人笑。

虞姬又一本正经地指指那支乌锃的铁戟,说:"还要扛回这支戟!"

项梁与众人笑。

虞姬费力地搬起铁戟，没好气地扔到项羽面前，说："这是我爹特意为你打造的，用了三十斤精铁！"

项羽只手抓起铁戟，得心应手地挥舞了几个花样，孩子般得意地笑起来。

虞姬突然变脸，大哭着说："我知道出身低贱，配不上你将门之后，可你们叔侄俩不也给人家当过雇工，看护过家院吗？"

项梁不语。

虞姬哭着说："马我不要了……戟也不要了……你用它杀秦皇去吧……"

虞姬掩面哭泣着往将台下跑。

项羽大叫："虞姬！"

项梁曰："侄媳止步！"

项羽大喜："叔叔！"

虞姬破涕为笑："叔叔！"

项梁无可奈何地摇摇头，挥动红色的令旗。将台下鼓声如潮，红旗招摇。令旗忽停，喇叭吹出天鹅啼叫般的嘹唳之声，将台下八千子弟兵齐声呐喊。

项羽从叔叔手中夺过令旗，法度森严地挥舞着。

八千子弟兵排成进攻队形，呐喊着往前冲去。

3. 长江岸边

项氏叔侄与八千子弟集结江边，正陆续上船。马嘶角鸣，江水滔滔，红日初升，江面上霞光万道。

众多的江东百姓来为子弟兵送行。箪食壶浆，妻语儿啼，景况热切感人。

虞公在群众队伍中。

项羽持戟拥虞,站在船头。黑骏马在他们身后。

项梁伫立船头,一脸庄重表情。

众士兵回望江边父老。

楚歌声起:

　　送儿郎,过江西。
　　除暴秦,安社稷。
　　衣锦还故里。
　　送情郎,过江西。
　　心难舍,情依依。
　　流水寄相思。
　　……

在袅袅不尽的楚歌旋律里,在波光桨影里,画外音响起(画外音由一男童音一女童音和配,时而嘻嘻哈哈,时而一本正经):

"公元前208年3月,项梁、项羽率领八千江东子弟,在江乘横渡长江。过江后,收编了陈婴、英布、蒲将军的三支起义军,兵力扩充到六万人。6月,项军在彭城兼并了秦嘉部队,战斗中项羽一马当先,英勇无比。斩杀秦嘉后,为避秦将章邯大军,项军北上,驻扎薛城。"

4. 薛城(今山东滕县南),项军大营,项梁中军帐内

项梁伏几读兵书(其时书籍系由竹简编连而成)。

项羽与虞姬衣衫不整,满脸汗水闯入。

项羽:"叔叔。"

虞姬:"叔叔。"

项梁抬起头,不满地看着他们,稍顷,问道:"你们干什么去了?"

虞姬:"我们狩猎去了。"

项梁问:"猎到了什么?"

项羽从身后叉袋里摸出一只野兔扔到项梁几案前,说:"一只野兔。"

项梁拍案而起,正色曰:"秦亡其鹿,天下英雄共逐之,你不去逐鹿,却射来一只野兔!"

虞姬:"叔叔,郊野里只有野兔。"

项梁:"住口!你既为贵胄之妻,就该恪守妇道,不苟言笑,深藏简出,这样抛头露面于三军之前,成何体统!"

虞姬:"贵胄的妻子都圈养着吗?"

项梁:"放肆!"

项羽:"叔叔息怒。"

项梁:"羽啊,国恨家仇你难道都忘了吗?"

项羽:"侄儿没忘。"

项梁:"当年秦始皇游会稽时,你不是口出狂言,要取而代之吗?"

项羽:"侄儿说说罢了,真要我去当皇帝,我还不一定去呢。"

项梁愤怒地说:"胸无大志!羽,你辜负了我的期望。"

项羽看到项梁痛心的样子,跪地曰:"叔叔息怒,侄儿去抢个皇帝给你做就是。"

虞姬跪地,曰:"叔叔息怒,侄媳也知罪了。"

项梁曰:"羽啊,叔叔要你立下大志,代秦而王天下,光辉我楚项的门楣。"

项羽:"侄儿谨遵叔叔嘱咐。"

项梁:"虞姬!"

虞姬:"侄媳在。"

项梁:"我军即将与秦军激战,你一个妇人,在军中多有不便,我想派人把你送回江东去,等天下安定了再接你出来。"

虞姬:"叔叔开恩,不要让我回去。"

项羽:"你让她回去我也回去!"

项梁:"大胆!"

项羽:"叔叔,别送她回去……"

虞姬:"叔叔,求求您了……"

项梁:"不送你回去也可以,但从今之后,你要谨慎言行,恪守妇道,要监督项羽习演兵法,再不许引逗他出去胡闹!"

虞姬:"侄媳遵命。"

项梁:"退下去吧。"

项羽与虞姬恭顺地退出项梁军帐。

帐门外,二人相视而笑。

虞姬:"羽啊,那只野兔还在叔叔帐中呢。"

项羽:"你去取来吧。"

虞姬:"我不敢去,你去嘛。"

项羽:"我也不敢去。"

虞姬:"那我们的白萝卜炖兔肉可就吃不成了。"

项羽犹豫片刻,小心翼翼地往军帐里探望。

那只野兔从帐中掷出来。

项羽捡起野兔,拉着虞姬,飞快地跑了。

守护军帐的军士们见此情景,都禁不住低声笑起来。

5. 项羽军帐内外

项羽与虞姬一起开剥兔皮,切割兔肉,萝卜。

几位使女在旁偷笑。

帐外一堆篝火上吊着一只铁釜,火光熊熊,一个年轻的小兵在拨弄火堆。

项羽把切割好的兔肉、蔬菜倒入滚水中。

项羽双手脏污,脸上沾着黑灰。

虞姬用一块丝帕给项羽擦脸,说:"这哪里像个皇帝呀!"

项羽摸着虞姬的脸说:"这哪里像个皇后呀!"

二人嬉闹。

项羽用勺子捞起一块兔肉,说:"熟了,熟了。"

虞姬夺过勺子,尖着牙尝了尝勺中兔肉,说:"没熟,还一股子血腥味呢!"

一传令兵急至,在篝火旁单膝跪地,向项羽行军礼,说:"大将军有令,请少将军速到大帐议事。"

项羽:"你先回报大将军,说我马上就到。"

传令兵诺罢退去。

项羽:"真是烦人。"

虞姬曰:"军机大事,不可耽搁。"

项羽:"咦,真管起我来了。"

虞姬召唤使女,捧来衣服,为项羽换装。

项羽对虞姬说:"你可不许全部吃光。"

虞姬:"瞧你这小心眼儿!"

项羽傻呵呵地笑了。

6. 中军大帐内

项梁居中坐。项羽坐在叔叔身左。

陈婴、英布(面刺"骊山徒"字样,面目凶恶)、蒲将军等人分坐两边。

帐外传呼:"沛公刘邦求见!"

项梁:"传他进来!"

传呼:"刘邦晋见!"

刘邦、张良、萧何、曹参、樊哙从帐外两列威武执戟军士中穿行。刘邦左顾右盼。

刘邦时年四十八岁,高鼻凸额,下巴有须,面露出掩饰不住的油滑无赖神情。他身穿一件暗红色的长袍,头戴一项用竹皮编织成的高冠,形状滑稽。

过辕门时,高冠被碰落下。

张、萧、曹、樊哙忙八手捧起高冠,郑重为刘邦戴好。

刘邦双手扶高冠,上身正直,屈膝进辕门。

他的古怪形迹使帐中人注目。

刘邦虎视座上诸人,最后与项羽四目相对。

刘邦呆立,张良暗中扯他的衣服。

刘邦猛省,跪下(萧、曹等也随之跪地),曰:"沛人刘邦参见大将军、少将军!"

项梁曰:"赐座!"

刘邦与众退后数步,跽膝跪坐。

项梁问道:"你攻打丰邑,胜负如何?"

刘邦夸张怒容于色,骂道:"雍齿这个狗养的,把个丰邑守得铁桶也似,在下连攻三日,空折了若干兵马,也没攻下来。"

项梁微笑曰:"堂堂沛公,怎么像个骂街的?"

刘邦嬉皮笑脸地说:"刘邦该死!这张油嘴,冒犯了大将军少将军,请大将军少将军恕罪!"

刘邦叩首,冠斜欲落,急用手扶正。

项羽忍笑不禁。

刘邦注目项羽勇武,双手扶高冠再拜曰:"久闻少将军英名,如雷贯耳,今人得见,直如见天上神仙!"

项羽笑问:"沛公头上戴了个什么东西?"

刘邦语塞。

项梁冷言讥问:"尝闻人言,沛公自制高冠,谓之王者之冠,可见沛公志在天下矣!"

刘邦面露惶恐之色,但随即嬉笑着摘下竹皮冠,说:"这分明是少将军的尿壶嘛!"

众哄堂大笑。

项羽笑着说:"沛公真是个有趣的人。"

刘邦:"承蒙少将军夸奖,刘邦万分荣幸。少将军英名盖世,亡秦者,必少将军也。"

项羽面有得色。

项梁问:"刘邦,你有何事见我?"

刘邦:"求大将军借我些兵马,我为大将军把丰邑攻下来。"

项梁曰:"我拨给你十名军官,五千精兵。"

刘邦:"谢大将军!"

项羽踊起,曰:"叔叔,侄儿愿与沛公一起攻打丰邑。"

项梁:"我派你率兵一万,攻打襄城。"

项羽:"谢叔叔。"

刘邦与众随从起立,谦恭地退出军帐。

7. 大营中僻处

刘邦将竹冠端正戴好,对着项梁大帐的方向骂道:"呸!你们的帽子才是尿壶!老子这是刘氏王冠!"

萧何掩口曰:"主公谨言!"

刘邦感叹曰:"项羽这个小儿,果然气度非凡!将来与我争夺天下的,必定是他。"

8. 项梁大帐内

帐内大摆筵席。

项梁、项羽、陈婴、英布等俱在座,刘邦及其随从亦在座。

刘邦依旧头戴高冠。

陈婴:"大将军,这一次少将军率军作战,智勇兼施,攻克襄城,立下了大功劳。"

项羽饮酒罢,说:"痛快!痛快!"

项梁掩饰不住喜悦,却说:"初生牛犊,休要夸他。"

刘邦:"少将军是人中之龙,秦将章邯的首级,迟早要落在少将军马前。"

项羽曰:"击杀章邯,犹如探囊取物。"

项梁佯怒:"休要轻狂!"

刘邦:"天下苦秦久矣,章邯败军之将,如何能挡少将军虎威。"

项梁:"沛公攻克丰邑,也是一件大功劳。"

刘邦:"只可惜让雍齿这个狗养的跑了。"

项羽:"沛公为何恨雍齿如此之深?"

刘邦:"这小子赖了我两壶酒钱。"

众嗤笑。

项梁:"赐沛公酒。"

刘邦故意狂饮,一会儿就烂醉如泥,歪倒在地,鼾声如雷。

张良、萧何等人将刘邦抬出帐去。

范增(七十老翁,白发如雪):"大将军,首举反秦义旗的陈王已死,天下义军,须有一个盟主。"

项梁:"先生认为谁合适呢?"

范增:"秦灭六国,楚国受害最烈。大将军起兵江东,天下响应,正因为您是楚国名将之后。老夫以为,拥戴楚王后裔为盟主,必能天下归心。"

项梁:"楚亡久矣,到哪里去找楚王后裔?"

范增:"老父听人说,楚怀王的孙子芈心,现存江东为人牧羊。"

项梁沉吟一会儿,道:"那就请范先生前去寻找,如能找到,我们就拥戴他为楚王。"

范增稽首曰:"如此则灭秦有望矣!"

项梁:"范先生去江东寻找王孙,诸将军与我同心戮力,集兵西进,与章邯决战!"

刘邦跌跌撞撞闯进来,口齿不清地说:"大将军,您何不自己称王……还去找什么王孙……"

项梁感叹道:"沛公醉了。"

9. 野外草地

画外童音:"薛城会议后,项梁迎回芈心,立他为楚怀王。项梁自封为武信君,任命陈婴为上柱国,与怀王驻守盱眙。项梁率大军西进,攻占东阿,章邯败走。项羽和刘邦并肩作战,攻克雍丘,斩杀三川郡守李由。项梁继续西进,围困章邯于定陶。刘邦、项羽攻打外黄不下,转攻陈留。"

画面:范增等人在一块草地上找到牧羊少年楚王孙芈心。芈心惊恐,逃到羊群中躲藏。众人在羊群中为芈心戴上王冠,然后跪在羊群中礼拜……

项羽身披重甲,与虞姬告别。虞姬数次往黑马上攀跃。项梁训斥他们……

项羽与刘邦并马行军。

10. 陈留(今开封东南)古城外

时当七月,阴雨连绵。古城䂓口处林立枪戟,旗帜在阴雨中低垂。包围城池的楚军身披简易雨具,偶像般立在雨中。

项羽与数随从,冲进刘邦军帐。

刘邦帐篷内,有破几一张,酒一壶。刘邦骑在一女子身上,与另外一位女子饮酒。

项羽见状大怒,提起刘邦,掷之于地。

刘邦摸起竹冠戴上,把女人轰走。

项羽:"沛公,陈留久攻不下,你还有心思狎妓饮酒!"

刘邦曰:"少将军息怒,我佯装喝酒狎妓,为的是吸引城内守敌出营。"

11. 项梁灵柩前

画外童音:"项梁围困定陶日久,渐生麻痹,章邯夜袭楚营,乱中杀死项梁。项羽刘邦闻讯回军定陶。"

项羽跪在项梁灵前,放声大哭。

刘邦亦跪,先是面露冷笑,继而放声大哭。

众人拉起项羽。

刘邦还在恸哭,似乎比项羽还要难过。

项羽扶起刘邦。

第 三 部

12. 楚国新都彭城(今徐州)

宫廷,规模不大。

清瘦病弱的傀儡楚怀王芈心居中高坐,身边几位老臣在附耳嘱咐他。

文臣武将分列殿下。

项羽和刘邦紧挨着站在武将行列中。

怀王嘤嘤地说:"武信君项梁新败,秦将章邯渡河北下攻占邯郸后,又围困赵都巨鹿。赵王屡次遣使求救,谁可代项梁将军救赵?"

一文臣出列奏曰:"原项梁军中宋义,预言项梁骄傲轻敌,必败于章邯,今果应其言。由此可见,宋义深谙兵法,有先见之明,臣建议陛下任命他为上将军,将兵救赵。"

老臣附怀王耳说话。

怀王曰:"任命宋义为上将军,项羽为副将,范增为末将,速去解巨鹿之围。"

宋义跪地谢恩领旨。

项羽怒容满面,仇视地盯着宋义。

范增示意项羽跪地谢恩领旨,项羽勉强从之。

老臣附怀王耳。

怀王曰:"谁还愿将一支军西取关中?"

诸将环顾。

怀王曰:"先入关中者为王。"

项羽:"臣愿往。"

刘邦曰:"臣愿与项将军同往。"

老臣附耳怀王。

怀王曰:"新封鲁公项羽,佐上将军宋义渡河救赵;新封武安侯刘邦,率兵西取关中。"

刘邦跪地谢恩领旨。

项羽:"陛下,秦杀我爷爷项燕,又害我叔叔项梁。臣与秦有不共戴天之仇,愿与武安侯一道西取关中,直捣首府。"

怀王疲倦地说:"退朝。"

项羽噘嘴不悦。

刘邦:"老弟,后会有期!"

13. 安阳(今山东定陶南),黄河岸边,楚军大营

时当十一月,天气寒冷,大雨如注。

执戟担任警戒的士兵身披简易雨具在雨中颤抖。

项羽与老将范增巡营。

项羽脱下身上斗篷披到一个哨兵身上。

哨兵感动地说:"少将军……"

项、范巡至军马喂养处。群马露天淋雨。见羽至,那匹黑骏马嘶鸣着迎接主人。

项羽爱怜地抚着战马,大呼:"老王!"

喂马老兵老王从帐篷钻出来,惶恐地说:"少将军……"

项羽训斥老王:"您想把我的马淋死吗?"

老王:"小人不敢。"

项羽看看老王,语气转缓,说:"把我的马牵到我帐中避雨。"

老王:"是,少将军……少将军,草料就要断绝,再拖下去……"

项羽烦恼地挥挥手。

项与范钻进一座帐篷。帐篷挤着十几名士兵,俱是八千子弟中人。淅淅沥沥的雨水从帐篷上渗下来。见项羽与范增至,士兵站起问候。几位患病士兵也挣扎着要站起来。

项羽急忙上前,按住他们,说:"兄弟们,躺着别动。"

一个小头目激奋地说:"少将军,我们呆在这儿,已经四十六天了,进又不进,退又不退,天气寒冷,阴雨连绵,粮草即将断绝,弟兄们饥寒交迫,半数病倒,如此下去,无疑坐以待毙!"

一士兵:"少将军,我们跟随您起兵以来,从没这样窝囊过。"

一士兵:"宋义是个什么东西,竟敢辖治少将军?"

范增:"你们休要胡言乱语,少将军自有主见。"

14. 宋义大帐中

帐内大摆宴席。众将环坐,为宋义的儿子宋襄去齐国当宰相送行、庆贺。

一谀臣为宋义敬酒:"上将军,贵公子出使相齐,必能建不世之功!"

一谀将为宋襄敬酒:"祝公子马到成功,大展雄才!"

项羽掷杯于地,跪直身体,怒曰:"上将军,秦军围困巨鹿日久,赵国危在旦夕,我们不能在这儿耽搁了。"

宋义亦怒,曰:"黄口小儿,懂得什么!我们在此以逸待劳。秦胜,我们则趁其疲惫击之;秦败,我们则挥师西下,攻取关中。冲锋陷阵,我不如你;运筹帷幄,你不如我。"

几个面谀之徒奉承宋义:"上将军深谋远虑,非常人能比。"

项羽怒曰:"上将军,我军滞留此地已有月半,粮草即将断绝,士兵饥寒交迫,战马体瘦毛长。上将军言要乘秦胜兵疲时进攻,秦若破赵,声势会更加浩大,哪有疲劳可乘?上将军置三军生死于不顾,却在此大摆酒宴,为子谋官,你的良心哪里去了?"

宋义亦大怒,仗剑发令曰:"今后凡有猛如虎,狠如羊,贪如狼,倔强不服从命令者,斩无赦!"

项羽愤然离座而去。

15. 楚军大营

阴霾初开,天空乌云飞驰,骏马苍狗追逐。兵将列阵。鼓角声中,项羽一手仗剑,一手提宋义首级,号令全军:"宋义与齐国合谋反楚,我奉楚怀王密令斩其首级!"

众兵将欢呼雷动。

一小将大喊:"弟兄们,首先拥立怀王的是少将军,如今斩杀叛贼的又是少将军,请少将军代理上将军,率我们渡河击秦!"

众士兵:"渡河击秦,报仇雪恨!"

范增:"大敌当前,少将军当仁不让!"

项羽:"承蒙三军拥戴,项羽当仁不让!"

项羽下令:"项庄!"

项庄出列。

项羽:"命你率十骑,速去追杀贼子宋襄!"

项庄:"领命!"

项羽:"公孙先生。"

公孙先生出诺。

项羽:"请先生速回彭城,向怀王报告这里的情况!"

公孙先生诺别。

项羽:"英布将军、蒲将军听令!"

英布:"末将在!"

蒲:"末将在!"

项羽:"命你二人率两万兵马,立即渡河,去破坏秦军运粮甬道,断绝敌军的粮草。"

英布:"遵命!"

蒲:"遵命!"

项羽:"其余各将及全军士兵,立即整理行装,检查武器、衣甲、马匹,旦日渡河。"

三军齐诺,声震原野。

16. 漳河北岸

已是严冬季节,小雪花飘飘,寒风劲峭,河边结有冰凌。

几十条渡船横陈在河边浅水中,项羽大军刚刚渡过漳河。河边点燃着数百堆篝火,篝火上吊着铁锅,士兵们正在野炊。火光熊熊,炊烟袅袅。天气十分寒冷,一股股白色的气从人口马嘴中喷出来。几位正在拌草喂马的士兵不断地往手上哈着热气。项羽的那匹黑骏马在最突出的位置上。那位喂马的老兵气喘吁吁地弯腰拍捏着骏马的四肢。

项羽与范增等人巡视营地。

一白发渔翁摇一小舟抵岸。

渔翁大呼:"项将军!"

项羽与范增等趋前。

项羽客气地问:"老丈何以教我?"

渔翁:"将军即将与秦大战,老夫献大鲤十条,醪酒一篓,为将军壮行!"

项羽:"多谢老丈!"

渔翁从船舱中提出鲤鱼,搬出酒篓。楚兵接住。

项羽吩咐士兵将鲤鱼置放案板上,用乱剑斩成鱼酱,扔入一大釜内。

项羽:"传令三军,每人来喝一口。"

士兵们喝鱼汤状。

项羽大碗喝酒。项羽端一碗酒送给老马夫,老马夫将半碗酒倒入骏马嘴中。骏马被辣得不安生起来。

拔营的号角声起。

士兵们收拾铁釜、帐篷。

项羽面色严峻,若有所思。突然走向前去,挥动手中铁戟,把一只铁釜砸碎,又用戟挑起一簇火,扔到一座营帐上。烈火毕剥声起。

众将士大惑不解。

项羽大吼:"破釜沉舟,有进无退!"

一小将:"上将军……"

范增微笑不语。

项羽:"弟兄们,胜则生,败则亡!"

校尉们指挥士兵,凿船破釜,火烧营帐。在熊熊的火光中,骑兵纷纷上马,步兵排成队阵。

项羽骑着骏马,来回逡巡几趟,然后一挥铁戟,斗志昂扬的楚军便滚滚前进了。

17. 战斗场景

一组快速切换的画面:身着白色服装的楚军与身着黑色服装的秦军肉搏、马嘶、人吼、枪戟交叉、血溅肢裂、战马倒地、伤者哀号。场景变换,有攻城、有略阵、有追击、有撤退、有烧敌辎重、有敌军跪地求降。项羽始终在画面中。

画外兴奋的童音:"项羽统率楚军,与秦军展开激战。他身先士卒,英勇杀敌。楚战士无不奋勇冲杀,以一当十。战役历时数月,楚军九战九捷,斩杀秦将王离。秦军主帅章邯率众逃至棘原。项羽运用政治攻势和军事压力,迫使章邯率二十万秦军投降。"

画面:章邯手捧降书,率降将司马欣、董翳等,跪在项羽、范增等人面前。

项羽拔剑欲斩章邯,被范增拦住。

项羽怒曰:"他杀了我叔叔!"

范增:"你叔叔让你尊我为亚父!"

18. 漳河岸边，楚军大营

已是初春天气，河边草青，阳光明媚。

楚士兵在营地里游戏。有摔跤，有踊跳。

有两组十名士兵，头戴野牛面具，在做"角牴"之戏（亦可改为"拔河"），游戏的方法是五人相搂，两组头手相抵，以倒退到一定位置为负（可自由设计）。

项羽牵着骏马（抑或让马跟随着他，视马的驯熟程度而定），轻装而至。

士兵们停止游戏，向项羽行礼问候。

一年轻顽皮的小兵曰："请上将军与我们一起角牴！"

项羽高兴地答应了。

两组士兵争邀项羽加入己队，拉扯着项羽，亲密无间。

项羽说："别争，我一个人与你们两组轮流角牴！"

士兵们欢呼。

一士兵递给项羽一个野牛面具。项羽戴上面具。

五个士兵搂抱成一列，与项羽头牴手推。僵持一会，五士兵被项羽大发神威，推后，推跌。

项羽得意地大笑。

士兵们爬起来，齐呼："上将军神力，天下无双！"

项羽更加得意地说："来，你们两组都上！"

几个士兵的眼睛在面具后会意地交流着。

十个士兵搂成一串，与项羽角牴。在别处游戏的士兵都跑过来，观看，呐喊助威。

项羽竟然比较轻松地赢了，可以明显看出，几个士兵不但不往前推，反而拽着同伴的腰往后拖。

士兵们齐声欢呼。

一士兵恭维项羽："上将军真是天神下凡！"

项羽大笑。忽敛容曰："你们在骗我！"

士兵们："不敢，我们使出了最大的力气！"

项羽揪住那个使眼色的士兵，严厉地说："再来，谁要敢不用力，我就杀了他！"

又一次比赛，僵持一会儿，士兵们一发力，竟把项羽推翻在地。士兵们也收脚不住，乱纷纷压在了项羽身上。

项羽爬起来，摘下野牛面具，摔在地上，满面懊恼之色。

士兵们就地跪倒，齐声哀求："上将军饶命！"

正在此时，有几个持戟披甲士兵押着两个人过来。

士兵单膝跪行军礼："报上将军，我们捉到两个奸细！"

两个奸细被押过来。其中一个身材长大，相貌奇特，目光如电，他就是后来帮助刘邦战败项羽的大将韩信。另一位虽是男子装束，但面容姣姣，美丽非凡，观众一眼即可看出是虞姬易装。

虞姬含笑不语。那匹黑色骏马亲热地走到虞姬面前。项羽忽悟，大喜过望地喊道："虞！"

虞姬欢叫着扑上来，与项羽抱在一起。项羽嗷嗷叫着，把虞姬抱起来，托起来，抛起来。

项羽："虞啊，我正想你，你就来了。"

虞姬："骗人！你把我抛在彭城，几个月没有音讯，还说想我！"

项羽："我正要派人去接你呢！"

"你骗我！"虞姬说。

"不骗你。"项羽说。

虞姬看到跪在地上的士兵，问："这是干什么？"

项羽说："我们角牴玩呢！起来吧起来吧，没你们的事了。"

众士兵:"谢上将军!谢夫人!"

项羽把虞姬抱到骏马上,引马欲走,虞姬指着韩信曰:"夫君,我能够顺利到来,全仗着这位壮士相助。"

项羽不得不注目韩信,韩信微有笑意,目光直逼项羽。

项羽狐疑地说:"我好像见过你……"

韩信:"淮阴人韩信,在上将军麾下执戟数年矣!"

项羽:"嗯?!"

韩信:"信本欲背将军他投,道遇夫人,故护送而归。"

项羽拔剑曰:"你竟敢背我,该当死罪!"

虞姬:"夫君,他一肚子文韬武略,你应该重用他!"

项羽推剑入鞘,曰:"小小一个执戟郎,竟敢背我。我本该杀你,念你护送夫人有功,回营去吧!"

虞姬:"夫君,他肚子里诡计多着呢!"

项羽:"施阴谋,用诡计,有一亚父足矣!"

项羽打马驮虞姬跑去大帐。

韩信仰天叹息。

19. 夜　项羽大帐内

明烛高照。项羽手持大盏畅饮。虞姬着轻薄纱裳,酥胸半露,为项羽表演短剑舞。此舞轻盈中蕴含刚健,节奏分明。

项羽看到得趣处,情不自禁,掷盏拔剑,与虞姬共舞。羽醉态可掬,跌跌扑扑,憨拙之状,如同大头婴孩。

舞罢,虞姬投怀入抱,撒娇使痴一阵,然后正色说:

"夫君,你一定要重用那个韩信。"

项羽不喜,曰:"小小执戟郎,夫人为何念念不忘?!"

虞姬曰:"我与他同行近月,听他讲解天下大势,谈吐胸中抱负,对他深为钦佩！"

项羽怒掷酒盏："啊，你与他同行一月？"

虞姬："我一出彭城就遇上了他。是他设计让我易装，是他寻来了马匹，是他指引着路径，要不我怎么能来到这里！"

项羽痛苦地说："你们日则同行，夜则同宿？"

虞姬："是呀，日则同行，夜则同宿！"

项羽："像一对夫妻？"

虞姬："像一对兄弟！"

项羽连灌数大盏酒，捶胸发泄，咬牙发狠曰："怪不得屡屡为之求情，原来执戟郎做了你情郎！"

项羽拔剑砍折几角。

虞姬亦怒："怪不得韩信说你心胸狭窄！人家满腹学识，跟你数年，不得重用，本欲另谋高就，为了护送我，又千里迢迢返回。人家一路上对我照顾备至，日则牵马探路，夜则持剑护卫，你不报答人家，反而猜忌人家！"

虞姬愤而欲走，被项羽扯住衣袖。项羽红着眼圈逼问："你说实话，他跟你怎样同宿？！"

虞姬愤怒不语。

项羽："你跟他肯定有奸！夜则持剑护卫？狗屁！肥羊置于饿虎嘴边，饿虎竟持剑护卫？！"

虞姬端起一盏酒，泼到项羽脸上。然后挣脱衣袖，疾步出帐。

项羽呼叫："贱妇！你回来！"

项羽大叫："来人哪！"

一卫士急趋进，单膝跪，听候吩咐。

项羽："速去把执戟郎韩信抓起来！"

卫士得令急去。

项羽把盏狂饮,嘴里嘈嘈杂杂地骂着:"贱货、淫妇、贼子!"

卫士进见:"报大王,执戟郎韩信已经跑了!"

项羽怒吼:"给我追!"

项羽急起,因不胜酒力,撞帐倒地,遍地打滚,口中痛呼:"虞啊,虞……"

虞姬进来,扶起项羽,端起一碗水,灌项羽,项羽掀翻水碗,起而抱虞,孩子样哭泣:"虞啊虞,你发誓,你跟那竖子无染!"

虞姬抚着项羽,说:"妾得嫁将军,平生愿足矣!如有私情,天地不容!"

项羽又发歪曰:"如果无染,那竖子跑什么?"

虞姬叹曰:"他若不跑,此刻已身首异处了!"

项羽:"我不相信!"

虞姬抄起短剑,正色曰:"妾愿一死明志!"

项羽慌忙跪起,把住虞姬手腕。俩人你夺我阻,渐渐滚在一起,变成了床笫游戏。

20. 项羽大军西进途中,河边的一条狭窄、泥泞道路

虞姬坐在一辆由四匹马拉的带篷马车上,项羽乘骏马在车旁行走,不时探身车内,问讯虞姬。

一探兵怀抱一块湿漉漉的木板,木板上有刀刻字,单膝跪报:"报上将军,河水中发现先头探兵投下军情木牌——"

项羽:"念来!"

探兵读木牌上字:"沛公已攻取咸阳!"

项羽:"让这老儿捷足先登!继续探去!"

探兵诺走。

项羽腮上已留了浓密的短髭。

探兵又抱木牌至,跪念木牌:"沛公自封为关中王!"

项羽大怒:"刘邦!"

队伍行进中,前方传来吵闹声。

项羽驱马前往。

一群楚兵正在殴打十几个身着秦军黑色制服但前胸后背已缀上白色"楚"字的秦降卒。

秦降卒驱赶的一辆辎重车折断了轮轴,阻挡了中军前进的道路。

一楚军小校挥动马鞭疯狂抽打秦降卒,秦降卒哀号着以臂护脸在地上翻滚。

秦降卒围上来,俱咬牙切齿。

一秦降卒:"弟兄们,拼了吧!"

秦降卒齐声呐喊,扑向楚军。

数十人滚打成一团。

项羽、范增、英布等重要将领俱到。

项羽大吼:"住手!"

秦降将章邯、司马欣从前边赶来,抽打着自己的部卒。

厮打的士兵们终于分开。一边是秦降卒,一边是楚兵,俱咬牙切齿,怒目相向。

降将司马欣打自己的士兵。

秦降卒:"将军,我们实在忍无可忍了。与其受他们侮辱,还不如当初战死!"

楚士兵:"当年你们侮辱我们时怎么不说?!"

章邯曰:"我们投降了。"

面部被黥的英布怒咤:"你们也有今天!"

范增:"英将军!"

章邯、司马欣等降将跪地,忍气吞声地说:"请将军恕我们管教不严之罪!"

项羽:"快快让开道路!刘邦老儿已在咸阳称王!"

章邯等指挥秦降卒把辎重车掀到河里。

秦降卒愤愤不平。

21. 夜　新安城外,项羽军帐内

项羽暴躁地在帐内来回走动。

虞姬递酒过去,轻声问:"夫君烦恼什么?"

项羽:"刘邦已在咸阳称王,可我军一日只能前进二十里。一会儿降卒要造反,一会儿又为争粮草打架,乱糟糟,乱糟糟!我只要八千骑兵足矣,来如风,去如电,说打就打,说走就走。现在可好,简直像一条长尾巴蛆虫!"

虞姬:"亚父和英布将军他们怎么说?"

项羽:"英布说一到秦地,降卒必定要倒戈叛乱,他要我先诛杀他们。"

虞姬:"亚父的意思呢?"

项羽:"亚父说坑杀降卒要失掉民心,于将来成就大业不利。"

虞姬说:"你的意思呢?"

项羽:"你问我,我问谁?"

虞姬坐在项羽怀里,用手指捻着项羽的耳朵。项羽怒气渐消,温顺起来。虞姬深情地说:"羽啊,不要烦恼了,让我帮你决定。"

虞姬起身出帐,回来时手里握着两个草缨儿,笑着说:"这两根草缨儿,一长一短,你任意抽一根,如抽着短的,就听亚父的;抽到长的,就听英布的。"

项羽笑道:"妙!"

项羽从虞姬手中抽出一根草缨儿,虞姬随即张开手,拿手中草缨与项羽手中的草缨儿比较,明显地可看出,项羽抽到一根长缨儿。

22. 新安城外

一条天然的深沟。大批楚军从三面包围了手无寸铁的秦降卒,把他们统统刺杀在沟里。哀号詈骂声,器械搏击声,震动原野。

秦降将章邯、司马欣、董翳跪在项、范、英等人面前。

项羽面有不忍之色,将降将们扶起。

画外童音:"公元前 206 年 11 月,楚军于新安坑杀秦降卒二十余万。"

第 四 部

23. 咸阳古城

刘邦的军队正在举行入城、受降式。

刘邦身披赤色战袍,骑赤色马,头戴赤色高冠(是那顶竹皮高冠染色),被诸将簇拥进城,鼓乐喧天,士兵欢呼。

秦王子婴身着白衣,颈上系着一条绳子,手捧着封好的皇帝玉玺,跪在道路旁边,向刘邦投降。在他身后,跪着两个内监,手捧着符(发兵凭信,铜制或玉制,龙虎形,一分为二)节(长丈余,形如竹竿,竿头有毛缨)。

子婴献玉玺,啼哭不能言。内监献符、节。刘邦身边随从接住,一一进呈刘邦。

刘邦接过皇帝玉玺,迫不及待地启封观赏、把玩。

张良、萧何暗中扯刘邦衣角。

刘邦下马扶起秦王子婴,对着围观的百姓说:"诸位父老,我与诸侯约定,先入关者为王。现在,我宣布:一、杀人者处死;二、伤人及偷盗以情节轻重定罪；三、废除秦朝的一切法律。望父老们安居乐业。"

百姓欢呼。妇孺箪食壶浆,慰劳入城部队。

24. 秦宫殿内

秦宫一角,富丽堂皇。奇珍异宝,名马怪鸟,美女娇娃。

刘邦只穿短衣,与十几位袒腹露背的美女饮酒嬉笑,追逐打闹。

豹头环眼、燕颔虎须、身披重甲的樊哙挺身闯入。

樊哙："主公！"

刘邦从一堆美人中钻出来,高兴地说："咦,樊哙老弟,快来同大哥一起享受这些尤物。"

两个美女忸怩作态地靠到樊哙身上,娇声浪调地说："樊将军……陪我们玩玩……"

樊哙抬臂将两位美女拨开,大声说："主公是想为天下主呢,还是只想做一个富家翁？"

刘邦不快地说："什么意思？"

樊哙说："这些豪华宫室、珍奇珠宝、娇艳美女,正是秦朝覆灭的原因。请主公立即返回霸上,不可在此沉溺！"

刘邦挥手曰："扫兴扫兴！出去出去！"

樊哙恨恨而退。

张良用一柄长剑挑着刘邦那染成红色的高冠走进来。

刘邦："子房,你弄什么鬼？"

张良把高冠挑至刘邦鼻下,说："忠言逆耳利于行,良药苦口利于病,望主公听从樊哙的谏言！"

刘邦："我刘邦辛苦半生,该享乐一阵了。"

张良低声说："项羽亲率精锐骑兵,正日夜兼程,奔赴咸阳。主公如不速归霸上,悔之晚矣!"

刘邦沉默一会儿,抱着几个美女胡乱亲吻,美女们像水蛇一样缠着刘邦:"大王,不让你走……"

张良用长剑格开美女,厉喝:"若敢继续纠缠,杀无赦!"

美女们惊叫避开。

刘邦胡乱穿着衣服。张良把那顶高冠给刘邦戴上。刘邦眷恋地环顾着美女珍宝,愤愤地说:"这些好宝,便宜了项羽这个黄口小儿!"

张良曰:"天下的山川地图、户籍档案,已被萧何运回霸上,这才是无价之宝!"

刘邦骂道:"有你们在,我就无法安享富贵!"

张良笑曰:"主公得了天下,还愁没有富贵享吗?"

25. 项羽营地

画外童音:"公元前206年12月,项羽攻破幽关,屯兵四十万于新丰鸿门;刘邦兵十万,驻霸上。范增等为项羽设计,于鸿门大摆宴席,邀刘邦赴宴,准备于席间杀之,以除劲敌。"

项羽中军大帐中。项羽居中坐。范增等文官武将分列两边而坐。案上烤猪肥羊,极其丰盛。中军帐后,诸多持戟甲士。

探兵进报:"沛公到——"

项羽:"传进!"

刘邦、张良、樊哙等从帐外戟林中穿行。

刘邦面有惶惶之色。

至辕门,持戟甲士曰:"上将军有令,文官进,武将留。"

樊哙等被拦阻在外。

刘邦、张良进入中军大帐。二人不顾身份,跪地拜见。刘邦谦恭曰:"上将军别来无恙?"

项羽看着免冠的刘邦,扑哧一笑,问道:"沛公头上的高冠哪里去了?"

刘邦嬉笑曰:"被你那位老嫂子给你侄儿当尿壶用了。"

项羽正色曰:"沛公言而无信!"

刘邦惶恐跪地,曰:"刘邦不敢!"

项羽笑曰:"前年在薛城时,沛公亲口说过,那个东西是我的尿壶。"

座上诸人哗笑。范增咳嗽,目视项羽。项羽佯装不觉。

刘邦:"兄弟,我把咸阳宫中秦始皇用过的尿壶给你留着呢。"

范增咳嗽,举起手中玉玦,向项羽示意,项羽佯装不觉。

项羽:"沛公请入座,子房先生请入座。"

项羽举盏,说:"为我们久别重逢,干杯!"

众举杯畅饮。刘邦做满饮状,趁人不注意时却将杯中酒偷偷倒在几下。

范增怒斥刘邦:"刘邦,你为什么要在函关设兵,阻挡上将军入关?"

刘邦急忙辩解:"设兵函关是为了防止盗贼。刘邦斗胆也不敢拦挡上将军,请上将军明鉴!"

范增:"你自立为关中王,将秦宫中珍宝美女掠为己有,这难道也是假的?"

刘邦:"这更是天大的冤枉!刘邦侥幸攻克咸阳后,立即查封了王宫,移军霸上,宫中珍宝美女,都有士兵看守,等待上将军前去接手。上将军入咸阳后便知刘邦无半句谎言。"

项羽笑曰:"奇珍异宝,沛公也许能割舍;可那些美貌女子,沛公如何能割舍？沛公在高阳时，差点死在女人怀抱里，这是真的吗？"

众哗笑。

刘邦嬉笑曰："知我者少将军也。说实话，见了那些美女，我心中奇痒难挨，但一想到这是属于上将军的女人，我刘邦再好色也不敢造次了。"

项羽："沛公如此行状，吕雉夫人就不吃醋吗？"

刘邦："你那老嫂子有她自己的相好，乐得我不去纠缠她呢！"

项羽大笑。

刘邦："望老弟能分几个秦宫美女给你这个不争气的老哥儿消受。"

项羽大笑不止，举酒与众人痛饮。

范增趁乱离席。

中军帐外，范增对一英武小将项庄说："上将军被刘邦花言巧语蒙蔽，已经全无杀他之意。你速速进去，以舞剑助酒为名，伺机刺杀刘邦，否则我们都要死在他的手里。"

项庄："刘邦一个混沌老头，有那么厉害吗？"

范增："将军有所不知，刘邦其人，貌似流氓无赖，实则雄才大略，野心勃勃，将来与上将军争夺天下的必是此人，望将军趁此时机，为上将军除去心腹大患。"

项庄："亚父放心，末将遵命！"

大帐中，范增已回复原位，诸将饮酒，觥筹交错。

项庄仗剑撞入，揖拜项羽曰："英雄豪饮，不可无乐。请准我做剑舞，为上将军和沛公助酒。"

项羽："好！快快舞来！"

项庄抽剑出鞘,身随剑舞,步伐矫健轻捷,宛若游龙矫凤。剑光飞舞,吸引着众人的目光。

项羽喝彩,饮酒。

项庄继续舞剑,渐渐逼近刘邦,刘邦惶恐不安。突然,项庄一个"灵蛇吐信",剑尖直指刘邦,刘邦慌忙往后折身。

老将项伯系张良好友,被刘邦收买,见刘邦危急,他仗剑从席上跃起,大喊:

"一人舞剑,略显单调,看我与之对舞!"

项羽略有醉意,含糊曰:

"就请叔叔与之共舞!"

项庄与项伯是叔侄,目光交流,项庄数次欲对刘邦下手,俱被项伯拼力抵住。

混乱中,张良溜出大帐。

帐外,樊哙急问张良:"里边情况如何?"

张良:"万分紧急。项庄舞剑,意在刺杀沛公,幸有项伯缠住。请将军立即冲进帐去,保护沛公。"

樊哙一手持剑,一手持盾,向辕门冲去。两边侍卫拦阻,樊哙用盾牌左右撞击,二侍卫哀号倒地。

樊哙冲进帐内,大吼一声,怒目圆睁,瞪着项羽。

项羽警觉地按剑跪直身体,大声问:"你是何人?"

此时舞剑的人退到一边。

张良在樊哙旁边说:"这是沛公的随身护卫樊哙。"

项羽坐下,赞叹道:"好个壮士,赐卮酒!"

侍从端着一卮酒,送到樊哙面前。

樊哙只手接卮,将酒一饮而尽。掷卮于地,曰:"谢上将军!"

项羽曰:"赐他一条猪腿!"

侍从端过一条猪腿。

樊哙接过猪腿,跪下,把盾牌覆在地上,将猪腿放在盾上,拔剑切割,无所顾忌地大嚼起来。

项羽赞曰:"真是壮士,还能饮酒吗?"

樊哙厉声说:"秦王暴虐,天下英雄群起而攻之,楚怀王与诸侯有约:先入关者为王。今沛公先破秦入咸阳,封闭宫室,还军霸上,以待上将军。沛公劳苦功高,上将军不但不赏,反而听信小人之言,欲杀沛公。上将军英名盖世,恪守信义,做出这样的事,不怕天下人耻笑吗?"

项羽尴尬地说:"壮士请坐下饮酒!"

樊哙坐在张良身边。

项羽举杯曰:"喝!"

众痛饮。

刘邦起身曰:"请上将军准我如厕。"

项羽:"沛公老矣!"

张良、樊哙起身。

张良曰:"沛公不胜酒力,我们去照应一下。"

张樊架着故作醉状的刘邦出帐。

帐外。

刘邦说:"情况危急,项羽随时都会杀我。"

张良曰:"主公速速脱身回营。"

刘邦说:"可我还没向项羽告辞呀!"

樊哙:"如今人家是刀俎,我们是鱼肉,保全性命要紧,哪还顾得上那么多礼节。"

大帐内,项羽半醉,问刚刚入帐的张良:"沛公呢?"

张良曰:"沛公不胜酒力,已返回霸上。特让张良代为辞谢。沛公有白璧一双,献给上将军;玉斗一对,献给亚父。"

侍从从张良手中接过白璧玉斗,分献与项羽、范增。

项羽醉意朦胧地把玩白璧。

范增将玉斗扔在地上,拔出剑来,猛力一击,将玉斗砍碎。他愤恨地叹息道:"竖子,不足与共大事!夺你天下者,必是刘邦!"

项羽不在意地说:"亚父过虑了。刘邦酒色之徒,杀之不仁,留之有趣。"

范增叹息曰:"有朝一日我们都将成为他的俘虏!"

范增起身,摇摇晃晃地走出大帐。

26. 秦王宫廷内

项羽大宴群臣。

数十艳丽宫女,衣裙翩翩舞于庭下。

项羽大醉,命令众宫女脱去衣裙,只穿短衣并排躺在地上。

项羽衣冠不整,脚步踉跄、手持大盏,赤脚踏着宫女的肚皮来回走了一遭,盏中酒晃出来,洒落在宫女们身上。众宫女不堪项羽之重纷纷发出娇声。

项羽抓起一个宫女,推到一个将军怀里,说:"这个归你!"

项羽又抓起一个宫女,推给一将军:"这个归你!"

……

项羽大笑:"秦始皇,你在哪里?"

27. 项羽与虞姬住处　夜晚明月皎洁

项羽被几个侍卫扶回来。

项羽醉话:"虞……我给你带回来一个宝贝……"

项羽从侍卫手里抱过一只长毛怪狗,踉踉跄跄往室内走。

一侍女跪曰:"上将军,夫人骑马走了。"

项羽猛醒:"什么?"

侍女:"夫人骑马走了。"

项羽问:"去了什么地方?"

侍女:"夫人说她要回会稽。"

项羽:"什么时候走的?"

侍女:"走了有一个时辰了。"

项羽怒吼:"为何不早报?"

侍女:"夫人不许……"

项羽把怀中的怪狗砸到侍女身上,吩咐侍从:"备马!"

侍女:"夫人骑走了上将军的坐骑……"

项羽:"还有什么?"

侍女:"还扛走了上将军的铁戟……"

项羽踢倒侍女,掀翻几案,大吼着:

"备马!备马!"

28. 月夜　咸阳郊外古道

虞姬独立。铁戟竖立,骏马肃立,巨大清冷的月亮背景,使人、马、戟恍若月中景物。

项羽与十几骑飞驰而来。

众人在虞姬与骏马周围勒住马头,马嘶声声。

项羽滚鞍下马。

黑骏马摇头摆尾,跑到项羽跟前。

项羽拍一下爱马,走到虞姬面前,沉默不语。稍顷,项羽冷冷地说:"你一个人月夜出逃,让我这个上将军的面子往哪里放?"

虞姬:"你愿往哪放就往哪放!"

虞姬拉马扛戟欲走。项羽急忙拦住,说:"你要去哪?"

虞姬:"你管我去哪?"

项羽微愠:"要走也可以,还我的马和戟。"

虞姬:"这是我的马!我的戟!"

看着月光下虞姬咬牙切齿的样子,项羽转怒为喜,曰:"可你是我的!"

虞姬:"秦宫里那些妖精才是你的呢!"

虞姬欲走,项羽扯住她,说:"虞啊,虞,秦宫富丽堂皇,珍禽异兽无数,我正要与你在这里痛快地玩几天呢!"

虞姬:"我讨厌这阴森森的宫殿,讨厌这光秃秃的山川。"

项羽:"你给我回去!"

虞姬:"我就不回去!"

项羽怒,手不由自主地握住剑柄。

虞姬冷笑道:"怎么,上将军,要杀我吗?"

项羽拔剑,怒曰:"我项羽纵横天下,杀人如麻,杀你个虞姬算什么!"

项羽猛地抽出剑来。

虞姬发疯般地朝项羽的剑锋扑去,口里哭叫着:"你杀,你杀,我让你杀!"

项羽伸手格住虞姬,送剑入鞘,克制怒火,佯装笑脸,说:"虞啊,我不过是说句气话,我怎么舍得杀你呢?"

虞姬哭着说:"你不杀我,让我自杀好了!"

虞姬拔出短剑,作势朝脖子抹去。

项羽惊叫,搂住虞姬,夺出短剑。

虞姬头在项羽怀里乱撞,趁乱咬了项羽一口。

项羽叫起来:"哎哟,你怎么还会咬人呢?"

虞姬破涕为笑:"就咬你!"

虞姬张着嘴朝项羽扑去。

项羽笑着把她抱起来。

29. 咸阳城中

秦宫模型着火。

项羽驻马火光之中,大喊:"烧!烧!"

火光中,百姓哭叫逃窜。

楚军追赶妇女,抢夺财物。

项羽:"爷爷,叔叔,你们的仇终于报了!"

韩生扑跪在项羽马前,大喊:"上将军,不要烧了!关中沃野千里,气候适宜,地处中枢,正是称王建都之地,不要烧了!"

项羽:"难道还能胜过我彭城吗?"

韩生:"彭城地处偏远,燠热多雨,水灾频繁,交通不便,不是长居久安之地。"

项羽:"你竟敢侮辱我的故乡?"

韩生:"大丈夫当以天下为乡土。"

项羽:"富贵不还故乡,犹如衣锦夜行。"

韩生怒曰:"怪不得人家说楚人都是些穿衣戴帽的猴子,果然不谬也!"

项羽大怒:"烧死他!"

众士兵架起韩生,投于烈火之中。

韩生哀号惨叫声。

第 五 部

30. 彭城霸王府前戏马台下（今徐州尚留遗迹）

画外童音或字幕："公元前206年2月,项羽还军彭城,废楚怀帝芈心,徙之彬,后又阴使人杀于江中。项羽自封为西楚霸王,辖魏、楚故地九郡,都彭城。封刘邦为汉王,辖巴蜀两郡及汉中,都南郑。"

项羽与虞姬穿紧身彩衣,手持红缨马鞭,在那匹黑色骏马前舞蹈蹦跳逗引,骏马披绸挂彩、遍体璎珞,项系一串铜铃,在主人的逗引下,做出各种动作:忽而抬起前蹄,忽而抬起后蹄,忽而点头颔首,忽而人立而起,忽而踏节拍四蹄捯动。戏马台上,钟鼓齐鸣,乐声嘹亮。人与马的动作都合着音乐的节拍。气氛热烈、欢快。

一曲罢,众人欢呼。

霸主与虞姬登上戏马台饮酒,观看台下健儿表演各种马上绝技。

31. 项羽营地

画外童音或字幕："公元前206年4月,刘邦忍忿去南郑就位。他烧绝栈道,迷惑项羽。刘邦在南郑积蓄力量,招降纳叛,听从萧何建议,拜原项羽部下执戟郎韩信为大将。8月,韩信明修栈道,暗度陈仓,还定三秦,占据了关东大片土地。公元前205年3月,项羽率众北上平定齐乱,刘邦为楚怀王芈心发丧,收揽人心,集大军五十六万,攻克楚都彭城。"

齐地。项羽马前。一骑使飞马至。马吐白沫瘫倒,人滚下来,跪报曰:"报大王,刘邦占领彭城……"

项羽:"胡说,他是从天上掉下来的吗?"

骑使:"大王,千真万确……"

骑使昏倒。

项羽怒骂:"刘邦老儿!"

32. 古道上

项羽一马当先,率三万精锐骑兵奔袭彭城。

尘烟滚滚。

项羽不断地回头招呼:"快!快!"

33. 彭城,霸王宫中

刘邦躺在一张床上。有两个艳装美女为其洗脚,两个艳装美女为其揉手,一个艳装美女为其按摩头颅。

刘邦色迷迷地问:"宝贝们,侍候过项王吗?"

美女曰:"虞娘娘一人独宠,我们没福分。"

刘邦说:"这个傻瓜!虞姬呢?"

美女曰:"虞娘娘跟随大王征战去了。"

刘邦问:"那虞姬比你们美吗?"

美女曰:"汉王以天比地。"

刘邦发恨曰:"总有一天……"

一参将闯入,跪地:"报汉王……"

刘邦跳起逐打参将,怒骂:"狗养的,谁让你进来的!"

参将被踢倒,伏地爬行欲出。刘邦追上去,骑在他的脖子上,问:"小子,你知道老子是什么样人?"

参将曰:"汉王乃盖世英雄。"

刘邦擂打参将头,说:"放屁!"

参将曰:"汉王乃混世流氓!"

刘邦擂打参将,说:"更是放屁!"

参将哭咧咧地说:"汉王是流氓加英雄。"

刘邦骗腿儿从参将颈上下来,说:"说得好!赏红袍一领!"

一美女托一领红袍过来。刘邦亲手将红袍披到参将身上。踢其一脚,说:"滚!"

参将哭笑不得地跑了。

34. 彭城外围

项羽骑兵与汉兵接战。

项羽亲冒矢石冲锋。

楚军喊杀震天。

汉军望风披靡。

35. 霸王宫中

刘邦为其父刘太公祝寿。

刘邦妻吕雉、子盈、女鲁元公主等人在堂。

刘邦把酒一盏,曰:"父亲,祝你长寿!"

刘太公慌忙站起,接酒曰:"汉王汉王,折杀老子了。"

刘邦说:"老爹,放开肚皮喝吧,酒宴上没有君臣,也没有父子!"

刘太公喝酒,惶惶之状可掬。

刘邦戏谑父亲:"老爹,你从前老骂我不务正业,不会赚钱发财,说我不如我那两个哥哥,现在呢?"

刘太公诺诺不能成言。

一参将闯入急报:"汉王,项王大军攻进城了!"

刘邦手中杯落地,稍停,大骂:"胡说,他是从天上掉下来的吗?"

36. 彭城郊外，河边

汉兵溃不成军，狼狈逃窜。

楚军奋勇追杀，汉兵纷纷入水，自相践踏，满河沸腾，淹死无数。

楚军排成阵势，对河放箭。箭如飞蝗，河中哀号声震耳，河水被血染红。

37. 彭城郊外荒野

刘邦坐在一无篷马车上，衣冠不整，头发散乱，仓惶逃命。十余从骑紧随车后。

夏侯婴站在车上，挥鞭打马急驰。

车前道路上，刘邦子盈与女鲁元公主相抱哭泣。

夏侯婴勒住马匹，跳下车，将孩子抱上车。

夏侯婴飞身上车，打马飞驰。

楚军骑兵追上来，齐声呐喊："活捉刘邦！活捉刘邦！"

刘邦眼珠一转，猛推子女下车。

孩子哭号着跌在车下。

夏侯婴勒马停车，跳下去，抱起孩子掷到车上。

夏侯婴跳上车，驱马奔逃。

追兵更近。喊声震天。

刘邦又欲推子女下车。

子女哭叫："父王，父王……"

刘邦又把孩子推下去。

夏侯婴又一次停车救孩子。

楚骑兵逼近。

十余从骑返身迎敌，拼死抵抗。

刘邦拔出剑，愤怒地去砍夏侯婴，夏侯婴躲过。

刘邦怒骂:"混蛋,是我的性命要紧,还是他们的性命要紧?!"

夏侯婴打马疯跑。

十余从骑拼死,阻滞了追兵。

夏侯婴驱车拐上一条斜道逃脱。

38. 彭城大街上

项羽勒马缓行。

一彪人马押解着刘太公和吕雉过来。

一将领报告:"大王,我们活捉了刘邦的父亲和妻子。"

项羽:"刘邦呢?"

将领:"没捉到。"

项羽与面孔阴沉的吕雉对视。

刘太公:"大王,不关我的事,别杀我……"

项羽说:"好生押起来,别让他们死了。"

39. 对战场面

画外童音或字幕:"项羽夺回彭城后,即率精兵追击刘邦。在下邑遇到刘邦部将吕泽的顽强抵抗。刘邦趁此机会,迅速集结散兵,留守关中根据地的丞相萧何输送来增援兵力和大批粮草,在荥阳一带布置了坚固防线,有力地遏止了项羽的攻势。利用两军对峙之机,刘邦返回关中,立太子刘盈,战杀雍王章邯,巩固了后方。是年8月,刘邦返回前线,采用陈平阴谋,离间项羽领导阶层。英布叛楚,彭越降汉,亚父范增被逐气死。从此,项羽手下再也没有能够独当一面的大将,身边也没了出谋划策的智囊。"

40. 荥阳城下

项羽骑马督促楚军攻城。

士兵们推着破城车、抬着云梯、冒着从城墙上发射下来的箭矢和滚木礌石,奋勇攻城。

背后的骑兵列成队阵,一边发箭掩护攻城,一边呐喊助威。

城上守兵渐少,情况危急。

城中刘邦居地。

守城指挥官纪信浑身血污闯进。

刘邦急起相迎,焦急地问:"纪将军,情况如何?"

纪信:"万分危急,荥阳破在旦夕!"

刘邦转着圈说:"这该如何是好呢?"

纪信:"臣有一计,可使大王脱险。"

刘邦:"快快道来!"

夜晚,星光点点,月色微明。

楚军在离城百米处点燃篝火。

城门突然大开,一队披甲士卒,拥着一辆黄篷车,举着白旗缓缓走出来。

楚军急传警号,把这些人包围起来。

车前人挥动着白旗喊叫:"汉军粮草断绝,汉王向霸王投降!"

短暂沉默之后,震天动地的欢呼声在楚军中爆发。楚兵击地欢呼:"万岁!万岁!……"

楚士兵拥抱,感极而泣。

项羽骑马赶至车前。

几十支火把把周围照耀得一片辉煌。

楚军齐呼:"霸王前来受降,汉王下车!"

车内毫无动静。

项羽挥戟挑掉车帘。

火光中,车内坐着身穿汉王衣冠的纪信。观众能辨出那顶血染的竹皮高冠。

纪信的相貌与刘邦有几分相似。

项羽疑惑地问:"你是刘邦?"

纪信突然放声大笑,说:"汉王早已从西门出城,现在已远去了!"

项羽气得浑身发抖,身体在马上摇晃。

楚军也发现了汉甲兵的破绽,上去捣掉他们的衣甲,一件件女衣露出来,一缕缕长发披下来。原来都是女人化装。

项羽大怒,哇的一声,喷出一股鲜血。

愤极的楚军冲上去,将纪信和那数百女人淹没了。

41. 项羽营地

画外童音或字幕:"刘邦荥阳逃脱后,听从辕生之计,主动放弃成皋,在宛、叶间流动作战。又派员联络北方的韩信、南方的英布、东方的彭越,四面牵扯项羽。尤其是东线彭越卓有成效的游击战,严重地威胁着项羽的后勤补给和都城。一年多来,项羽来回奔命,顾此失彼,虽然屡战屡胜,但已是疲惫的胜利者了。"

画面:

项羽暴躁地鞭打走不动的士卒。

项羽的黑骏马腿受伤倒地。

项羽狂饮,砸碎踩扁酒器。

项羽在帐中狂呼乱叫,如同笼中野兽。

虞姬上前抚慰项羽,被项羽推倒在地。

虞姬伏地哭泣。

项羽把虞姬扶起来。

夫妻相抱,项羽将硕大的头颅伏在虞姬怀里。

虞姬含泪说:"羽啊……"

项羽呢喃道:"妈妈……"

虞姬:"用不了多久,就有一个孩子与你一起叫妈妈了……"

项羽不解地看着虞姬。

虞姬:"我的傻大王啊,妾已怀上了你的孩子……"

项羽大喜,把虞姬高高地举起来,放在自己脖子上。虞姬骑着项羽的脖子,双手揪着项羽的头发,嘴里发一些幸福的咕噜。

42. 军帐内

项羽驮着虞姬跑到一顶军帐中。军帐中卧着那匹黑骏马。兽医正在用牛角往马嘴里灌药。马腿上缠着白布。

兽医:"大王,夫人。"

项羽放下虞姬,关切地问:"怎么样了?"

兽医:"它的伤不重,将息三五日,就能上阵了!"

项羽猛击兽医肩头,大声说:"好!"

兽医腿一软,蹲在地上。

项羽笑了。

虞姬拿一块干粮,蹲下喂马。

项羽蹲下,抚摸马耳,喃喃道:"骓啊,骓,我们就要有儿子了……"

43. 楚军大营内,关押刘太公、吕雉、审食其的地方

刘太公躺在地上闭目养神。

吕雉衣冠整洁,端坐在几上,对着一块残破的铜镜,让她的情人审食其为其梳理头发。

这是一个脸盘宽大、雍容大度、城府深沉、狠毒阴险的女人。

审食其:"夫人,听楚兵们叫嚷,汉王又败了一阵。"

吕雉平静地说:"汉王迟早要胜的!"

两个楚兵闯入,大声说:"起来,起来,虞夫人来了!"

虞姬率几个侍女,浓妆华服走进来。

审食其跪地迎接虞姬。

刘太公跪地磕头。

吕雉端坐,冷漠地看着虞姬。

士兵命令吕雉:"跪下!"

吕雉平静地说:"她是霸王妻,我是汉王妻,霸王与汉王当年同为怀王臣属,义同兄弟,汉王长,霸王幼,我为什么要跪她?"

虞姬挥手曰:"都出去,我要单独与吕夫人谈谈。"

众人出时,刘太公对虞姬说:"贤侄媳妇,回去跟霸王说说,别让他跟我那无赖儿子打了。"

两个非凡的女人各怀着复杂心思,打量着对方。

虞姬说:"吕夫人,你我都是女子,我想与你说一些女人的话。"

吕雉曰:"虞夫人请讲。"

虞姬曰:"假如你我都待嫁闺中,有霸王和汉王两个男人任选,不知夫人要选哪个为夫?"

吕雉毫不犹豫地说:"当然是汉王!"

虞姬:"为什么?"

吕雉:"汉王胸有大志,腹有良谋,虚心纳谏,知人善任,不屈不挠,随机应变,天下尊位,非他莫属。"

虞姬冷笑曰："汉王纵情好色,夫人之后,又有戚姬、薄姬,至于那些与汉王有过露水之情的女子,更是不计其数。夫人自色衰之后,与汉王虽有夫妻之名,但无夫妻之实,这难道不是一个女人最大的悲哀吗?"

吕雉曰："夫人差矣!男女之情,譬如朝霞晚露,转瞬即逝,只有业绩是千秋不灭的。今我随汉王,虽不能如夫人专宠床笫,但我必成天下女人之尊。肉欲私情,只有田舍郎才蝇苟于胸中。"

虞姬不语。

吕雉继续说："夫人自然是要选霸王了。但霸王性情多变,喜怒无常,刚烈时如烈火,懦弱时如怯女。胸无大志,腹无良计,恃匹夫之勇,施妇人之仁,与汉王相比,霸王乃一顽童尔。"

虞姬："霸王与汉王孰优孰劣,世人自有公论。我想与夫人比一比。"

吕雉笑曰："虞夫人教我。"

虞姬洋洋曰："虞与夫人,哪个年轻?"

吕雉笑曰："当然是夫人年轻。"

虞姬洋洋曰："虞与夫人,哪个貌美?"

吕雉笑曰："当然是夫人貌美。"

虞姬曰："我之灵肉,专属霸王;夫人事汉王之外,又有审食其之流苟且;虞与夫人,哪个纯洁?"

吕雉笑曰："当然是夫人纯洁。"

虞姬曰："如此,我为天上凤,汝为地下雉。"

虞姬大笑欲走。

吕雉曰："夫人慢走,请听吕雉言。汉王雄才大略,素不以女人贞操为重,我之不贞,正遂其愿。雉自随汉王以来,忍辱负重,事事顺从,从不以儿女私情干扰汉王大事。因此汉王后闱安详,得以全力图大业。夫人虽从一不乱,但常使狭气,乱霸王心志;咸阳夜奔,败霸王声名。霸王坑杀降卒,播暴名于四海;火烧咸阳,失民心于天下;暴行累累,都与夫人有关,窃以为旦日杀霸王者,非汉王也,实乃夫人也。一个断送了夫君大业和性命的女人,纵然貌如天仙,洁身如玉,又如何算得上好女人?"

虞姬怒不可遏,探身打了吕雉一巴掌。

吕雉冷笑曰:"果然是霸王帐中人!"

44. 广武(今河南广武)城外

楚、汉大军隔一道深涧扎下营盘。两军相隔仅百米之遥,彼此声息相闻。汉军依城结营,壁垒森严,拒不出战。

项羽持戟搦马,指挥士兵擂动几十面大鼓向汉军挑战。

鼓声停止,楚士兵齐声叫阵:"汉军出来!缩在窝里,不算好汉!"

汉军营帐内,士兵鼓腹而歌,对楚军的挑战不予理睬。

项羽往后一挥手,说:"抬出来!"

一队刀兵把剥得半赤的刘太公和吕雉抬出来,放在阵前。那里早燃了一堆篝火,火上吊一大釜,釜中水沸腾。篝火旁边置一巨大的肉案子,上面血迹斑斑。刀兵们把太公和吕雉并排放在肉案子上。

刘太公挣扎着喊叫:"项羽贤侄,饶我一条老命吧!"

吕雉闭目不语。

项羽高呼:"刘邦老贼,快快投降!"

楚军齐呼:"刘邦老贼——快快投降——"

项羽高呼:"如不投降,煮父为羹,醢妻成酱!"

楚军高呼:"如不投降——煮父为羹——醢妻成酱!——"

十几个汉兵站在广武涧边大喊:"霸王听着,汉王说,我与项羽,曾盟誓结为兄弟,我父即你父,我妻亦你妻。煮出肉羹,请分我一杯;

醢成肉酱,请分我一盘。"

刘太公哭曰:"泼赖儿,恁生就一颗虎狼心!"

项羽大怒:"动手!我看看他怎样喝下这杯羹,如何吃下这盘酱!"

项伯劝阻项羽:"大王,天下大事尚难预料,刘邦这种打天下的人,向来是不顾家的,你杀了他的父亲、妻子,并无益处,徒增仇恨耳。不如留下他们,用来牵制汉王。"

45. 项羽营帐内　夜

灯烛昏黄。

虞姬对镜枯坐。

项羽烦躁地喊叫:"拿酒来!"

一侍从端着一壶酒、一碟黑色的肉,放在几案上。

项羽喝一口酒,猛地喷出来,怒斥:"这是什么酒?!"

又端起那碟肉,放在鼻下嗅嗅,扬手扔碟,骂道:"臭肉!"

侍从跪倒,曰:"大王息怒。军中粮草断绝,周围的百姓早跑光了,这些酒,还是从百姓家地洞里搜出来的。"

项羽把酒灌下去。

46. 凌晨

红日初升。

项羽披甲执戟骑黑马在阵中。楚军擂鼓三通。鼓声止,项羽对左右说:"喊话!"

楚士兵齐呼:"汉王听着,霸王对你说,'你我相争,使天下战乱,百姓遭殃。现在我向你单独挑战,一决雌雄!'"

汉兵数十,站在广武涧边喊:"霸王听着,汉王说,'我斗智不斗力'。"

项羽令手下数骑向涧边冲去。

数骑均被刘邦阵内神射手射倒。

项羽大怒,单骑冲向涧边。

刘邦营内神射手挽弓搭箭瞄准项羽。

项羽与射手距离数十步,瞋目怒吼,声震原野,犹如雷鸣,射手双手颤抖,弃弓逃走。

汉营内。

刘邦问身边侍从:"是谁吓退了我神射手?"

前边传话过来:"是霸王项羽。"

此时项羽的叫骂声清晰地传入刘邦帐中。

"刘邦老儿,你给我出来!"

刘邦持酒杯的手抖了一下,杯中酒洒。刘邦突然昂然道:"怕他怎的,待我上去骂他一阵!"

刘邦出帐上马,在众骑簇拥下,逼近深涧。

两个争斗数年的敌手,终于隔广武深涧见面。

刘邦:"项羽老弟别来无恙!"

项羽:"刘邦,你要是个男子汉,就放桥过涧,与我分个胜负!"

刘邦冷笑,曰:"项羽,你假传怀王号令,诛杀将军宋义;私自拥兵入关,焚烧秦宫,发掘秦陵;坑秦降卒,残暴不仁;暗杀怀王,自立霸王;封地徇私,背信弃义……你罪行累累,天下人都欲杀你,何劳我亲自动手?"

项羽怒不可遏,弯弓搭箭,直射刘邦。

刘邦躲闪不迭,箭中胸膛。刘邦伏在马上,拔箭掷地,手抚脚背曰:"竖子,射中了我的脚!"

47. 夜　项羽营帐

帐内灯火昏暗。帐外风声呼啸。

项羽自外入,周身重甲,满面灰尘,疲惫不堪。

虞姬困难地挪过来,怯怯地叫了一声:"大王……"

项羽挥手让她离开。

虞姬伏在睡榻上,抽泣声渐大。

项羽强忍着烦恼安慰她:"虞,你不要哭了……"

虞姬继续哭。

项羽怒吼:"不要哭了!不要哭了!!"

虞姬哭声愈高。

项羽:"明日我冒死冲锋,跌死在深涧里就罢了!"

虞姬起,捂项羽口,哭曰:"大王……你送我回彭城去吧……"

项羽惊问:"为什么?"

虞姬掀起裙角,露出斑斑血迹:"大王啊……我们的孩子……"

项羽抱住虞姬,茫然地说:"天亡我也……"

48. 作战场景

画外童音或字幕:"公元前 203 年八、九月间,项羽送刘太公、吕雉归汉。楚汉以鸿沟为界,订立和约。疲惫不堪的楚军随即东撤。刘邦背约尾追,越过鸿沟,驻军固陵。项羽对刘邦的背约深恶痛绝,率众凶猛反击,大败汉军于固陵。项羽驻军垓下,休整部队。刘邦以封王为诱,使韩信、英布、彭越发兵攻楚。韩信部攻陷彭城,项羽无力回救。不久,刘邦、韩信、彭越、英布四路大军会师,联军三十万,大败楚军后,将项羽及其残兵包围在垓下。"

49. 垓下(今安徽灵璧东南),项羽营垒

这是一个严冬的夜晚。

楚营垒外汉军重重包围,篝火映耀旗帜。突出韩信的帅旗。

军帐内,灯火昏暗。

项羽不解衣甲,疲倦地坐着。

镜头被项羽那两只结满硬茧、血迹斑斑、皮皱肉裂的大手占满。

衣衫不整的虞姬用布蘸水擦洗着项羽的双手。

项羽梦呓般地说:"虞啊,我今年多大岁数了?"

虞姬哭道:"大王二十四岁起兵反秦,征战八年,大王今年三十一岁。"

项羽悲苦地说:"那么,虞也有二十六岁了。"

虞姬:"妾跟随大王也是八年了。"

项羽:"虞啊,你跟着我受苦了……"

虞姬抱着项羽的头,泪水满面。

凄凉的音乐声中,悲凉楚歌声起,渐渐加强,如同潮水滚滚而来:

　　西征东战八年整
　　抛妻别子在江东
　　征衣单薄身寒冷
　　江东　江东
　　梦里思江东

　　抛头洒血八年整
　　别愁离恨在江东
　　饥寒交迫身飘零
　　江东　江东

何日回江东
……

项羽猛然立起,惊讶地说:"虞,你听,楚歌,这是我们故乡的歌曲。"

虞姬:"大王啊……"

项羽:"这么多人都在唱楚歌,难道刘邦已把我楚国的土地全部占领了?"

在楚歌的凄凉旋律中,那匹忠诚的、神勇的与这对夫妻命运相连的黑骏马把一颗油光闪闪的大头颅从帐门口伸进来。马眼里闪烁着泪光。

项羽踏着音乐的节拍缓慢舞蹈,庄重、拙笨。突然,他慷慨悲歌,歌声高亢唳利,压住了帐外传来的楚歌声:

力拔山兮气盖世
时不利兮骓不逝
骓不逝兮可奈何
虞兮虞兮奈若何

在项羽歌舞时,虞姬换上一件雪一样洁白的长裙,手持那柄短剑,脸上容光焕发,她翩翩起舞、歌唱:

凤随龙兮逢乱世
天亡我兮儿已逝
儿已逝兮可奈何
羽兮羽兮永别离

虞姬歌舞罢,对项羽说:"贱妾跟随大王八年,备受宠爱,此生愿足矣。如今汉军重重包围,四面楚歌,楚军危在旦夕,望大王立即突围,返回江东,重整河山。大王,永别了!"

言罢,虞姬挥剑自刎。

美人横陈,衣裙上鲜血点点,犹如雪中梅花。

项羽扑跪尸前,长啸一声,随即瞠目不语,宛若铜像一尊。

黑骏马走进来,默默地站在项羽身边,好像在哀悼女主人。

楚歌音乐再次震耳欲聋地响起。

一部将冲进来,大声说:"大王,汉军唱楚歌,军心动荡,弃营而逃者不计其数,请大王速速突围!"

项羽抱着虞姬,缓缓地站起来。

又几部将冲进:"大王,快快趁夜突围!"

项羽将虞姬放在马背上。

部将:"大王,汉军围困数重,请大王轻装突围!"

项羽怒叱部将,余皆不敢言。

项羽低哑地说:"虞啊,回家了。"

50. 项羽营垒外

夜色朦胧中,项羽一手揽虞姬尸首,一手挥戟,率众突围。

楚军拼死搏杀,汉军溃退。

楚军出围。

51. 黎明一轮红日初升　沼泽芦苇中

项羽依然揽着虞姬尸首。

红日辉耀,白霜如雪。芦缨肃立。人马冲撞,芦絮飞扬。

汉军追兵层层包围上来,呐喊声:"得项羽首级者,赏千金,封万户侯!"

项羽点视,只余二十八骑。马上兵将皆遍体血污,惨不忍睹。

项羽长叹曰:"我起兵至今,身经七十余战,从没失败过。今日被困在这里,是天亡我也。现在,我要为你们打一仗。"

众骑齐呼:"愿随大王死战!"

项羽:"我要斩杀敌将,砍倒敌旗,连胜三阵,突破重围。让你们知道,今日之败非我之过。"

众将士:"愿随大王!"

项羽把二十八骑分成四队。自率一队,让三名小将各率一队,面对四个方向。

项羽一声令下,四队骑兵奋勇杀向四方,汉兵层层进逼,不得脱。

项羽对众骑曰:"待我斩杀那员汉将后,你们继续向四方冲锋,到那边山脚下汇齐。"

项羽言罢,将虞姬横卧腹前,只手揽抱,只手舞戟,发声吼,势若奔雷,纵马飞向汉军,马到处,挥戟砍一员汉将于马下。

汉将杨喜驱马过来欲与项羽接战,项羽瞪着眼大吼一声,杨喜心惊胆战,慌忙调转马头,伏鞍逃跑。

项羽骑马直奔汉军大旗,刺死执旗将,砍倒大旗。

众从骑也呐喊搏杀。汉军溃退。

项羽与从骑在一空旷处汇齐。

项羽点验部下,只损失两骑。

项羽问众骑:"怎么样?"

众骑齐呼:"果如大王所言!"

52. 乌江边

项羽率从骑逃至乌江边,乌江亭长撑船靠岸迎接项羽。

乌江亭长:"大王火速上船!"

众骑催促:"大王速速上船!"

项羽下马,抱住虞姬尸体,沉思不语。

画外音:"我还渡江干什么?虞死了……"

画外音:虞姬的话语声(从前边选择)。

乌江亭长:"大王,江东方圆千里,民众数十万,足够您称王了,大王,快上船吧!"

众骑:"大王快上船!"

画外音:"当年我与八千子弟渡江西征,今日只有我一人生还,纵然江东父老怜我爱我,仍尊我为王,我还有什么颜面去见他们?"

汉兵渐近,杀声震天。

项羽对亭长说:"老人家,项羽已无颜见江东父老。这匹马跟随我冲锋陷阵,驰骋万里,天下无匹,就送您做个纪念吧!"

众将力劝。

项羽命令:"快把马推上船!"

数名骑兵下马,力推黑马上船。黑马回望项羽虞姬,悲鸣不止。

乌江亭长挥泪撑船离岸。

汉兵逼近。

项羽把那枝铁戟戳地上,对从骑说:"你们投降汉军,保全性命去吧。"

众骑齐呼:"愿与大王同生共死!"

项羽含泪下令:"弃马,步战!"

众骑兵下马,弃长兵,持短剑,扑向汉军。

短兵相接,杀声震天。

项羽只手揽虞姬尸首,以竖立铁戟为中心,只手持短剑,力杀汉兵。在他的身体周围,层叠起数十具汉军尸首。他自己也受伤十余处,周身流血。

项羽环顾,见从骑皆战死,只余自己,在数百汉兵包围中。

汉军与项羽相距数十米,无人敢向前。

乌江中,那匹黑马跳船向岸边回游。

项羽跪在戟旁,只手揽虞姬尸首,用短剑指着一个汉将说:"那不是我的老朋友吕马童吗?"

吕马童不敢正视项羽,侧面对另一汉将王翳说:"这就是项王。"

项羽说:"听说汉王用千金、万户侯来换我的头颅,我就成全了你吧!"。

项羽刎颈自杀。

悲壮楚歌声中,那匹美丽骏马长鸣着,水淋淋地爬上岸,跑进重围,跳过汉军尸首,垂首肃立在项羽、虞姬身边,也与竖立的铁戟在一起。

王翳:"放箭!"

汉军百箭齐发。

黑马倒在主人身边。

汉军继续发箭。

黑马、虞姬、项羽俱身中若干箭矢,与那枝竖立铁戟,共成一个壮丽画面。

53.（此节可删）

刘邦拉开木匣,看见项羽头颅。

刘邦放声大笑,又突然捶胸大哭。

——剧终

附：几点说明

1. 马镫

在中国古代，可能直至汉代，马具中还没有使用金属的马镫。我国目前发现的时代最早的有关镫的资料，是西晋永宁年间出土陶马上塑造出来的镫，这些镫只在马鞍的左侧有，供上马时用，上马后仍是悬着双腿，比较成熟的双脚马镫大概出现于东晋末年。

2. 衣饰

秦朝以黑色为贵，所以士兵服饰以黑色为好。汉高祖自称赤帝子，以赤色为贵。刘邦的服饰到晚期应以红色为主。

剧本中刘邦高冠本于太史公《高祖本纪》：

"高祖为亭长，乃以竹皮为冠，令求盗之薛治之，时时冠之，及贵常冠，所谓'刘氏冠'乃是也。"

长沙马王堆出土帛画中有一幅佩剑御龙人物。戴高冠佩长剑，当是时贵族和士人风度。《楚辞·涉江》：

"带长铗之陆离兮，冠切云之崔嵬"可为参考。又《儒林外史》中之隐士高人王冕，也自制高冠，时冠之，虽遭嗤笑而不顾。可见高冠是一种风度。

3. 兵器

秦末汉初，兵器的材料当是铜质为多，间有铁质。秦末汉初的兵器以戟、戈、铍（枪矛类）为主，剑有长、短。一般地想大人物当佩长剑。如荆轲刺秦王时，秦始皇佩的就是长剑。

4. 书籍

秦汉间可能还没有真正的纸出现,书籍应是竹简者多,也可能有了写在丝帛上的书籍。

5. 纪年

秦制以每年十月为岁首,汉初沿用。剧本中纪年没有换算,沿袭旧制。

6. 虞姬

此女是姓虞,还是名虞,众说不一。

按太史公《项羽本纪》:"有美人名虞。"而《汉书》则以"虞"为美人之姓。剧本从《汉书》,姬应是身份,而不是名字,如需要,可另外起一艳名。有演义小说称其为"虞妙弋",不知本于何处。

7. 骏马

太史公《项羽本纪》:"有美人名虞,常幸从;骏马名骓,常骑之。"

骓——毛色青白相间的马。

剧本中之马写成了黑骏马,为了好看。

此马系剧中无言主角,要求很高,选择时可灵活处置,不必拘泥毛色。

目前之剧本,因顾忌到历史线索清晰,不得不加了较多的画外音串连。另情节似也超出一单本剧之需要,如不拍上下集,还应重新调整。此剧基本上有史可按,大量的细节是合理虚构或把一些史料灵活糅合。

姑奶奶披红绸

1. 火车站　白天

　　这是二十年代的一个县城小站。虽然只看到车站的出口,但可以听到画外火车缓慢启动时的喘息声。时令盛夏。本片女主人公兰风身着浅色学生装,手提照相机走出车站。她的男友王修身提着两个大箱子,满脸热汗,紧紧地、有些狼狈地跟随着她。在她们的身后,有一些衣衫褴褛、疲惫不堪的旅客三三两两地走出车站。

　　车站前的空地上,几个人力车夫大声地招徕着顾客:"先生,小姐,用车吗?"

　　兰风拍摄人力车夫。车夫们惊讶地看着她。

　　几个小叫花子围上来,伸出肮脏的手乞讨:"先生,太太,可怜可怜吧……"

　　王修身不耐烦地:"闪开,闪开!"

　　一个小男孩扯住王修身的衣角。一个小女孩在他前面跪下:"先生,可怜可怜吧……"

　　王修身恼怒地骂道:"滚开!"

　　在小叫花子的纠缠下,王修身只好放下箱子。

　　兰风回身拍摄王修身和小叫花子。

　　王修身:"哎,别拍我嘛!"

　　王修身掏出一些硬币向远处投去。

小叫花子一哄而散,去争夺硬币。

王修身低头看看白衣服上的黑手印,嘟哝着:"这些小穷种,真是可恶!"

兰风拍摄王修身,边拍边说:"这一张标题是《恼怒的大少爷》!"

王修身:"你不要拿我开心嘛!"

一个老祖父苍老的画外音:"那年,俺爹正在王家当车喝子,奉老爷的令,去车站接从省城回来度假的大少爷和未过门的少奶奶……"

一个四十多岁、忠厚木讷的男人抱着大鞭杆子迎上来,在王修身面前,他恭敬地垂头道:"大少爷……大少奶奶……老爷让俺来接……"

兰风直逼着王修身,怒道:"谁是你们家的少奶奶?你对家里说了些什么?!"

王修身窘急,掏出手帕擦汗,道:"没说什么……"

兰风气呼呼地朝前走去。

王修身瞪一眼车夫,道:"多嘴!"

车夫惊恐的脸:"是,大少爷……"

王修身:"还愣着干什么?把行李搬到车上去!"

车夫慌忙提起箱子。

王修身去追兰风。

2. 公路上

车夫赶车前进。

车内,王修身讨好地对兰风说:"……明天我就带你到山里去,山里的景色美极了,你就尽着兴拍吧……噢,对了,我们还可以去打猎,眼下正是打野猪的季节。"

车拐进了一条狭窄的巷子。

王修身问:"哎,老刘头,怎么拐到这里来了?"

车夫:"大少爷,今日枪毙匪首驼龙,游行示众,官道上人挤成疙瘩看热闹……"兰风精神一振,道:"我要看。"

王修身命令车夫:"调头,调头!"

车夫有些为难地说:"大少爷,老爷特意叮嘱了让俺绕路走。……老爷也在那观刑……"

王修身:"让你调头就调头,啰嗦什么!"

3. 官道上

道路两侧静静地肃立着形形色色的看客。

催命的喇叭声凄厉。游行的队伍前,四个保安团士兵荷枪实弹,骑马开路。四个喇叭手骑马随后。然后是一辆牛拉的木轮囚车。囚车很大,很气派。驼龙五花大绑,挺立在囚车中央。他的后脖颈上插着一块木牌,牌上写着:奉令枪毙匪首驼龙。驼龙二字,用朱笔打上了"×"。驼龙气宇轩昂,神态自若,一副视死如归的派头。两个保安团士兵站在车上,持枪监押着驼龙。囚车后,县保安团团长骑骏马监刑,与他并马而行的,是本地显要人物,有县长、县政府参议员等,王修身之父、商会会长王百万也在观刑行列中。他们的胸前都别着红色的纸条,纸条上写着各人的名讳和官职。最后,是一队保安团的护刑士兵。

驼龙站在囚车上,突然亮开粗哑的喉咙唱了一句戏文:"虎落平阳遭犬欺,龙在浅滩被虾戏……"

看客们一愣,随即齐声喝彩。

驼龙高呼:"乡亲们,二十年后又是一条好汉呐!"

看客们情绪高涨,齐声喝彩。

王修身和兰风乘坐的马车迎面而来。开路的骑兵催马上前,骂着车喝子:"混蛋,瞎了眼了?靠边靠边!"

驼龙在车上高呼:"乡亲们,官逼民反,民不得不反!"

看客喝彩。

兰风在车上站起来,拍摄驼龙。

行刑队路过道边一家酒店时,驼龙高呼:"停车!店家,拿酒来!"

兰风从车上跳下来,从看客中挤到囚车前。

店家用大黑碗盛了一碗酒,双手举起,递给驼龙。

兰风抢拍镜头。

驼龙看到兰风的花容月貌,不由得一怔。

看客们低声议论:"这是谁家的女子?她手里端着个啥?……"

驼龙仰着灌酒。喝毕,将黑碗往地上一扔,高呼:"大妹子,哥哥与你下辈子结姻缘!"

人群骚动。

王百万恼怒的脸。

王修身前来拖兰风上车:"快上车,别在这抛头露面!"

兰风不快:"你干什么!"

突然,一阵杂乱急促的枪声在人群里响起。囚车上两个保安士兵中弹跌倒。前后的人中弹落马者甚多。保安团团长亦中枪落马。人群大乱,哭爹叫娘。王修身扯着兰风在人群中挣扎。

一个土匪跳上囚车,用刀挑断驼龙身上的绳子。

一个土匪抢来一匹马,道:"大掌柜的上马!"

驼龙飞身跃上马匹。

士兵与土匪们对射着,互有伤亡。

王修身把兰风拖上马车。老刘头打马疾驰。

驼龙弃马跃上车,从老刘头手中夺过鞭子,一脚把老刘头踹下车。驼龙扬鞭催马,车轮滚滚。

人群如没头苍蝇般乱撞。

保安团士兵胡乱开枪。

驼龙站在车辕上甩着响鞭。十几个土匪骑马放枪,簇拥着马车疾驰。

王修身惊恐的脸。

兰风惊慌、兴奋、好奇的脸部表情的特写。

定格。

推出片名。演职员表。

4. 土匪窝棚　　晚景

兰风和王修身眼上蒙着黑布,背绑着双手被推到窝棚里。

窝棚用大圆木建成,里边场面开阔。壁上插着几十根松脂火把。

群匪按座次坐定。正中一把交椅上,坐着匪首驼龙。左边第一位是"炮头"徐大鼻子,一个面目狰狞的中年人。右边第一位是"粮台"孙老好,一个忠厚的老年人。依次分列两边的是"水香"于福、"搬舵"陈平、"秧子房"掌柜马小手、"花舌子"姚金、"插千"小光棍、"字匠"钱铁笔。小匪们罗列两边。

驼龙反复地把玩着兰风的照相机。

小匪们为兰风和王修身松绑。

兰风一把撕下蒙眼黑布。

王修身垂手而立,不敢撕黑布,嘴里说:"弟兄们,要钱还是要粮,好说好商量。"

驼龙猛然问:"什么蔓?"(从哪里来? 姓什么?)

兰风吼道:"还我的相机!"

兰风欲冲上去抢相机,被两小匪拉住。

兰风吼道："土匪,弄坏了我的相机,我要你的命!"

驼龙一怔,道："呵,嘴茬子够硬!"

"搬舵"(负责占卜吉凶)陈平道："这尊观音好大的脾气!"

"秧子房"掌柜(负责管理人票)马小手道："交给俺,管保她服服帖帖。"

驼龙道："住嘴!"

"炮头"(先锋官、二掌柜)徐大鼻子直着眼看兰风,咽了一口唾沫。

驼龙命令小匪："去了他的遮眼。"

小土匪解开王修身的罩眼黑布。

王修身双手抱拳至胸前,道："三老四少,各位老大,放了我们吧,要钱要粮都好说。"

徐大鼻子瞪着怪眼骂道："妈的,咒我们?崽子们,给这傻秧子舒舒筋骨!"

小土匪一拥而上,拳打脚踢王修身。王修身叫苦连天,跌倒在地。

兰风从壁上拔下一根松明火把,触到一个正在踢王修身的小土匪的屁股上。

小土匪衣服着火,怪叫着,扑倒在地上打滚。

驼龙等禁不住笑起来。

驼龙笑道："真有你的!"

秧子房掌柜道："当家的,把她交给我,给她打打邪杈子!"

驼龙道："慢。"

兰风把鼻青眼肿的王修身扶起来。

王修身借着兰风的胆,有些硬气地道："我爹是商会会长王百万,跟白团长有交情,你们伤了我,我爹饶不了你们。"

众匪会意地交流目光。

"粮台"(负责管理粮草、财务)孙老好道:"请回财神了。"

驼龙道:"王大少爷,知道为什么打你吗?"

王修身惶惑地摇摇头。

驼龙道:"我们这一行里,不兴抱拳施礼。小光棍,做给他看看,让他开开眼,知道为什么挨打。"

"插千"(负责刺探情报、侦察地形)小光棍起身,对着驼龙等人,朗声念道:"当家的管亮(枪法好、武艺高),兵强马壮,托福泰咳!"

念毕,行"掰筋托手礼"——双掌相向,拇指藏一竖一,其余八指相扣,放至左腹前,身体微微一蹲。施礼毕,继续朗声念白:"西北悬天一片云,乌鸦落在凤凰群,有心我把真主拜,不知哪位是君哪位是臣。"

驼龙道:"王大少爷,打你冤枉不冤枉?"

王修身道:"不冤枉,不冤枉!"

兰风大声道:"冤枉!不知者不怪罪!"

驼龙道:"人是苦虫,不打不成!秧子房的,把他们带回去,供菩萨(礼遇兰风),烤财神(折磨王修身)。"

马小手道:"掌柜的放心!"

5. 秧子房 夜景

这是一间阴暗潮湿的地下室。室内,转圈竖着十几根粗大的木柱,柱上有禁锢手脚的铁链。室内关押着七个秧子(人质),有老有少。

土匪们把王修身和兰风推进来。

马小手道:"崽子们,把财神铐起来,把菩萨供起来!"

小土匪们将王修身捆绑在一根木柱上,只余一只手能活动。

王修身挣扎着:"我爹是商会会长,你们不能伤害我!"

小土匪们:"你爹是天王老子,也要烤出你两碗油!"

马小手道:"再供菩萨。"

小匪们将一张供桌摆在兰风面前,摆上了香炉、蜡烛。

兰风踢翻了供桌。

马小手道:"女菩萨,大掌柜的宝贵你,俺们给你留了面子哩!"

兰风:"你敢!"

马小手怒道:"在俺这秧子房里,还没碰到过剃不了的头!崽子们,供起来!"

小土匪们抬过来一架特制的木制囚笼,硬将兰风塞进去。兰风拼命反抗,但终究敌不过土匪们。

兰风在囚笼里,坐不能坐,站不能站。

兰风大骂:"土匪,强盗!"

马小手道:"菩萨,骂吧,有你骂够了的时候。"

小土匪把供桌扶正,点燃了香火蜡烛。

6. 土匪大窝棚　夜景

众匪已退,只余驼龙与"炮头"徐大鼻子、"粮台"孙老好等在一起议事。

徐大鼻子:"当家的想怎么处置这个'软秧子'(女人)?"

驼龙道:"大家伙儿说吧。"

"搬舵"先生陈平道:"不知这'软秧子'是那小白脸的什么人?"

孙老好道:"看样子是一对。"

驼龙道:"我们把王百万的儿子和媳妇都请来了?"

孙老好道:"得让王百万正经出点血。"

"插千"小光棍道:"我探听着这俩秧子不是一对,刚开始处相好!"

驼龙道:"记着俺娘临死时,拉着我的手,说,孩子,找个好女人,给你爹传个后。"

徐大鼻子道:"当家的想啥哩,按规矩,绺子里可不兴有女人。"

"搬舵"先生附和道:"女人是扫帚星,是祸水。"

孙老好道:"也不尽然,'老三省'的绺子里就养着压寨夫人,那绺子不照样火爆爆的!"

徐大鼻子道:"当家的相中了,要娶她压寨,弟兄们没得话说,只怕这娘们是只驯不熟的九头鸟。"

"水香"于福道:"火候到了,哪有不烂的猪头?"

驼龙:"就这么定了,搬舵的,给择个黄道吉日,俺要娶她压寨。"

搬舵的答应。

驼龙吩咐花舌子:"花舌子,明儿个给王百万'飞海叶子'(送信),狮子大开口,先诈他一下。"

花舌子答应。

驼龙又吩咐"字匠":"写字的,麻溜溜把海叶子描出来,别误了事。"

字匠答应。

驼龙道:"忙了一天,弟兄们'脱条'(睡觉)去吧。'水香'多放'料水'(岗哨)!"

7. 秧子房　夜景

小土匪们折磨人票,让他们传递一个带把的铜铃。铜铃到手后,摇动五下,然后传给下一个人票。这种枯燥的动作彻夜不息,使人票们无法入睡。稍有动作慢者,土匪们便轻则扇耳光,重则皮鞭抽。有一个年老的人票,不慎将铜铃掉在地上。一个土匪上去,端着蜡烛,直烧老人的胡须。老人痛得号啕大哭,哀求道:"行行好,杀了我吧,别让我活受罪了……"

小匪道:"杀了你?杀了你谁来送'老串'(银钱)?"

小匪将铜铃递给老人,命令道:"往下传!"

老人无奈,接过铜铃,摇动五下,递给下一个人票。

铜铃传到王修身手中,王修身道:"弟兄们,我担保我爹很快就会送钱来,放了我吧,我是读书人。"

小土匪道:"这话你去跟当家的说,跟我说没用,快摇!"

王修身还想啰嗦,被小土匪劈头抽了几鞭。

王修身无奈,哭丧着脸摇了五下铜铃,赶紧传给下一个人票。

兰凤在木笼中汗如雨下,她挣扎着对小匪说:"你给我叫你们大掌柜的。"

小土匪道:"你在里边老实待着吧。"

兰凤:"放我出去!放我出去!"

驼龙钻进秧子房。

小土匪恭敬地:"大掌柜的……"

兰凤大喊:"王八蛋!放我出去!"

驼龙怒斥小匪:"谁让你们把她关起来?"

小匪:"是马掌柜的……"

驼龙抽了小匪一个耳光,骂道:"混蛋!快把她放出来!"

小匪把兰凤放出木笼。

兰凤欲站起,却跌倒在地。

驼龙道:"姑娘,委屈你一夜吧。"

兰凤躺在地上,无力回答。

8. 王百万家客厅　白天

"花舌子"将信递给王百万。

王百万展信观看。

王百万妻子哭着,由丫环搀扶着进来:"我儿呢?我儿在哪里?"

王妻上前撕扯"花舌子":"你们这些该当千刀万剐的土匪,你们把我儿子弄到哪里去了?"

"花舌子"不动声色地说:"太太,你杀了我也没用,我不过是个传话跑腿的。"

王百万看信毕,对"花舌子"说:"回去告诉你们大掌柜的,能不能减减码儿?十万大洋,砸了我的骨头也拿不出来。"

"花舌子"道:"这话我给您传,不过,您老要是舍不得破财,您那宝贝儿子和儿媳妇在秧子房里可就遭老罪了。"

王百万道:"钱我尽量凑,可你们得保证我的儿子全毛全翅地回来。"

"花舌子"道:"绺子绑票,为的就是银钱,只要老太爷舍得花钱,大少爷和少奶奶在山里就是上宾。"

9. 土匪营地内一独立小木屋　白天

孙老好率一小匪进来。

小匪端着一盘子精美饭菜,放在兰风面前。

孙老好道:"姑娘,吃吧,人是铁饭是钢,一顿不吃饿得慌。"

兰风面对着饭菜,犹豫片刻,终于下了决心,道:"吃就吃!"

兰风大吃,像个野小子一样。

孙老好坐在一边,抽着长烟斗,慢声细语地道:"姑娘,我们这些当土匪的,也不是天生的坏坯,大多数都是好人家的子弟,落到这步田地,也是万般无奈呐……"

兰风大吃。

孙老好继续说:"就说我们大掌柜的吧,原本是老实的庄稼娃。他唱一口好戏,嗓子亮,扮相俊,四乡八疃有名头。那年冬天唱戏,徐家的大闺女桂芳迷上了他,两个人私订了终身,但桂芳的爹贪财,硬把闺女卖给了丁大员外家做小。我们大掌柜的约着桂芳私奔,被双双抓回去。桂芳吞了大烟土死了。大掌柜的被丁家打断了七根肋骨。他一咬牙,上山'起了局'……"

兰风吃罢,抹抹嘴把盘子哗啦掀翻。

孙老好不怒,笑着对小土匪说:"快收拾了吧,都是你不赶眼色,惹姑娘生气。"

小土匪垂着头把地上的破碗片收拾走。

孙老好道:"姑娘,老叔我妄自尊大,认你做个干闺女吧。"

兰风冷笑道:"别绕圈子,有话直说吧。"

孙老好道:"姑娘真是爽快人。好,俺打开窗户说亮话——俺大掌柜的相中你了,托俺来说媒。"

兰风大笑一阵,道:"回去告诉你们大掌柜的,他这是癞蛤蟆想吃天鹅肉!"

孙老好道:"姑娘,俗话说得好,人在屋檐下,怎敢不低头?"

兰风道:"我宁死也不低头,回去给你们掌柜的说去吧。"

孙老好道:"我实看不出那个姓王的鼻涕虫哪点比得上俺大掌柜的。"

兰风:"滚出去!"

孙老好:"闺女,再掂量掂量。"

兰风沉思的脸。

10. 土匪大窝棚　白天

驼龙端坐正中,座前案上摆着一盘鲜红野果。"四梁八柱"分列两边。

土匪崽子们将兰风和王修身押进窝棚。

兰风傲气不减,目光灼灼。王修身却被折磨得脱了人形。

王修身双膝一软就要下跪,被小土匪们架住。

王修身哀求:"大掌柜的,饶了我吧,放我回去吧……"

驼龙道:"我想放了你,可你爹舍不得花钱呐!"

王修身急忙道:"你们放我回去,我回去催我爹送钱来。"

驼龙:"你在这儿你爹都不来送钱,放你回去他就要带'跳子'来包围了!"

王修身:"我担保……"

驼龙问花舌子:"飞去海叶子几天了?"

"花舌子"道:"回大掌柜的,五天了。"

徐大鼻子道:"该'叫秧子'了,叫响点,让老东西知道。"

"秧子房"掌柜马小手道:"抹他一只尖子(割一只耳朵)!"

驼龙点头示意。

马小手命令崽子:"夹起来!"

土匪崽子拥上,拿住王修身的头,用双根细木棍把王修身的耳朵紧紧夹起来。

王修身哭叫:"娘啊,痛死我啦……"

马小手道:"大少爷,忍着点吧,夹得越紧,出血越少。"

崽子把一把明晃晃的牛耳尖刀递给马小手。

马小手掂着刀,弹着王修身被夹住的那只耳朵,道:"大少爷,记着,不怨俺心狠手辣,怨你爹死不开面。"

王修身这才明白底里,吓得鬼哭狼嚎,没等马小手动刀,就晕倒在地。

兰风挺身向前一步,道:"别欺负告饶的人!"

驼龙逼视着她:"你也告饶吗?"

兰风道:"不!"

驼龙逼视着她："割你的？"

兰凤道："割我的,但我有一个条件。"

驼龙："什么条件？"

兰凤："你来割！"

驼龙一怔,猛一拍案子,道："夹起来！"

兰凤只手撩起头发,闪出一只耳朵,道："不夹,请吧,强盗！"

驼龙离座,从马小手手里接过尖刀。

面对着兰凤的花容月貌和那片秀丽的耳朵,驼龙犹豫着。

土匪头目们的脸一一闪过。

驼龙伸手捏住了兰凤的耳朵。

驼龙颤抖的手指的特写。

兰凤伸出手抓破了驼龙的脸。

驼龙扬手,尖刀插在壁上,铮然有声。

驼龙狼狈地大吼："架出去,撕票！"

孙老好喊叫："大掌柜的稳住劲儿！"

驼龙："架出去！"

苏醒过来的王修身哭求："老爷,饶命啊……"

11. 林中空地　白天

佳木葱茏,野花织锦,光线从林梢间斜射,风景如画。

驼龙手托着那盘子鲜花野果,一边吃着,一边把核儿吐出。

兰凤和王修身并排站在草地上。

驼龙吃着野果过来,问兰凤："姑娘,死在这里,不觉得可惜吗？"

兰凤道："青山绿树,死得悠哉！"

驼龙问王修身："王大少爷呢？"

王修身又要下跪。

驼龙道:"你要不下跪我也许还能留你条命!"

王修身慌忙挺直身体。

驼龙将两颗野果分别放在兰风和王修身头上,道:"老子先练练枪法,记住,果在打果,落果打头!"

驼龙端着水果边吃边往前走。

兰风盯着驼龙的背影。

王修身惊恐变形的脸。

驼龙走出约有三十步远时,猛地抽枪回头一声枪响。

王修身头顶上的野果被打得粉碎。

王修身瘫在地上。

观战的土匪崽子们齐声欢呼:"当家的管亮!"

兰风目光中流露出敬佩的神色。

驼龙托着野果走过来。

兰风将头顶上水果拿下,塞在嘴里大嚼。

驼龙赞兰风:"好样的,'传正'(胆气大)!"

兰风将口中的野果渣子吐了驼龙满脸。

驼龙大笑,道:"好味道!"

12. 王家客厅 白天

"花舌子"将一封鼓鼓囊囊的鸡毛信放在王百万面前。

王百万:"实在拿不出那么多大洋,还望当家的能压压码……"

"花舌子"不卑不亢地说:"老太爷还是先看信吧。"

王百万手指颤抖着解开信封,抖出一根血淋淋的手指(如嫌过分刺激可虚处理)。

王百万惨叫一声,扔掉手指。

"花舌子"道:"那边大当家的让我传话过来,让老太爷麻溜着点,否则,隔天送根手指来,切完手指切耳朵,老太爷再拖下去,只怕大少爷……"

王百万忙道:"快给当家的回话,就说我王百万倾家荡产也给凑齐码子,三日之内,一定送上山去。"

"花舌子"道:"当家的恼得紧哪!"

王百万从衣襟上摘下一块怀表塞进"花舌子"口袋,道:"还望掌柜的在大当家的面前美言几句。"

"花舌子"道:"我不过是个通风报信的。当然了,老爷子这么看得起我……"

王百万:"拜托,拜托了!"

13. 王家卧室　夜景

王百万往箱子里装银洋,装一卷进去,骂一句:"千刀万剐的驼龙!"

王太太在一边哭号着。

王百万怒道:"别号了,我还没死呢!"

王太太眼见着这么多银洋将送走,哭道:"这日子没法过了,赶明儿上街讨饭吃吧……都是那女妖精,抛头露面,害了我儿子……"

王百万装银洋的手停住。

王百万从箱子里往外拿银洋。

王太太:"该死的,你不赎了?"

王百万冷笑一声道:"我怎么这么傻?驼龙要码十万,是要我赎两个人,那女人与我们非亲非故,我们凭什么花五万大洋赎她?"

14. 小木屋内　白天

"秧子房"掌柜将王修身推进屋内,对兰风说:"王家只送来一半赎金,当家的让你们商量一下,看谁走谁留!"

王修身急问:"掌柜的,我爹是什么意思?"

马小手:"你爹没意思!"

马小手带上门出去。

二人对视片刻。特写王修身血迹斑斑的手。

王修身垂下头,低声道:"兰风……"

兰风道:"你走吧。"

王修身道:"我先回去,一定筹钱来赎你。"

兰风道:"不必了!"

15. 大窝棚内　晚景

张灯结彩,蜡烛高烧。

土匪们将身披缀满铜铃的披风、头戴野花编织成的花冠的兰风拥进大厅。

兰风不卑不亢,嘴角上似乎挂着一缕难以觉察的冷笑。她的美貌和气质让众匪愣住,然后又齐声欢呼。

孙老好充当婚礼司仪。

兰风遵从指挥,从礼如仪。

16. 小木屋内外　夜景

小光棍在门口持枪护卫。

兰风在布置一新的室内,默默地坐着。

土匪们将喝得九分醉的驼龙送至小木屋。

门外,站岗的小光棍忍不住将耳朵贴在门缝上偷听。

室内突然一声枪响。

小光棍破门而入。

兰风与驼龙正在搏斗。

驼龙将枪夺下。

小光棍:"当家的,不要紧吧?"

驼龙对小光棍:"滚出去!"

小光棍讪讪退出。

木门从里边关上。

驼龙一掌将兰风扇倒在地,然后将她抓起掷在床上。

门外,小光棍焦急不安的脸。

小木屋内传出兰风尖利的哭叫声。

小光棍痛苦的脸。

室内,驼龙已经得手,兰风衣衫凌乱地躺在床上。

兰风咬牙切齿地:"土匪,我饶不了你!"

驼龙笑道:"妹妹,生米已煮成熟饭。乖乖儿的,没你的亏吃。"

17. 王家客厅　晚景

王百万猛拍桌子,立起,对王修身发火:"你这不忠不孝的东西,竟教训起老子来了!"

王修身:"爹,您这事做得不仗义。"

王百万嘲讽道:"你仗义吗?你仗义为什么不让那姑娘回来?你一个男子汉大丈夫,应该让女人先走嘛!"

王修身支吾不能言。

王百万:"孩子,别犯糊涂了。即便爹送十万大洋上山,驼龙也不会放她回来。即便放回来了,一个在山上过夜的女人,坏了名誉,难道我王家还能留她做媳妇不成?"

王修身痛苦地抱住脑袋。

王百万安慰儿子:"这些日子,你受了不少苦,好好养伤,振作起来,天下漂亮女人多得很呐,你这样萎靡不振,成何体统!"

18. 山林中　白天

兰风在林中百无聊赖地走着,小光棍寸步不离地跟着她。

兰风:"你死死地跟着我干什么?!"

小光棍:"这是当家的吩咐的。"

兰风:"早晚我要叫他死在我手里!"

小光棍:"当家的说了,夫人要是有个三长两短,他要叫我'看山'。"

兰风:"看山?"

小光棍:"把一棵碗口粗细的树,压弯,削上尖,插到屁股眼里,然后一松手,就看了山了。"

兰风闻此酷刑,脸上变色。

小光棍:"夫人,您千万别动跑的念头,您要跑了,我就惨了。"

兰风突然往林子中钻去,小光棍急忙追赶。

小光棍:"夫人,夫人……"

19. 小木屋内外　晚景

门外,驼龙问小光棍:"夫人'啃富'了没(吃饭了没)?"

小光棍:"回当家的,啃了。"

驼龙:"啃的啥?"

小光棍:"一张'翻张子'(烙饼),两个'滚子'(鸡蛋)。"

驼龙:"小心着。"

小光棍:"是,当家的。"

20. 内景

兰风咬牙切齿地:"你要再敢动我,我就死!"

驼龙笑道:"死了你也是我的压寨夫人。"

兰风:"土匪!"

驼龙:"土匪怎么了?古往今来,多少皇帝司令,都是土匪出身。"

兰风:"我不稀罕!"

驼龙:"你稀罕的那小白脸儿,危急关头,不是撇下你走了吗?"

兰风语塞。

驼龙:"你还指望他来赎你?"

兰风百感交集,无处发泄,抓起身边的东西,劈头盖脸地朝驼龙砸过去。

驼龙乘势抱住兰风。

兰风一低头,咬住了驼龙的手腕。

驼龙挣脱,手腕上渗出鲜血。

驼龙提起墙角上的木桶,将桶里的水劈头盖脸浇了兰风一身。

驼龙:"老子让你清醒清醒!"

21. 大窝棚内　白天

驼龙与"四梁八柱"在一起议事。

驼龙问"搬舵"先生:"搬舵的,夜里我梦到八个大姑娘,都穿着一色的黄裙子,抬着一口朱红的大棺材,哭哭啼啼走到我跟前,那棺材突然起了火。不知主何吉凶?"

"搬舵"先生闭目凝神,口里念念有词。突然睁眼,拍掌,道:"当家的,大吉大利!"

驼龙:"批评批评。"

"搬舵"先生:"大闺女穿黄裙,是贵人,八个大闺女,是八方财神,朱红棺材,主着发大财,棺材起火,主着掌柜的这次下山风风火火。"

驼龙:"看个时辰,下山砸个红窑。"

"搬舵"先生抛铜钱起卦。

兰风提着一桶水冲进大厅。

小光棍在后:"夫人!"

驼龙与众匪愕然。

兰风将桶中水泼到驼龙身上。

驼龙怒:"大胆!"

兰风将水桶扔在地上,头一昂,转身走了。

众匪尴尬。

"炮头"徐大鼻子掏出枪,连打三枪都打在水桶上。

驼龙与众匪首看着徐大鼻子。

徐大鼻子:"当家的,这样下去,坏了山上的规矩!"

驼龙:"你说?"

徐大鼻子:"交给弟兄们,打了她的'排枪',然后卖了她的'海台子'(娼妓)。"

驼龙:"她已和我正式结婚。再怎么闹,她也是压寨的夫人!"

驼龙也把三发子弹打到水桶上,道:"崽子们,往桶里灌水!"

几个小土匪提起水桶,往里灌水。水从三个枪眼里冒出来。

驼龙问:"几个眼漏水?"

崽子:"回大掌柜的,三个!"

"搬舵"先生:"炮头管直,当家的管亮。"

驼龙:"明日下山,把二道沟那个红窑砸了。"

徐大鼻子嘟哝着:"为了个马子,何必伤弟兄们和气!"

驼龙:"他是你嫂子!"

22. 保安团团部　白天

团长:"修身老弟,你那个小娘儿们,已做了驼龙的压寨夫人。"

团长把一封信递给王修身,道:"绺子里有我的'卧底'。"

王修身看罢信,道:"她是被逼无奈。"

团长道:"真要是贞妇烈女,就该以死相拼,保全名节。"

王修身:"我要报仇!"

团长道:"老弟,这才像个男子汉。那驼龙与你有断指之仇,夺妻之恨,如不报此仇,枉为男儿。"

王修身:"我是一介书生,手无缚鸡之力。"

团长道:"兄弟才学八斗,仪表堂堂,出身名门,满腹韬略,正是我求之不得的得力助手。"

王修身:"只怕是纸上谈兵,误了您大事。"

团长:"兄弟不必过谦。百万老伯这些年对我部饷银多有赞助,今又将兄送来,令赵某没齿难忘。请兄暂且委屈参谋一职,不知尊意如何?"

王修身:"落魄之人,何敢挑肥拣瘦。"

23. 山林中小河边　白天

兰风在河水中洗浴,小光棍背对河流而立。但他的手上牵着一根绳子,绳子上缀满铜铃。绳子的另一端拴在兰风的腕上。

兰风悄悄地从河边扯过一根藤萝蔓子,解开腕上绳子,将绳子联结在藤萝蔓子上。

兰风晃动着藤萝蔓子,使铜铃响着,人却悄悄地爬上对岸,隐没在河边灌木丛中。

兰风扔掉藤萝蔓子,急跑。

小光棍:"夫人!"

铜铃不响。

小光棍:"夫人!"

小光棍猛回身,发现兰风已没了踪影。

小光棍:"夫人!夫人!"

兰风在树林中猛跑,被两个土匪崽子拦腰抱住。

兰风:"你们想干什么?"

小土匪嬉皮笑脸地:"我们想压压你这个洋'裂子'(女人)……"

兰风:"我告诉你们当家的,让你们'看山'!"

小土匪亮出刀子,道:"跟你说吧,你那个当家的,当不长了!"

小土匪将兰风按倒,兰风拼命挣扎,大喊大叫。

小光棍鸣枪示警。

24. 大窝棚内　白天

水淋淋的兰风和两个小土匪被押上来。

驼龙与众匪首在上端坐。

驼龙问兰风:"你想开溜?"

兰风:"我去'甩浆子'(小便)!"

驼龙问小光棍:"你说!"

小光棍看着兰风,道:"夫人是去'甩浆子'的。"

驼龙怒问俩小匪:"你们怎么说?!"

俩小匪慌忙跪到地上,道:"当家的饶命,崽子一时糊涂!"

驼龙怒道:"拉下去,'看山'!"

俩小匪磕头如捣蒜:"当家的饶命,当家的饶命……"

驼龙:"拉下去!按规矩办!"

俩小匪爬到徐大鼻子面前,求道:"二当家饶命,我们可是……"

徐大鼻子起身将小土匪踢翻,道:"当家的,为了个马子,别伤了弟兄们的心!"

驼龙怒道:"亏你还是绿林里闯荡出来的,竟有脸说这样的话!"

徐大鼻子道："当家的,我们当初来'靠窑'时冲着你是条汉子,不贪财,不好色,行得正,立得端。可自从这马子上山后,当家的变了。这马子肆意妄为,扰乱山寨,当家的一味纵容包庇,寒了弟兄们的心。现在,为了个马子,又要杀自己弟兄,情理难容。当家的,俺咽不下这口窝囊气,'拔香头子'(退伙)!"

驼龙的手按在枪上。

"搬舵"先生："拔香头子!"

"秧子房"掌柜："拔香头子!当家的只管自己享乐,处事不公!"

几个小匪应和着："拔香头子喽!"

孙老好："二掌柜,自家弟兄,好说好商量嘛!"

徐大鼻子："没什么好商量的,有这马子没我们,有我们没这马子,当家的决断吧!"

驼龙怒气冲天,拔出枪来。

孙老好按住驼龙,劝道："当家的,别冒火!"

兰风火上浇油："驼龙,驼龙,连自己老婆都保护不了,你算什么英雄!"

孙老好道："插千的,你把夫人送回去歇着。"

兰风被小光棍牵走。

孙老好："各位老大,天南海北凑在一起,不容易,为了这么点鸡毛蒜皮的小事,不值得!"

驼龙："你们说怎么办?"

徐大鼻子："赏给弟兄们'打排枪',然后插了她!"

驼龙："杀一个无辜的女人,二掌柜的忍心下手?"

"搬舵"先生："不插她难去晦气。"

驼龙道："明日送她下山,谁要敢动她的念头,就是在我驼龙祖坟上'甩瓢子'(大便)!"

25. 小木屋内　夜景

驼龙与小光棍推门入室。。

小光棍手捧一个托盘,托盘内放着两摞大洋和那架照相机。

驼龙示意小光棍出去。

驼龙坐下,平静地问:"你还恨我吗?"

兰风一时竟不知如何回答,犹豫片刻,道:"你要放我下山?"

兰风泪水盈眶,道:"你把我弄成这个样子,让我去哪儿?我恨你!"

驼龙道:"姑娘,我驼龙这辈子亏对了两个女人,一个是徐家姑娘,一个是你。"

兰风捶床大哭:"你这个……你害得我人不人鬼不鬼,现在又来假充善人……"

驼龙:"姑娘,你不是本地人,远走高飞之后,无人知道你这段遭遇。将来……如你遇到难处,只要给我个口信,驼龙愿为你两肋插刀!"

兰风:"远走高飞?"

驼龙把玩着照相机,道:"妹妹落在我手里,也是天意如此,假如当初你不给我照相……"

兰风:"我照我的相,与你何干?!"

驼龙苦笑道:"要不怎么能说是天意呢?"

兰风夺过相机,装进箱子。

驼龙指指大洋:"把这些也装上!"

兰风:"我不花这些不义之财!"

驼龙:"天下的财贝上,都浸着人血。"

兰风:"我走之后,你怎么办?"

驼龙感动地："驼龙为匪十几年，还没有人替我的前程着想。怎么办？干上这一行，只有硬着头皮往前闯，哪儿睡倒哪里算。"

兰风："你们这种人死绝了才好。"

驼龙道："这个世道，什么都能绝了，就是绝不了土匪。"

兰风："你走吧，我要收拾收拾。"

驼龙道："姑娘，咱们俩怎么着也算夫妻一场……你叫什么名字？"

兰风不语。

驼龙："你不说也罢了。明日一早，我让孙老好和小光棍护送你下山，下山之后，你最好不要在此地逗留，你那个相好的，已在保安团干上了事。"

驼龙转身欲走。

兰风："等等！"

驼龙满怀期望地站住。

兰风："你的照片冲出来后，我想寄几张给你，让你别忘了你害过的女人。"

驼龙："寄给本县城绸布庄胡掌柜的，他是我的朋友。"

兰风："你原姓什么？"

驼龙："姑娘何必多问。"

兰风："我姓兰名风。"

驼龙："高天纵永远牢记姑娘的芳名！"

26. 山林中空地　凌晨

寂静的山林，偶有鸟啼惊心，白雾缕缕飘动如轻纱。

兰风被蒙住双眼。孙老好扯着她一只胳膊。

小光棍提着箱子站在一侧。

兰风的右手腕子上拴着一根红线。

红线的另一端拴在驼龙的左手腕上。

众匪在驼龙身后排成雁翅阵。

"搬舵"先生装神弄鬼地念道:"西北悬天一片云,大当家的送瘟神,一刀斩断迷魂索,清是清来浑是浑。"

"搬舵"先生念罢,一刀斩断红线,然后高喊:"送瘟神啰——"

孙老好和小光棍架起兰风,飞快地往山下跑去。

27. 山下空地　清晨

孙老好和小光棍架起兰风团团旋转,意在使她迷失方向。

小光棍:"委屈您了,夫人。"

孙老好:"闺女,照直走,别拐弯,上了路别下道,十里之外,就是县城。"

孙老好和小光棍钻进山林消失不见。

兰风坐在地上,片刻,她撕下罩眼黑布,看到一轮耀眼的红日,照耀得山林一片辉煌。

她抬起手来看到腕上拴着的半截红线。

兰风:"土匪!"

兰风提起箱子,往前走了数步。突然一阵恶心上来,她扶着一棵树干呕。

兰风:"王八蛋,让我走,我偏不走了!"

兰风回头往山上走去。

兰风沿着孙老好和小光棍蹬掉了露水、留下鲜明痕迹的路线在山林中跋涉。

28. 土匪营地　傍晚

筋疲力尽的兰风跌跌撞撞地出现。

她闯进大窝棚。

窝棚中没有人,只有那两个企图强暴她的小土匪横尸在地上。

兰风冲进自己居住数月之久的小木屋,屋中摆设依旧。兰风眼中涌出泪水。

兰风冲出小木屋,站在空旷处,歇斯底里地大骂:"土匪——驼龙——高天纵——王八蛋——王八蛋——!"

回答她的只有血红的夕阳和满山肃立不动的红叶。

29. 县城小饭铺　白天

身穿粗布男式农民服装的兰风坐在靠窗的一张桌子边上,狼吞虎咽地吃面条。

窗外一队保安团士兵押解着一个憨厚的农民经过。

农民大声喊叫着:"冤枉啊,长官,我冤枉啊,我没有通匪啊……"

保安团士兵用枪托子捣着农民:"快走,冤枉不冤枉,都他妈的一个样……"

饭铺主人:"嗨,这世道,这世道……"

30. 县城照相馆　白天

照相馆门面很小,门口贴着一些变色的美人照。

兰风着男装进去,压低嗓门对照相师傅说:"掌柜的,冲几个胶卷。"

照相师狐疑地打量着兰风。

兰风:"加印一张多少钱?"

照相师:"五角铜洋。"

兰风:"能放大吗?"

照相师:"能。"

兰风:"三寸的能放吗?"

照相师:"能。"

兰风:"每张底版放大一张,统共多少钱?"

照相师拿着算盘敲了半天,道:"统共折洋十块,您先交押金五元,剩下五元取片时付清。"

兰风:"几天才能洗印出来?"

照相师:"五天。"

兰风:"两天。后天这个时候我来取。"

兰风掏出五块大洋扔在桌子上,抽身而去。

照相师盯着她的背影。

31. 教会医院　白天

坐堂门诊的是一位高鼻蓝眼的洋人。

洋医生彬彬有礼地:"请坐。"

兰风坐在洋医生面前。

洋医生取出一支温度计:"张开您的嘴巴。"

兰风张开嘴。

洋医生把温度计塞进兰风嘴中。

洋医生站起来,指指床,道:"躺下。"

兰风无奈,只好躺在床上。

洋医生戴上听诊器,道:"解开衣扣,腰带。"

兰风翻身坐起,吐出温度计,摘下帽子,一头黑发披散下来。

洋医生:"My god! Are you a woman?"

兰风:"Yes。"

洋医生:"你是什么人?"

兰风:"病人。"

洋医生:"你要看什么病?"

兰风:"堕胎。"

洋医生:"这是罪过。"

兰风:"你要多少钱?"

洋医生:"上帝,拯救这个黑暗的灵魂吧。"

洋医生把兰风推出门去。

32. 巫婆家中　夜景

蜡烛跳动,香烟缭绕。

兰风躺在炕上,露出肚皮,肚皮上贴着一张画满古怪符号的草纸。

巫婆仗桃木剑作法,口中念念有词:"天皇皇地皇皇伏魔大帝下神坛捉住妖精剁成泥……"

巫婆一剑砍在兰风肚子上:"白猫精,看你哪里逃!"

兰风惨叫一声,从炕上跃起。她撕下肚皮上的黄表纸,揉成团,摔到巫婆脸上。

33. 照相馆　白天

兰风递上条子。

照相师:"先生请稍候。"

兰风背转身靠着柜台,看着街上的情景。

几个形迹可疑的人堵住了照相馆的门口。

兰风抽身要走,身后传来保安团团长干干的笑声。

兰风转身,看到保安团团长和王修身。

团长:"果然是压寨夫人下了山。"

兰风直盯着王修身。

王修身尴尬地:"兰凤……"

兰凤讥诮道:"王大少爷,我还等着你来赎我呢!"

王修身狠狈地:"你既然做了驼龙的压寨夫人,我跟你就是……仇人……"

兰凤笑道:"穿上一身老虎皮,到底还是个窝囊废!"

团长:"兰小姐,这里不是斗嘴的地方,走吧,本团长已摆开盛宴,招待您这位女豪杰。"

兰凤猛拍桌子,对照相师:"老狗,还我的照片!"

照相师看着团长。

团长:"既然人家付了钱——"

照相师急忙从柜下拿出一大叠照片。

兰凤不慌不忙地翻看着照片。

驼龙在刑车上照片的特写。

34. 县法庭大堂　白天

开庭审讯"女匪首",旁听者甚众。

县长、县保安团长等当地显要坐在审判席上。王修身和照相师坐在证人席上。

兰凤恢复女装,站在被告席上。

听众议论纷纷。

县长一拍惊堂木,道:"肃静!"

大厅内鸦雀无声。

县长:"在押匪犯,报上名字来!"

兰凤道:"狗子头儿,你应该说,'报报蔓儿'。"

县长一拍惊堂木:"放肆,竟敢用匪言盗语戏弄本县!"

兰凤微笑。

县长:"叫什么名字?"

兰风不语。

县长:"报报蔓儿!"

听众窃笑。

兰风:"芳草蔓儿,八面转儿。"

县长:"兰风是你吗?"

兰风:"正是在下,狗子头嘴比管直!"

县长:"匪首驼龙与你什么关系?"

兰风:"白天一个窑,夜晚一铺炕。"

县长:"你给驼龙做压寨夫人是强迫的还是自愿的?"

兰风:"少奶奶开花窑。"

县长一拍惊堂木:"无耻!"

兰风:"无耻者当断其一指。"

王修身的脸。

县长:"不许你侮辱证人。"

兰风冷笑。

县长:"证人王修身,请你向本法庭说明兰风如何勾结土匪驼龙绑你上山的经过。"

王修身支吾:"……在山上,土匪对我百般折磨,对她却以礼相待……"

听众议论纷纷:"……听说这女子舍身相救,才换了他一条命……太不仗义了……"

县长:"肃静!现在宣判:查女匪兰风,勾结土匪驼龙,绑架本县商会会长王百万之子王修身,致使王家大破家财,王修身九死一生,左手致残。兰匪上山后,与驼龙狼狈成奸,四处作案,扰乱乡里,民愤极大。今我保安团官兵,奋勇剿匪,保境安民,击溃匪众,擒得匪首,劳苦功高,万民爱戴。兰匪罪大恶极,不杀不足以平民愤,今依民国治安法令,判处兰匪死刑,即日押……"

保安团长起身对县长耳语。

县长:"查兰犯乃有孕之妇,依刑法惯例,待分娩三月后,即押解法场正法。"

35. 空镜头

大雪纷飞。

画外婴儿的啼哭声。

画外枪声大作。

36. 监狱　夜景

火光冲天。

驼龙率数十个骑马土匪强行劫牢。

驼龙将兰风母子拉上骏马。

保安团用机枪扫射。

驼龙马匹中弹。

驼龙与兰风、孩子跌下马。

兰风急抱孩子,孩子已中弹。

孙老好跳下马。

小光棍等英勇战斗。

孙老好扶起驼龙:"当家的!当家的!"

驼龙以手指兰风,歪头死去。

孙老好将兰风强拉上马,打马疾驰。

小光棍等冒死掩护。

孙老好等杀出重围。

37. 匪巢大窝棚　白天

徐大鼻子已坐在驼龙的位置上。他的左右两侧坐着他的亲信"搬舵"先生陈平和"秧子房"掌柜马小手。

血迹斑斑的兰风、孙老好、小光棍等残余土匪一进大厅,就感到气氛不对。

孙老好:"二掌柜的!"

"搬舵"先生:"是大掌柜的!"

小光棍:"徐炮头,你好不仗义,说好了你在城外接应我们,为什么一枪不发就撤了?"

徐大鼻子:"当家的为了一个女人,置弟兄们生死于不顾,我姓徐的考虑的是大局。"

"搬舵"先生道:"弟兄们,大掌柜的已去了。山寨不可一日无主,我们一致推举徐炮头掌舵把子,叫号'震山虎',你们有什么意见?"

众匪面面相觑。

小光棍:"老子拔香头子!"

徐大鼻子:"下了他的枪!"

几个小匪一拥而上,下了小光棍的枪。

小光棍:"当家的,您尸骨未寒哪!"

兰风挺身而出道:"徐炮头,一人做事一人当。事情由我而起,我走,你放了他!"

徐大鼻子笑道:"想走?你是想下山给'跳子'(官兵)通风报信吧?"

"搬舵"先生:"拿下她!"

徐大鼻子:"自打她上山以来,山寨里鸡犬不宁,这次连大掌柜的命都搭上了,弟兄们,该怎么处置她?"

徐的亲信:"插了她!"

孙老好慢条斯理地说:"徐炮头,她是大掌柜的明媒正娶的夫人,又为掌柜的生过儿子。你与大掌柜的是结义弟兄,以弟杀嫂,只怕让绿林中英雄耻笑!"

徐大鼻子:"放又不能放,杀也不能杀,你说怎么办?"

众匪沉默。

徐盯着兰风,道:"按理说,你也是个好样的……"

"搬舵"先生眼珠一转,道:"为女人者,有夫从夫,夫死从叔。小叔娶嫂,自古有先例。在下以为,不如将此女改嫁徐掌柜的,这样,既让此女终身有托,又保持了弟兄们一团和气,不知当家的和弟兄们以为如何?"

徐大鼻子看着兰风:"为了山寨兴旺发达,我没得话说。"

"水香"于福大怒道:"徐炮头,你临阵脱逃,置当家的于死地,当家的尸骨未寒,又夺位谋妻,此种行为,禽兽不如!弟兄们,反了他!"

于福拔枪欲射,被徐大鼻子甩手一枪,打倒在地。

"搬舵"大叫:"敢有异心者,他就是榜样!"

兰风款款上前,道:"炮头,你打我的主意不是一天两天了。驼龙已死,我上山无路,入地无门,您既然要我,我愿意。但是,你有你的规矩,我有我的方圆……"

兰风从孙老好裹腿子里抽出一把尖刀,道:"驼龙啊,你在天之灵看着!"

兰风从头上旋下一把头发,扔到徐大鼻子面前,道:"徐炮头,你数清了我的头发,我便是你的压寨夫人,你数不清我的头发,我就刀抹脖子溅你一身热血!"

兰风将刀按在自己脖子上,悲号着:"驼龙,驼龙,你睁开眼睛看看你的好兄弟吧！"

匪众们情绪骚动，纷纷吼叫："数啊，数！"

徐大鼻子左右为难。

众匪："数啊，别草鸡啊！"

徐大鼻子的尴尬相。

众匪拔枪在手。

徐大鼻子离座，数地上的头发。他数了一根又一根，越数越乱，汗水从他脸上滴下来。

徐大鼻子站起来，环视四周，见众匪手握枪柄，愤怒地逼视着自己。

徐大鼻子："兄弟屁股轻，坐不住这把椅子。到底是一个窑的，抬抬手，放我拔香头子！"

徐扔掉枪，转圈行"掰筋托手礼"，转身欲走。

倒在血泊中的"水香"于福挣扎着掏出枪来，对着徐的背影开了一枪。

孙老好："收拾了他的爪子！"

众匪一拥而上，将徐大鼻子的亲信"搬舵"先生陈平、"秧子房"掌柜马小手架了出去。

窝棚外传来两声枪响。

兰风凛然一笑道："谢谢各位弟兄们使我免遭污辱，兰风今日身败名裂，有家难归，只有一死。我死之后，希望弟兄们把我和大掌柜的葬在一起吧！"

兰风举刀欲抹脖子，孙老好上前将刀夺下。

孙老好将兰风扶到驼龙的座位上，道："弟兄们，夫人出身名门，有胆有识，对大掌柜的情真意切。我意请夫人坐头把交椅，弟兄们看中不中？"

众匪:"中!"

小光棍将那件缀满铜铃的披风披到兰风身上。

兰风百感交集,不知所措。

小光棍道:"你就顺了大伙儿的心愿吧。"

兰风泪眼婆娑:"既然大家推举我,只有豁出命去跟大伙儿干。家有家法,帮有帮规。大当家的生前立下的好规矩,一条也不能废,咱的对头是官府豪绅,不是老百姓。谁犯了规插谁,我犯规插我!"

众匪一齐跪地:"当家的福泰咳!"

兰风光彩照人的脸。

38. 山林中墓地　白天

大雪飘飘,遍地皆白,几座新坟格外醒目。

群匪在兰风率领下为死去的驼龙等人行祭奠礼。

孙老好主祭,高声道:"大掌柜的,'水香'于福兄弟、刘疙瘩兄弟、宋三子兄弟、杜大牛兄弟、来福兄弟、江鱼儿兄弟……江湖奔波,人老归天,瓦罐不离井沿破,骑坐龙马上西天……大掌柜的,弟兄们,结着伴儿好好走哇!"

群匪跪地恸哭。

兰风哭得尤为悲痛。

孙老好扶起兰风,劝道:"当家的,大掌柜的已经去了,人死哭不转,节哀吧!"

39. 小镇税务所街道　夜景

兰风骑黑马,率众攻打税务所。

枪声,狗叫声。

土匪用弓箭射进火把,税务所起火。

小光棍率部射击着冲进。

税警们有的被打死,有的投降。

40. 街道　夜景

兰风身披铜铃披风,打马在街上驰骋。

马蹄嘚嘚,铜铃叮当。

兰风高声叫号:"乡亲们听着,我是驼龙!"

部下小匪齐吼:"响铃驼龙——盖世英雄——杀富济贫——替天行道——黎民百姓——决不骚扰——"

41. 风雪山林中　白天

远处枪声不断。

兰风率二十余土匪,抬了几个伤号在雪地上艰难跋涉。

兰风摔倒,被孙老好和小光棍扶起。

孙老好:"当家的,不要紧吧?"

小光棍:"让崽子们抬着你。"

兰风摇手制止。

兰风:"孙大叔,前边是什么地方?"

孙老好:"前边二十里是靠山屯。"

兰风:"那里通火车吗?"

孙老好:"通小火车。"

兰风:"要是跳子们在那儿设了埋伏……"

小光棍:"跟他们拼个鱼死网破!"

兰风:"大叔,小光棍,我们必须折回头!"

小光棍:"折回头去哪?"

兰风:"回老窝棚!"

小光棍:"我们刚被人家从老窝里撵出来。"

孙老好:"当家的说得有理,跳子们想不到我们会折回头回老窝。"

兰风:"大叔,传我的命令,折回头,一个踩着一个的脚印走,碰到跳子,能绕即绕,能躲即躲,轻易不要放枪。"

风雪山林中,土匪们折回头,艰难行军的情景。

42. 大窝棚中　夜景

棚外林涛怒吼。

棚中点着一堆火,群匪围火而坐。

火上烤着野兽肉。

孙老好将一块用签子插着的肉递给兰风:"当家的,吃点垫垫吧。"

兰风接过肉来,若有所思地吃着。

一个年纪略长的土匪道:"当家的,快想个办法吧,等跳子们回过味来,一个回马枪,就把我们给斩尽杀绝了。"

小光棍怒斥:"晦气!"

兰风对众匪:"我一个妇道人家,在行军打仗的事上是外行,大家一起想法吧。"

一土匪:"咱的弟兄们死的死,伤的伤,只剩下二十几个人,弹也尽了,粮也绝了,猫在这里,不被跳子们收拾了,也要给冻死饿死。"

兰风:"你说怎么办?"

土匪:"照老规矩,'猫冬'!"

兰风不解。

土匪:"分了'红柜'(钱)插了枪,有家的回家,没家的投亲戚,没亲戚的投朋友,找相好,来年开春,老地方'码人'(集合)!"

小光棍:"跳子们耳目众多,插枪散伙,还不让人家给一个个收拾了。"

兰风:"弟兄们,大掌柜的留下这点家底,不能毁在我们手里。自古以来,撑死胆大的,饿死胆小的,要'猫冬',咱就猫它个肥冬!"

43. 县城大门　白天

大门两侧,保安团士兵盘查行人。

兰风化装成一个大肚子孕妇,坐在一架马拉爬犁上。

小光棍赶着爬犁。

众土匪有化装成做小买卖的,有化装成赶集农民的。

化装成猎户的孙老好和另一个土匪抬着两只冻得邦邦硬的死狍子。

岗哨逐个盘查行人。

孙老好和小土匪被岗哨搜身。

孙老好身上一块大洋钱被岗哨搜去。

孙老好:"长官,不行啊,长官,这是俺进城买米的钱呐⋯⋯"

岗哨:"啰嗦什么,卖了狍子,还愁没有米?"

孙老好:"长官,不行啊⋯⋯"

岗哨:"再啰嗦连你的狍子没收⋯⋯"

孙老好嘟哝着,与小土匪抬着狍子过了哨卡。

岗哨盘查兰风和小光棍。

岗哨:"哪个屯的?"

小光棍:"扎兰屯的。"

岗哨:"进城干什么?"

小光棍:"胎气不顺,找先生抓服汤药⋯⋯"

岗哨:"胎气?夹带着私货吧?"

兰风歪头欲呕吐。

岗哨厌恶地："晦气，晦气！"

小光棍赶着爬犁过了哨卡。

44. 王家大院外　白天

化装成各色人等的土匪三三两两在王家大门外汇集。

孙老好和小土匪抬着狍子敲响王家大门。

守门家丁半开门："干什么的？"

孙老好："大少爷买了狍子，让俺们送来。"

家丁把门开大了点。

孙老好和小土匪抬着狍子进入。

孙老好佯装跌倒，从裹腿子里拔出尖刀，一个纵身跃起，将刀逼在家丁脖子上。

孙老好："别出声，出声就抹了你！"

众匪涌入，豁开狍肚，掏出用布包着的枪支。

众匪冲进厢房，缴了正在睡觉、打牌的家丁们的械。

一部分土匪冲进正房和厨房，把厨子、王百万和太太等人全部赶了出来。

小光棍护着面戴黑纱的兰风进入大院。

小光棍随手关上大门。

王百万："您是……"

小光棍从腰间抽出铜铃披风，披在兰风身上。

小光棍报号："响铃驼龙！"

王百万双膝一软跪在地上："大掌柜的饶命！"

兰风淡淡一笑，道："老太爷放心，我们一不伤你家人口，二不动你家钱财，天寒地冻，想借老太爷家猫几天。"

王百万:"好说好说。"

兰风:"委屈你们了!"

众匪把王家老小及家丁佣人统统赶到两间厢房里,王家人住一间,其他人住一间。

45. 王家大客厅　白天

客厅里摆设豪华,墙上挂着名人字画。

兰风端坐在正中太师椅上,孙老好、小光棍等人分坐两侧。

兰风对小光棍说:"炮头,传我命令:一不准喝酒,二不准耍钱,三不准出门。让几个弟兄换上家丁衣服,把住大门,放进不放出。再派两个弟兄监视厨子做饭。告诉弟兄们,我们这是在老虎口里打盹,稍有不慎,即将大祸临头。"

孙老好:"对人票要严加看守,门上上锁,设岗,吃喝从窗户递进去,把家丁的裤子、鞋子拿走,让他们坐在炕上。"

小光棍出去传令。

兰风:"大叔,您去歇会儿吧。"

孙老好:"当家的先去歇着,俺不累。"

46. 王家大门外　晚景

新升任了保安团参谋长的王修身对两个护兵说:"你们回去吧,明天一早来接我。"

护兵敬礼退走。

王修身敲响大门。

化装成家丁的土匪拉开大门,垂首恭立门侧。

王修身看了"家丁"一眼:"你是新来的?"

"家丁":"下午才来。"

王修身不满地嘟哝着穿过院子,步入客厅。

47. 王家客厅内　晚景

王修身一进客厅,便看到端坐在太师椅上的兰风。他大吃一惊,伸手至腰间掏枪。小光棍一把攥住了他的腕子,下了他的手枪。

小光棍:"王大少爷,还认识我不?"

王修身:"你们好大胆子,这是在城里,不是在山林!"

兰风:"王参谋长,冷静点,何必张牙舞爪!"

王修身:"你……到底当上了匪首!"

兰风:"这不正是你们希望的吗?"

王修身:"你太过分了!"

小光棍把王修身硬按在椅子上:"你给我坐下吧!"

兰风笑道:"给参谋长倒茶。"

一个小土匪将一碗茶端到王修身面前的条几上。

王端起茶杯,双手颤抖:"我一人做事一人当,你们不要害我的父母。"

兰风:"放心吧,参谋长。"

王修身:"你们这次来,是图财还是寻仇?"

兰风:"何必把话说得这么难听,我们一不图财,二不寻仇。"

王修身:"那你们来干什么?"

兰风:"北风怒号,滴水成冰,早听说王家大院深宅华屋,我们来猫几天,歇歇脚,养养神,叙叙旧情。"

王修身:"这一定是兰当家的出的奇谋。"

兰风:"谈不上奇谋,仗着胆壮罢了。"

王修身:"冤家宜解不宜结,我愿与你们友好相处。"

兰风:"好,备酒,我与王参谋长叙叙旧情。"

48. 王家大院内　夜景

土匪们轮班值更,不敢懈怠。

49. 王家客厅内　清晨

小光棍把枪还给王修身。

兰风:"参谋长,你该到你的团部去办公了!"

王修身:"难道不怕我去带兵来包围你们?"

兰风:"有王老太爷和王老太太挡枪子儿,我们怕什么。"

王修身:"我要见见父母!"

兰风一挥手,道:"把老太爷和老太太请来!"

小土匪把王百万夫妇推进来。

王百万:"儿啊,听驼龙掌柜的,我和你娘的身家性命就在你身上。"

王修身脸上表情极为复杂。

兰风走过来,给王修身扶正军帽,道:"打起精神来,回来时给我带张狐狸皮子,我想缝个袖笼子。"

王修身猛地掏出枪来,抵住兰风的胸口:"谁也不许动,动我就打死她!"

兰风冷笑。

小光棍笑道:"王大少爷,你的枪撞针没了。"

兰风替他把手枪装进枪套,道:"你怎么这么傻,我的部下是干什么吃的?"

孙老好:"王大少爷,乖乖的,没你的亏吃,你不至于拿着爹娘的性命当儿戏吧?"

王老太太:"儿啊,听人家吩咐吧……"

50. 保安团操练场　清晨

数百个保安团士兵围着操场跑步,一个值日官喊着口号。

所有的枪支都一丛丛地架在操场边上。

保安团长带着几个军官在观操。

王修身打了一个哈欠。

团长:"参谋长昨天夜里……"

王修身掩饰道:"与家人们打了几圈麻将。"

团长:"手气如何?"

王修身:"一塌糊涂。"

51. 王家客厅　夜景

兰风在认真地缝一件袖笼子。

52. 王家大门　凌晨

王修身青着脸走出大门。

"家丁":"大少爷,回见!"

王修身嘟哝了一句:"混蛋!"

"家丁"在他身后关上了大门。

王修身抬脚欲踹大门,想想,又把脚放下。

王修身:"窝囊,窝囊!"

53. 操场　晨景

保安团士兵跑操,枪支架在操场边上。

54. 王家客厅　夜景

小土匪对兰风报告:"当家的,王大少爷求见。"

兰凤:"让他进来。"

王修身进来,按匪规行礼:"当家的福泰!"

兰凤笑道:"这一套规矩你也很熟了嘛!"

王修身:"不敢不熟,怕掌柜的给抹尖子,压杠子,灌辣子。"

兰凤笑道:"自打我当家以来,还没用过一次刑法哩。"

王修身苦笑道:"当家的,您在我家猫了一个多月了,该活动活动了吧。"

兰凤:"活动什么?在这里住着,有吃有喝,舒坦得很呢。"

王修身:"当家的养得又白又胖了。"

兰凤:"我胖了吗?"

王修身:"当家的没胖,我胖了。"

兰凤大笑,对手下的小匪说:"你们听,王参谋长多会说笑话。"

王修身:"当家的,我想单独跟您谈谈。"

兰凤环视左右:"都出去!"

小光棍上前搜了王修身身体一遍,道:"你的背后有枪口盯着哩!"

王修身:"炮头放心,我不敢。"

众匪退出。

兰凤笑道:"说吧!"

王修身双膝跪地,道:"兰凤,看在咱多年的情分上,你带着杆子走吧。"

兰凤:"要是我不走呢?"

王修身:"后日是我爹七十大寿,亲朋好友都要来拜寿,可眼下这样……"

兰凤:"那正好啊,我也凑个热闹,给你爹送份厚礼。"

王修身道:"兰凤,我是有对不起你的地方,如今你气也出了,恨也泄了,就抬抬手放我一马。"

兰风:"在哈尔滨念书时,咱俩的确还有那么一段浪漫岁月。"

王修身:"天意如此,不可违抗,也怨我王修身命薄……"

兰风道:"你的命很厚嘛,参谋长也当上了,未婚妻也有了,听说,张大财主家的千金看上了你?"

王修身:"父母之命,媒妁之言。"

兰风:"何时完婚?"

王修身:"只要你……"

兰风:"别吞吞吐吐。"

王修身爬起来,上前两步,又尴尬地退回,道:"兰风,只要你愿意,我非你莫娶!"

兰风冷笑一声,将一碗茶水泼到地上,道:"你能把这碗水收起来吗?"

55. 县城街道　晨景

两辆马拉轿车从街上疾驰而过。

车内,坐着兰风、王修身、小光棍、孙老好等人。

56. 操场上　晨景

保安团士兵在练习队列、步伐,保安团长亲自喊号。

马车疾驰至操场边,急停。

团长转身,问:"干什么的?"

一声枪响,团长中弹倒地。

土匪们从车上跳下,对着保安团士兵举着枪和炸弹。

小光棍:"不许动,谁动就打死谁!"

众士兵愕然。

一小头目大叫:"弟兄们,拿枪啊!"

小光棍一梭子弹过去,将小头目打死。

小光棍:"谁动打死谁!"

土匪们在孙老好指挥下将保安团的枪支全部搬上马车。

保安团副官:"报报号吧,我们对上好有个交待……"

兰风挑起车门帘,道:"响铃驼龙!"

王修身坐在兰风身边,面如死灰。

一个小匪在背后用刀子抵着他的腰。

土匪们跳上马车,扬鞭催马而去。

保安团士兵们垂着双手,一个个目瞪口呆。

57. 郊外雪野　白天

马车在疾驰,车后护卫着十几个骑马的土匪。

58. 马车内　白天

王修身对兰风说:"当家的,看来我只好跟你干了。"

兰风冷笑:"你没生就土匪的骨头。"

兰风:"停车。"

马车停住。

兰风:"王大少爷,你我的官司了结了,下车吧!"

王修身:"你让我到哪里去?"

兰风:"天高海阔,随你云游。"

王修身:"当家的……"

小光棍一脚将王修身踹下马车,道:"别黏黏糊糊了!"

59. 雪原上

马车疾驰。

马匹奔腾。

雪泥飞溅。

满身污泥的王修身站起来,往前追了几步,然后停住。

60. 马车内

小光棍把王修身那支手枪递给兰风,道:"当家的,这支八音手枪不错,您带着吧。"

兰风笑道:"女人带枪,要你们这些大老爷们干什么?"

61. 雪原上

奔驰的匪队车马。

孤零零站着的王修身。

62. 龙爪屯中　白天

四个身强力壮的土匪,抬着一乘顶上搭着遮阳、四面敞开的抬斗(小轿形状)在街上行走。

一些农家的小孩子跟随着看热闹。

63. 农家大院落　白天

兰风乘坐的抬斗到这里。

院墙上钉着一个木牌,牌上写着"挂柱处"(挂柱即入伙之意)。

兰风:"进去。"

土匪们把兰风抬进院子。

小光棍等忙起身迎接:"大当家的到了!"

十几个前来"挂柱"的散兵游勇齐齐跪倒:"给大当家的磕头!大当家的福泰!"

兰风下抬斗，在椅子上坐下，道："继续吧，我看看。"

院子正中摆着一张方桌，方桌上摆着香案，香案前摆着一只大碗，碗里有酒，碗旁有刀。

前来"挂柱"的人轮流到香案前，切破中指将血滴在酒中。

一个老土匪将大碗中的血酒分倒在十几个小碗里。

前来的"挂柱"的人将血酒一饮而尽，然后，齐齐地跪在香案前，齐声念道："我今来入伙，就和弟兄们一条心，如不一条心，天打五雷轰。我今来入伙，就和弟兄们一条心，不走漏风声不叛变，不出卖朋友守规矩，如违犯了，大当家的揎了我！"

兰风道："都是一家人，起来吧！"

"挂柱"的人齐声道："谢当家的！"

兰风："去认认众哥们。"

新入伙的匪众来到小光棍面前，道："听炮头大哥指点。"

小光棍："有胆子没有？打仗时可不兴后跑！"

众匪："死也不后跑！"

小光棍："强中更有强中手，你们的枪法还得练，每天早点起来，别恋被窝子！"

众匪："听大哥的！"

小光棍："发枪给他们。"

众匪领到枪支，拜见"粮台"孙老好："参见粮台大哥！"

孙老好："我们这一行，追风走雪，不容易。'啃富'（吃饭）时别挑肥拣瘦，东西少了分着吃，弄到财物要交柜……"

众匪："听大哥吩咐！"

64. 兰风居所　晚景

这是一所民房，最典型的是一铺大炕，炕头上摆着一个红木大堂柜。

孙老好带着一个土匪崽子进来。崽子抱着一匹红绸。

孙老好："当家的。"

坐在炕头上出神的兰风欠了欠身,道："大叔,这么晚了还不歇着?"

孙老好："杆子红火,财源茂盛,心里舒坦,不困。"

孙老好从崽子怀里拿过那匹红绸,递给兰风,道："当家的,这是崽子们孝敬您的。"

兰风："哪里来的?"

孙老好："七棚头他们砸了一个红窑。"

兰风："我们现在统共有多少人?"

孙老好："按月到我这来分红的有三百九十九,还不加跟着吃混水的。"

兰风："还有来'挂柱'的吗?"

孙老好："有哇,不过,我们按您吩咐的,暂关了口子。"

兰风："大叔,柜上现在积了多少钱?"

孙老好命令土匪崽子："你出去吧!"

土匪崽子退出。

孙老好对着兰风伸出三个手指,压低嗓门道："单大洋一项就是三十万。"

兰风道："大叔,我们积这些钱财干什么?"

孙老好："当家的,钱还有多了的吗?"

兰风道："以前大掌柜在时,怎么个办法?"

孙老好："每月分一次小红,年底分一次大红。"

兰风："崽子们拿了钱怎么花?"

孙老好："有家的往家捎,没家的用来吃喝赌嫖,帮衬相好的。当家的,咱这行当里,钱来得容易花得也容易,大家都是得乐即乐。"

兰凤道:"明白了。"

孙老好从怀里掏出一个金镏子,递给兰凤:"当家的,这是马家屯肉票家送的小项,我给您留出来了。"

兰凤道:"您留着吧。"

孙老好有些犯疑。

兰凤:"大叔,我不稀罕这东西。这个把月我一直在想,我们拉这杆子,到头来会落个什么下场。"

孙老好:"所以,大家都是只求今日快活,不管明日死活的。"

65. 土匪居所　白天

土匪们坐在炕上,大肉大鱼摆满桌,大碗筛酒,猜拳行令。

一小匪唱酒令:"当朝一品卿,两眼大花翎,三星高照四季到五更,六合六同春,七巧八马九眼盗花翎,十全福禄增。打开窗户扇,明月照当心。"

二小匪猜拳:"九匹马啊,三桃园啊,哥俩好啊,六六顺啊,五魁首啊,四鸿喜啊,七来巧啊,宝拳一对——输了,喝酒……"

66. 大街上　白天

兰凤看一个背着小弟弟的小女孩跳房子。几个带枪的土匪在兰凤身后护卫着。

小女孩穿得破破烂烂,小男孩露着屁股。

小女孩一边跳一边数:"一间房,二间房,三间四间五间房,胡子来了全烧光……"

一个伛偻着腰的老汉——好像是女孩的祖父,跑过来,打了女孩一巴掌,骂道:"滚回家去!"

小女孩哭。

老汉跪在兰风面前:"小孩子有口无心,大掌柜的饶命……"

兰风抱起小女孩,沉默片刻,回头示意,一小土匪呈上两摞大洋,兰风放下小女孩,将大洋放在小女孩怀中,抽身离去。

老汉语塞,满怀感激。

67. 兰风居所　晚景

兰风坐在大炕上,对"四梁八柱"发火:"你们看看去,乱了套了,酗酒的酗酒,找女人的找女人,这哪里像支队伍,分明是土匪!"

小光棍笑道:"当家的,我们就是土匪嘛!"

一匪头目:"当家的,为匪的,脑袋挂在腰带上,图的就是这个,咱这杆子,不祸害穷人,就够仁义。"

兰风迷惘的神情。

孙老好:"当家的,这世道,不是杀人,就是被人杀,您不要太费脑子了。"

68. 兰风居所　夜景

小光棍向兰风敬酒。

小光棍:"当家的,您足智多谋,有胆有识,是咱弟兄们的福星。可您这池子里水太清了,就养不住鱼了。"

兰风:"我不喝酒!"

小光棍:"当家的,您心里烦,俺知道,您是凤凰落在乌鸦群,喝点吧,开开心!"

兰风:"你喝给我看!"

小光棍:"当家的,您让我死我也干。"

小光棍搬起坛子往大碗里筛酒,喝了一碗又一碗。

兰风看着这个面目模糊的男人,眼前幻化出当年的梦想:

在婚礼的音乐中,身披洁白婚纱的兰风被一个西装革履的英俊男子挽着胳膊,在云雾中缓行,花瓣如雨,纷纷落下……

兰风眼里泪光点点。

小光棍在炕上,膝行上前,醉眼迷离,低声求告:"当家的……当家的……您在山中洗澡时……我偷着回头……我全看到了……当家的,我是您的一条狗……"

兰风端起一碗酒,全都泼到小光棍的脸上。

69. 土娼马寡妇家　夜景

小光棍敲门:"开门,开门!"

室内女人声音:"对不起这位爷,有客啦!"

小光棍:"老子是炮头、二掌柜的!"

室内静寂。

小光棍砸门。

室内女人声音:"爷,别生气,这就来开门啦!"

马寡妇半掩着怀开了门,一个小土匪弯腰钻了出来,跑了。

小光棍:"老子包了你啦,从今往后,谁敢再来,谁敢再来……"

马寡妇扶住小光棍:"炮爷,您要来了,谁还敢再来?"

寡妇把小光棍拉进屋,掩上门。

70. 兰风居所　夜景

兰风一人独坐,翻看着驼龙的那些照片。

她将照片触在蜡烛上一张张烧毁。

照片在燃烧中卷曲。

火焰中驼龙的脸。

兰风木然的表情。

71. 兰风居所　夜景

大炕上摆着一张八仙桌,桌上摆着山珍野味和一坛好酒。明烛高烧。

兰风浓妆艳抹,穿着一袭轻薄如蝉翼的红裙,赤着脚,在大炕上来回走动着。

72. 院内　夜景

两个带枪的护兵看着被烛火照得通亮的窗户纸上映出的兰风的倩影。

护兵甲悄声道:"大当家的又在玩什么妖蛾子?"

护兵乙悄声道:"我看呐,是小舢舨扎猛子——浪起来了!"

护兵甲:"真想豁出这条命进去把她办了!"

护兵乙:"你?你比驼龙咋样?比徐大鼻子咋样?天下最毒女人心,没有两把刷子,她能当上大掌柜的?"

护兵甲:"咱偷偷瞧一眼怎样?"

护兵乙:"找死吗?"

护兵甲:"你替我盯着点儿。".

护兵甲悄悄移至窗前,伸出舌头,舔破了糊窗的白纸(关东的窗户纸糊在外)。

护兵甲将一只眼贴在窗户纸的窟窿上。

他看到了室内大炕上的情景。

73. 室内

兰风嘴角浮起冷笑。她一脚踢过去,正踢中护兵甲的眼睛。

护兵甲惨叫一声,转身跑走。

兰风大声说:"去把炮头叫来!"

74. 室内　接前景

兰风斜着屁股坐在炕上的八仙桌的边角上,极浪地对局促不安地站在炕下的小光棍说:"光棍,上来呀,陪着我喝几碗……"

小光棍低声嗫嚅:"当家的,您别这样……"

兰风:"我咋样?你们不就盼着我这样吗?孬种了?上来呀!"

兰风搬起坛子,倒了两大碗酒:"来呀!"

小光棍狼狈之状。

兰风端起酒碗,咕咚咚喝尽,将碗扔在地上。又端起一碗,照样喝尽:"喝呀,你以为老娘我不中用?"

小光棍:"当家的,俺服了您……"

兰风:"服我?放你娘的屁!"

兰风搬起酒坛子,一阵猛灌,酒从坛口溢出,湿透了她的脖子和衣服。

兰风将坛子砸在窗户上。

兰风一把撕开衣扣,拍着胸脯道:"小光棍……你来……我今夜让你尝尝滋味……"

小光棍跪在炕前:"当家的,您是天上的仙女下凡尘,俺是个猪狗不如的东西……"

兰风:"你……你给我做压寨男人……"

75. 野外雪地　白天

护兵甲和护兵乙被绑在两棵树上。

兰风披着斗篷站在雪地里,身后簇拥着数十个土匪。

兰风命令小光棍:"挖了他们的眼睛!"

护兵甲:"当家的,饶命哇……"

护兵乙:"当家的,冤枉啊,我没有看哪,我没有看……"

兰风转身,对着镜头走来,成面部特写。

画外传来护兵甲、护兵乙的惨叫声。

76. 兰风居所　晚景

兰风坐在大炕上,闭目养神。

炕前站着七八个土匪头目。

插千的报告:"当家的,据我手下的崽子们报告,黑龙江省督军张大疤瘌亲率三个旅下来剿匪,'滚地龙'、'钻山豹'的杆子都叫跳子们给收拾了。张大疤瘌扬言下一个目标就是我们,跳子的网已经拉过来了。"

一小头目:"跟他们拼了!"

插千的:"跳子们有重机关枪,还有日本造山炮,我们拼不过。"

一小头目:"插了枪,单个'滑'。"

一小头目:"不妥不妥,当家的好不容易把杆子呼隆起来,哪能轻易散了。"

孙老好:"大家别吵吵,让当家的拿主意吧。"

兰风开颜一笑,道:"闯大祸,渡难关!"

77. 铁道边　夜景

小光棍率数十土匪伏在道旁树林中。

国际列车疾驰而来。

白炽的灯光照亮一段被破坏的铁轨。

列车出轨,枪声大作。

土匪们叫喊着冲上车。

78. 山路上　白天
道路上雪水翻浆,泥泞不堪。

兰风坐在抬斗上。

匪队押解着数十名外国旅客及十几名有身份的中国旅客在泥路上行走。行列中一美艳妇人怀抱着一个婴儿,哭哭啼啼地走着。

官兵追逼上来,枪声不断。

一颗流弹击中一高鼻子洋人。

被绑架的"人票"挥动白毛巾,叽里咕噜的大叫:"不要开枪!不要开枪!"

小光棍大喊:"跳子们,开炮吧,炸死你们的洋爹娘看你们怎么交账!"

官兵停止追赶。

79. 山中大窝棚　白天
兰风看到旧址,触景生情。

墙角上,有一缕肮脏的头发。这正是兰风当初割下的头发。

80. 秧子房中　白天
数十个中外"肉票"拥挤在一起。

一洋人大声叫喊(英文):"我抗议,我享有外交豁免权,我抗议!"

一洋人垂首在胸前划着十字,嘴里念念有词:"主啊,主啊……"

一中国老豪绅鸦片烟瘾发作,鼻涕眼泪哈欠。

那个美妇人抱着孩子低声抽泣。

报纸叠化：东北女匪响铃驼龙抢劫国际列车,中外旅客四十九名被绑架……

风流女匪劫持中外旅客,内有英吉利驻天津领事馆副领事、俄罗斯驻哈尔滨巨商、日本国和法兰西等国在华外交人员等。

黑龙江省省长三姨太及幼子被劫。

各国公使对中国政府提出强烈抗议。

81. 大窝棚内　白天

兰风端坐在正中位上,身后站着小光棍等数人。

兰风问那抱着孩子的贵妇人："你叫什么名字？"

妇人："吴琼枝……"

兰风沉吟道："吴琼枝……这名字怎么这么耳熟呢？抬起头来我看看。"

美妇人抬起头。

兰风道："你是哈大毕业的？"

美妇人："外文系的,还没毕业,就被……"

兰风："哈大校花吴琼枝,还没毕业就被省长强娶为姨太太！"

兰风大笑。

美妇人惶恐的脸。

兰风："你知道我是谁？"

美妇人怯怯地："您是……驼龙大王……"

兰风冷笑一声,道："我是哈大家政系的,您自然不会认识我。"

美妇人跪在地上,哭求道："驼龙大王,看在校友的面子上,把我和孩子放了吧,我在丈夫面前一定保举你……"

兰风："保举我做姨太太？"

美妇人结结巴巴地："不敢,不敢……"

她怀中的孩子哭起来。

兰风:"把你的孩子抱过来我看看!"

美妇人:"大王,饶了我们娘俩吧……大王……"

兰风:"把孩子抱起来!"

小光棍过去,把孩子从妇人怀里夺过来。

兰风接过孩子,端详着。

孩子大哭。

兰风:"叫孙大叔弄点东西来喂喂他!"

兰风:"把省长太太带下去休息,好生侍候!"

美妇人:"大王,还我的孩子……"

小土匪们把美妇人拖下去。

美妇人:"大王,别害我的孩子,别害我的孩子……"

兰风:"不识抬举!"

小土匪拖走美妇人。

82. 兰风居住窝棚　白天

兰风喂孩子吃粥。

兰风手持一玩具逗孩子,孩子咯咯地笑。

兰风:"叫妈妈!"

孩子咯咯地笑。

83. 山路上　白天

一个人举着白旗慢慢走上来。

渐渐看清是王修身,他已苍老了许多。

一群小土匪擒住王修身。

王修身:"弟兄们别误会,我是给你们当家的送信的。"

84. 土匪营地　白天

兰风抱着孩子,在山中玩耍。身后跟随着几个护兵。

美妇人从窝棚中冲出来,大叫道:"还我的孩子……"

美妇人从兰风手中夺走孩子,朝乱树林中钻去。

几个土匪冲上去,将美妇人追回。

妇人紧紧地搂住孩子,孩子大哭。

兰风走前去引逗孩子,孩子破涕为笑,并对着兰风伸出了手。

兰风夺过孩子,道:"你说他是你孩子,你能叫走他吗?"

妇人哭着喊叫:"孩子,孩子,她是杀人不眨眼的土匪哟……"

兰风命令:"把这个疯婆子押回去,好好看管,别让她来打扰我们娘俩。"

85. 大窝棚内　白天

兰风用一只小木勺子,从一个木碗里舀着什么往孩子嘴里喂。她的动作极其轻柔认真,像很多母亲一样,当她把木勺伸进孩子嘴里时,她的嘴也下意识地张开。

土匪头目们狐疑地看着她,交换着眼色。

小匪们将眼蒙黑布的王修身押到。

王修身行"掰筋托手礼",道:"参见大掌柜的!"

兰风喂着孩子,爱理不理地:"你来干什么?"

王修身:"张督军让我送来一封信。"

王修身摸出一个大信封,递给身边的土匪,土匪们依次将信传至兰风面前。

兰风道:"念!"

"字匠"拿过信去,抑扬顿挫地念道:"驼龙部大掌柜及麾下'四梁八柱'：尔等啸聚山林，打家劫舍，扰乱治安，为害一方。前次突袭我保安部队，打死我团长，掳走我枪械，已犯下不赦之罪。此次又抢劫国际列车，绑架中外旅客，损我国家声誉，挑起国际事端。此案震动中外，影响极坏，实乃弥天大罪。吾已将尔等巢穴团团包围，本当重炮猛轰，将尔等斩尽杀绝。但念及尔等无知，不杀人票，尚有为善之意。本督军决定并请示上宪批准，欲将尔等招安，改编为我地方保安部队，尔等前罪一概赦免。望见信立即将羁押中外旅客悉数释放……"

"字匠"先生读信时，兰凤把孩子撒尿，她嘴里轻轻吹着口哨。

孩子撒尿。

兰凤："回去告诉你们督军，我们为匪，是因为政府腐败，官逼民反。如要招安，请将围山部队撤走，给我一个独立番号，发给重机枪两挺，轻机枪十挺，步枪一千支，子弹五十万发。并按季发服装，按月发给养，否则——'秧子房'掌柜，带我们这位老房东去看看秧子吧！"

86. 秧子房内外　白天

"秧子房"掌柜及数匪陪王修身来到秧子房外，王修身不由得脸上变色。

"秧子房"掌柜："王先生，哆嗦什么？"

秧子房内，中外肉票呻吟不绝，一个个蓬头垢面，状若活鬼。

秧子房外，王修身打哆嗦的腿。

87. 山林中　晚景

兰凤抱着孩子散步，后有亲兵相随。

88. 大窝棚门口　晚景

小光棍问孙老好："老孙，当家的真要认这个孩子做儿子？"

孙老好道："这也许又是当家的锦囊妙计。"

89. 小木屋外　晨景

三个土匪已被孙老好等押起来。

兰风虎虎前来，推开小木屋的板门。

90. 小木屋内外　晨景

美妇人仰身在床上。她已被凌辱而死。

兰风猛地带上门。

兰风从小光棍手里接过马鞭，狠狠地抽打那三个土匪。

三个土匪一声不吭。

兰风把马鞭扔还给小光棍，道："拉走，枪毙！"

三个土匪被押走。

一个土匪大声喊叫："办了省长的姨太太，死也值了，哈哈，死也值了……"

一个土匪回头喊："当家的，等我下辈子办了你！"

小光棍大喊："闪开！"

架着三个土匪的众匪猛然闪开，小光棍连射三枪，三个土匪都嘴啃泥扎在地上。

91. 村落外空地　黄昏

一轮红日西垂，田野空旷无边。

已接受改编的驼龙匪队列成方阵，等候兰风检阅，匪兵们都换上了保安团军装。

身穿团长服装的小光棍挺胸叠肚站在队列前。

方阵前插着一面旗帜，旗帜上绣着：暂编第九保安独立团。

兰风乘坐着抬斗缓缓而来。

兰风身着黑服，面蒙黑纱，端坐在抬斗上。

四个抬抬斗的亲兵面色严肃。

兰风的抬斗来到队列前。

小光棍下令："立正——"

小光棍对着兰风的抬斗别别扭扭地敬了一个礼。

兰风坐在抬斗上，轻轻地抬了一下手。

小光棍对群匪说："弟兄们，我们能有今日的荣耀，全仗了当家的神机妙算。当家的要远走高飞了，请当家的给大家训话。"

兰风端坐在抬斗上，轻轻地掀起一角面纱，看了众匪，又放下黑纱。

兰风："弟兄们，我带了你们一程，总算有了个结果。我送你们三句话：一不要进城驻扎；二不要散帮；三不要忘记自己的出身！"

兰风示意亲兵起步，抬斗缓缓而行。

小光棍带头跪倒，数百土匪齐刷刷跪倒。

小光棍："当家的一路顺风！"

众匪："当家的一路顺风！"

俯拍全景。

兰风的抬斗迎着落日渐渐远去。

92. 火车站前　　凌晨

四个人抬着兰风的抬斗出现在站前空地上。

观众可以看出，抬抬斗的四个人，已不是那四个亲兵。

官兵从四面围上来，擒住了抬抬斗的人。

官兵头目用枪指着抬斗上的人,道:"大当家的,下来吧!"

抬斗上人无声无息。

官兵头目一把撕掉抬斗上的遮帘,又撕掉端坐在帘内人的面纱。坐在抬斗内的原来是省长姨太太的尸首。

官兵头目用枪抵着抬抬斗的人:"快说,兰凤哪里去了?!"

那人结结巴巴地:"长官饶命,我们是青石沟的轿夫,被人雇来抬这个,说好了给我们每人十块大洋……"

官兵头目:"妈的,中计了!"

93. 小光棍部队营地　凌晨

一个庄稼汉模样的人挑着水桶来到井边。

四下无人,他从怀里掏出两大包毒药洒在井里。

他从井里提上两桶水,担起。

两个身穿保安团服装的匪兵前来担水。

匪兵担水至伙房门口。

几个倒背着大枪换岗回来的匪兵问:"张头,早晨吃什么?"

伙夫:"大楂子粥!"

匪兵:"妈的,换换花样嘛!"

伙夫:"换你娘的皮!"

94. 小光棍兵营内　白天

匪兵们捂着肚子在地上打滚,哭爹叫娘声不断……

95. 官兵马队冲进营地

官兵端着冲锋枪在马上扫射,土匪们毫无还手之力,一堆堆被射死。

96. 小光棍团部内　白天

小光棍与几个护兵弯着腰,捂着肚子勉强上马。

官兵马队至,猛烈扫射。

小光棍:"当家的,你把我们都断送了……"

一阵乱枪,小光棍身中数十枪弹,跌下马来。

97. 偏僻小店内　晚景

在一个小房间内,那个得了病的男孩哭泣着。

化装成农妇模样的兰凤哄着他。

化装成老农的孙老好劝道:"当家的,舍不得孩子套不住狼……"

98. 房间外　晚景

掌柜的偷听。

99. 房间内　晚景

兰凤:"大叔,你去请个医生吧。"

孙老好:"当家的,舍了吧!"

兰凤:"他是我们的命。"

掌柜的悄悄溜走。

官兵包围小店。

官兵踢开房间门。

官兵用枪逼住兰凤、孙老好:"不许动!"

官兵头目:"驼龙当家的,请吧!"

孙老好伸手掏枪,被一阵乱枪打死。

兰风面色平静,道:"大叔啊,瓦罐不离井沿破,你好好走啊!"
官兵头目:"当家的,请吧!"
兰风将那个孩子交给官兵,道:"这是你们省长的公子。"

尾声

还是那条熟悉的街道,瑞雪飘飘。街道两侧挤满了看客。
官兵骑兵队头前开道。
兰风着素衣站在囚车上。
囚车上竖着大字标牌:奉命枪毙巨匪驼龙。
兰风面带微笑,态度从容。
囚车后跟随着监刑的骑兵队和地方官兵。
几位记者跑前跑后为兰风拍照。
囚车路过一家绸布店,兰风示意停车。
店主双手捧着一大匹红绸子跑出来,献给兰风。
兰风将红绸子披在身上。
记者的相机咔嚓响着。
各种角度的兰风身披红绸的特写画面定格。
在尾声开始时,老祖父的画外音即开始了:
……都说那女人能手使双枪,杀人不眨眼,还吃小孩子的心肝,俺看着怎么也不像。枪毙她那天,正逢着元宵节,天下着鹅毛大雪,家家户户门前的红灯都被雪打湿了。那年俺九岁,跟着俺爷爷去看热闹。那女人笑嘻嘻地站在车上,白白净净的脸儿,两只水汪汪的大眼,花骨朵一样的红嘴唇儿,身上大红绸子一直拖在地上,俊得呀,活脱脱是从画里走出来的人物……

——剧终

大　水

（与刘毅然合著）

片头

特写：一个小男孩的小"鸡鸡"出现在银幕上，它逆着浓浓升起的太阳，阳光给它罩上一层美丽的轮廓光，它显得活泼而又富有生命力。镜头拉开，一排小男孩的小"鸡鸡"充满银幕。

一个男孩的声音："我是龙王！"

第一只小"鸡鸡"开始撒尿了。

另一个男孩的声音："我是龙王的爷爷！"

第二只小"鸡鸡"开始撒尿了。

又一个男孩的声音："我是龙王的爷爷的爷爷！"

第三只小"鸡鸡"开始撒尿了。

接下来，所有的孩子都在撒尿，一道尿的瀑布在逆光里出现了一种非常奇妙的色彩和视觉效果。

黄河展示在银幕上。

这是一条与我们司空见惯的那种奔腾咆哮、惊涛裂岸的黄河截然相反的形象的大河。它平缓安详，像母亲举着婴儿，它托起浓浓升着的太阳。透过这平静，我们能强烈地感到它孕育、蕴藏着的古老文化原始野性和生命的欲望，它的凶猛残酷善良痛苦都深深地掩藏于这一片平缓安详的浊浪中了。

这更像一条代表我们民族人格的河流。

这是一条有感情有灵魂的河流。

河岸上簇拥着一大群男孩女孩。他们也安静不动。他们的身份在片中不确定,他们好像是黄河岸边村里的孩子,又好像是一群代表着人类或超脱于俗世的精灵,他们的安静与黄河的安静是协调一致的。希望能通过场面的调度显示出这样的寓意:黄河像母亲哺育着人类,孩子们待在河边像待在母亲的怀抱里;人类与桀骜不驯的黄河相对照显得非常渺小。

在这条博大平缓的浊浪之上,缓缓推出片名字幕:大水。不要画外音,不要任何音响破坏这种宁静。

突然,一声巨响,撕肝裂胆的音乐轰鸣起来,银幕上的黄河一改温驯面貌,变得波浪滔天,令人胆寒。那群孩子像被巨响惊醒似的,跳起来。

男孩女孩们大乱大闹,做厮杀状,做头触山峦状……做各种奇形怪状,发各种鬼哭狼嚎声。他们赤裸的黄色躯体与奔腾的河水叠印在一起充满银幕。

这时哭声响了。

这时笑声响了。

这时笑声和哭声混合了。

与此同时,一支用童声伴唱的古老民歌仿佛从天边飘来:

"这黄河——

你流直又流弯

你流窄又流宽

你流北又流南

你流了几千几百年

你流着女人的乳和泪

你流着男人的血和汗

你总也流不完,流不完……"

第 一 章

1. 晨曦中的黄河岸边

一条长堤严峻地屹立在大岸上,犹如万里长城,透过大堤我们能看出黄河的水位远远高于大堤外的土地。

堤下,聚满了黑压压的人群。

河床上,并排摆着五条大木船,都是那种粗糙的正方形的船,船头都是紫褐色的,一望便知是风蚀雨打过的血渍。

十几条黄河岸边的汉子赤裸着臂膊,穿着羊皮坎肩,立在船头上。

领头船上,立着一条大汉,四十岁模样,阔脸方腮,五官端庄,他是本片主人公之一,我们就叫他船老大。他绝不赤胸露背以显示一种所谓的剽悍和力量,他穿着一件对襟棉袄,甚至带有几分文雅,只是在眉宇间隐隐透出他的凶狠、果敢和老谋深算的内在气质。

那十几个木讷的船工表情麻木地望着船老大。

蒿草丛中,立着一群衣衫褴褛的乡亲,以妇女老人居多,人人表情庄重。他们眼巴巴地望着船老大。其中有一位穿红袄的女人,长得很体面,高高隆起的肚子告诉我们,她将分娩。她叫秋水,本片的女主人公。从她望着船老大的凄婉目光中,我们可以知道她与船老大的关系,她很年轻,二十刚出头的样子。

2. 河堤上

那群前面出现过的孩子,依然赤裸着身体,簇拥在高大人群不远的地方。我们也不知道他们为什么要冷眼旁观着大人们的行动,更无法透过他们脸上古怪的表情去猜测他们的心理活动。

孩子们冷眼观望的脸。

3. 大船上

船老大望着不动声色的黄河,黄水上薄雾轻缠,给人神秘的感觉。船老大轻轻一抬手,几条汉子将黄色表纸举向天空,像黄色飘带一样,岸上的人群开始骚动。

船老大低沉地喊道:"祭大王!"

一个汉子抱着一个褐红色大瓦罐走上船头,小心翼翼地放在船板上,我们不知道瓦罐里装的是什么。

五个汉子拎着五只肥硕的红冠大公鸡,一字排开立在船头上,把鸡头往船板上一按,从腰中抽出明晃晃的大板斧,一声吆喝,斧起头落,五个公鸡头雀跃着飞出船头,溅落河面,还传来鸡鸣之声,鸡头在水面跳着。

鲜红的血染红了船头,染红了河水。

与此同时,黄表纸烧起来,火苗腾空,青烟飘绕,人群更加骚动,有人缓缓跪下了。

烧标。

船老大挥一挥手,示意解缆。

几个汉子麻利地解开缆绳。其中一个手哆嗦着,半天解不开。岸上一个头扎红花的小媳妇站到他背后,低声说:"你小心点!"

柱子冷冷地看她一眼,冰凉地说:"回来再跟你算账。"

小媳妇脸上出现惊恐不安的表情。

船老大站在船首,一声低沉的吆喝:"起船!"船夫们一起喊起来,同时举起大桨,桨下溅起黄色浪花,船队驶去了,像一片移动的山丘。

4. 黄河边

那群孩子突然怪声叫着扑下河滩,把砍落水中的鸡头摸上来,他们站在浅滩里,手举着还在滴着鲜血甚至还在打鸣的公鸡头傻笑着。

有几个孩子拢来一些柴草,用燃烧未尽的纸标引燃。他们用木棍插起鸡头举着,围着火堆舞蹈,并一起模仿公鸡的鸣叫声。后来,他们把鸡头放在火里烧,公鸡鸣叫声不间断响起,孩子们边模仿鸡叫,边啃吃着烧黑的鸡头。

这场戏的寓意比较丰富:

① 神圣的仪式被亵渎,显示出它的荒诞与游戏性。

② 水与火的对立。

③ 这场戏首先成立在饥饿这一严酷事实上,然后才可能产生平凡事件中本来具有的魔幻、怪诞、象征意义。

第 二 章

5. 夏日的黄河浅滩

枯水期的黄河河床显露,黄沙漫漫,一股湍急的窄窄的细流在黄河之中流淌着,周围是沼泽般的水洼,好像隐藏着巨大的危险和生命力。

这时是黄昏,太阳还没下山,天际上有一些斑斓的云。薄暮中可见遍地的齐腰深的荒芜的蒿草,晚风在草尖呼叫。远处隐隐传来军马场露宿军马的嘶鸣。贫瘠的河滩上,草棵的窸窣声里逐渐传来强烈的人的喘息声,凝重艰难。

一轮巨大的红日坠落地面时,黄河外的无边荒滩一望无际。

他的身躯竖在太阳中。这时我们看清了这男人的衣着和模样。这是一个三十多岁的人,面孔消瘦清秀,透着纤弱的儒风,剃着光头，但已长出粗硬短发，嘴巴上有胡须，身材适中，鼻梁上架着眼镜，一副破眼镜，向我们透露出有关他的出身的猜测。他叫戴号，本片主人公之一。

他穿着劳改农场犯人的号服。

两声清脆的枪声划破暮色中的天空，他慌忙趴下。

6. 地平线

几匹军马逆着太阳奔驰着，马上骑人，人持长枪。枪声是从那里传来的。

马立住，嘶鸣，又向奔来的方向奔去。

黄河大岸重归死寂。

7. 蒿草丛中

戴号缓缓爬起来，眼睛里充满恐惧和焦灼。他定定神，发疯地向黄河岸边扑去，他惶惶如丧家之犬，在绵密的生满硬刺的草丛里盲目冲撞着，在冰凉的泥泞里挣扎着。

8. 黄河

戴号在黄河的浅滩上滚着爬着，稀泥沾满了他的全身。他挣扎到水边，发现远看如一条闪亮的绸巾的河水竟然十分湍急。他犹豫片刻，扑进河水。

9. 黄河彼岸

干枯的蒿草摇曳着，失去理智的风在狂号。

戴号跪在岸边，两个混浊的眼球死死盯着黄汤样的河水，他眼有感情而没有泪。他麻木着脸，嘴唇微微痉挛。

现在他脱下囚服只剩一条短裤,他瘦弱的身子在风里微微颤抖,他的皮肤不是很黑,一眼望去就知道这不是一个黄河边上的人。

他把衣服和裤子缠在一起,然后像狗一样俯身在草丛间扒出一个坑,把衣服放在坑里,他摘下眼镜放在衣服上,开始扒土埋衣服。

他犹豫地把眼镜从坑里提出来,手颤抖着从囚衣一角撕下一块布,将眼镜包好,插在裤腰上。

10. 黄河滩上

现在他埋平土坑,逆着太阳站起来,阳光给他的脸庞罩上一轮金光,他惊恐不安地茫然四顾,黄河滩上视野开阔无边。

太阳钻进黑云里,这是一个阴霾的傍晚。

第 三 章

11. 天近夜色

这是黄河堤外一个村庄,村里光秃秃的,所有树的树皮都已经被剥光,一群妇女和孩子还在剥着仅有的一点点树皮。

树林旁卧着几座新坟,有老妇跪在风中哭泣。

一望无边的苇子地一片荒芜。

滩涂上歪斜着几只破木船,所有的房舍墙院都是黄泥巴垒成。还可以借助些道具来表现出这是一个黄河上船夫们居住的村子,平日里男人在水上营生,女人在家耕种贫瘠的沙土地。

静静的村子里连狗叫也没有,像死的坟墓。

12. 村边

暮色里,一条黑色人影弯着腰潜入村子,依稀能看见他光着身子。

13. 一座黄泥小屋院落

一条黑影钻进来,我们能认出这是戴号。他胳膊窝夹着眼镜包,极度的恐慌和警觉。

房屋窗下有一个养公鸡的鸡舍,鸡舍前有一个鸡食钵子,钵子里有鸡食,但不是粮食。

戴号扑上去,抓起鸡食,眼镜包掉在地上,他顾不上拾起,狼吞虎咽,表现出极度痛苦的哽噎状,身子冻得瑟瑟发抖。

房门悄悄拉开,露出一张年轻女人的脸,是秋水。

戴号继续吞咽,并用一只手搓揉脖子,眼珠子瞪得像一对牛眼。

秋水悄无声息地跳出房门,用棒槌猛击戴号的后脑,戴号应声倒地。

秋水手提棒槌,惊愕。她依然穿着红袄绿裤,她困难地弯下肥腰:"偷鸡贼,你死啦?"

戴号伏地不语,肩头瘦骨清晰可见。

秋水把他翻过来,用手打击着他的脸。

秋水:"你真死啦?"

秋水抬头四顾,满脸惊惶。她像拖死人一样把他拖进屋子里,扔在一堆柴草上。

14. 屋内

昏浊的光从灶口扑出来,照在戴号苍白的脸上。秋水一手捂着肚子,一手举着一瓢冷水往他脸上浇着。

戴号长出一口气,缓缓地睁开眼睛。

秋水扔掉瓢:"命大的贼!"

戴号坐起来,左右摸索眼镜。

秋水:"你找啥?"

戴号挣扎着想站起来,可能因为头晕,一个趔趄又栽倒了。

秋水向门外走去。

15. 院子里

当空一轮皓月,晚风呼啸。

秋水借着月光看到那个小布包,她捂着肚子将布包捡起,狐疑地望望屋内的赤身裸体的男人,转身进屋。

16. 屋内

戴号斜倚着柴草,身子凑向灶火取暖。

秋水:"是偷来的金子还是银子?"

秋水揭开布包,戴号扑上去夺过布包,眼镜落在地上,一条腿断了。

秋水:"哼,还是个文化人呢!"

戴号尴尬地拾起眼镜,望着残腿发呆。

秋水:"你是遭了劫路贼了吧!"

戴号支吾着。

秋水走进内屋,扔出两件肥大的衣裤,都是船工穿的那种,黑色。秋水倚在门框上。

秋水:"快穿上,让人撞见你这副模样,我跳进黄河也洗不清。"

戴号连连点头,穿上衣裤。又颤颤地戴上眼镜,因为残腿,眼镜滑下来,他叹口气。

秋水鼻里出一股气,解下一根红辫绳,塞给戴号。

戴号接过辫绳,重把眼镜戴好,现在他看清了,眼前是个挺端庄的黄河孕妇。

秋水扔过条破毛巾。

戴号擦脸。

秋水揭开锅盖,端出两个野菜窝窝,舀了一碗凉水,放在戴号面前。

戴号狼吞虎咽,连连呃噎,不断吐着沙子。

秋水用棒槌轻轻地戳他的背。

秋水:"城里人也饿不住啦?"

戴号不答话,默默地注视着她,结结巴巴地问:"有……烟吗?"

秋水端来烟笸箩,顺手从墙上撕下一块报纸。

戴号接过报纸,顺手抓了一把烟末。报纸上刊登毛泽东主席视察黄河的照片,他认真地读着,然后,小心翼翼地绕过那张照片从边角上撕下一条纸,卷成一支烟。

秋水:"那上面写着啥?"

戴号:"治黄河的事儿。"

秋水:"黄河还能治?"

戴号不语,先将烟筒子放在鼻子下狠劲地嗅着,然后从灶膛里取出根柴棒,将烟点燃,他发疯地吸着,呛了一大口。

秋水紧紧地盯着他。

戴号意识到什么,猛然停住,警觉地望着秋水。

两人默默对视。

戴号:"家里就你一个人?"

秋水:"我当家的带船去运石灰啦。"

戴号:"你当家的是干什么活的?"

秋水:"船老大,你不知道他?"

戴号:"给哪里运石灰?"

秋水:"给劳改农场。"

戴号下意识地哆嗦一下,说:"……我明早上走。"

秋水:"屁话! 俺男人不在家,留你在屋里?"

戴号:"大嫂子,可怜我,让我歇一夜!"

秋水:"不行!"说罢,扬起手中的棒槌。

戴号无可奈何地站起来,摇晃着身子。

17. 院门口

月光下横着一条腐朽的破船。戴号踉踉跄跄地走来,跌进破船舱里倒头便睡。

秋水抱着一床破被子扔到戴号身上。

18. 黎明有风

秋水家窗前鸡舍里一只头戴红头布的瘦公鸡扬脖鸣叫。

不远处传来黄河上的可怕声响。

戴号蒙头睡觉,在破船里。

那群赤身裸体的孩子像一群幽灵般围拢过来,他们手持破刀烂铲。先是静,突然爆发,孩子们有的用刀劈打破船,撬船板,有的到鸡舍里去抓鸡,瘦公鸡乱飞乱叫,孩子们乱吼乱号。

戴号惊醒,站在一旁呆呆地看着。

秋水从屋内跳出,手持棒槌与孩子们争夺公鸡。

孩子们号叫着跑了。

船老大家院子里,遍地狼藉。

戴号与秋水傻呆呆地站着。

第 四 章

19. 晨曦微明

黄河两岸都笼罩在一片朦朦胧胧的铅灰色之中。

岸边大片大片的苇子在晨风中摇曳,荒凉不堪,那群孩子围着一堆火,有的在睡觉,有的在烤火,鸡烧熟了,孩子们哄抢起来,就像一群饿疯的小狼。

20. 晨曦中的劳改农场

一阵急促得令人发慌的哨声撕破宁静。吆喝声和铁器碰撞声混在一起。

一扇扇铁门沉重地打开。一群犯人动作迅速地跑到院子里,集合排队,我们能从人群中分辨出几个戴眼镜的人。

短促有力的报数。

向右转的口令。

犯人们在持枪士兵的警戒下,排队跑出监狱大门。犯人中有一串人是用绳子拴住胳膊连在一起的。

21. 晨曦中的黄河大堤

犯人们快速地奔跑着,只有喘息声和脚步声。几匹军马上骑着持枪的士兵。

第 五 章

22. 依然黎明

黄河上薄雾缠绕,我们看到浩瀚的大河上行驶着一支船队,船上载着石头、砖瓦、白灰之类的东西,行顺水船当然不需纤夫拉纤绳,也无需摇橹。

领头船上,船老大手扶木舵,神态安详,他默不作声地抽着烟。

河水平滑,满天霞光,镜头上出现一幅幅彩色照片般的连缀,黄河犹如宽厚娴静的母亲。

一船夫对着黄河唱起一支歌:

要唱红咱就全唱红,
太阳出来血那么样的红,
石榴开花一瓣瓣的红,
杀猪宰羊一股股的红,
腮上的胭脂一片片的红,
将军的大旗呼喇喇的红,
头一夜的新媳妇一滴滴的红,
红红红,那么样的红……

歌止,船夫们哂笑起来,插科打诨。
船夫甲:"柱子,你的新媳妇裤裆里那条船下过水没有?"
众人笑。柱子不语。
船夫乙:"是条新船还是条旧船?"
众人又笑。
柱子依然不语。
船夫丙:"新的紧,旧的松,新的见红,旧的不见红。"
众人翻天覆地般笑。
船老大一声喝令:"忌讳! 脏嘴!"
众人不说了。

23. 黄河上

迎面开来一艘机帆船,马达声清脆悦耳。轮船逆水行驶,溅起簇簇浪花,与木船队形成鲜明对比。

24. 木船上

船夫们呆呆地望着威风八面的机帆船,人们脸上都露出惆怅的神情。

一船夫羡慕地:"嘿,这铁家伙劲真大,顶水还跑这样快!"

一船夫丧气地:"咱们爷们的饭碗眼见着端不牢喽!"

船老大冷冷地:"收回你们的眼。"

木船队与轮船相对而过,对比鲜明。

木船队继续顺水而下。

柱子蹲到船老大身边:"大叔,这次回去,婶子该把儿子给你生下来了吧?"

船老大脸色柔和起来。

木船队渐渐隐退在满目辉煌之中。

第 六 章

25. 黄昏

船老大家门外,戴号蹲在破船边,屋里传出一阵高似一阵,一阵野似一阵的女人号叫声。

门开了,接生婆从屋里出来,扔过一只大簸箕。

接生婆:"快去河滩上撮些沙土来!要生啦!"

戴号狐疑地:"沙土,生孩子要沙土?"

接生婆:"万物土中生!"

戴号跳起来,拾起簸箕向黄河滩跑去。

26. 船老大内屋

秋水躺在炕上,痛苦呻吟,大汗淋漓,身体扭曲着,湿漉漉的头发贴在脸上。

27. 黄河滩

戴号捧着装满沙土的簸箕狂跑着。

28. 黄河岸边

暮色沉重降临,木船队正徐徐靠岸。

29. 苇丛里

那群孩子颤抖着身子在烤东西吃,一双双深陷的眼窝里射出狼眼样的光芒。显然,草丛就是他们的栖身之地。

30. 船老大家堂屋

灶火一闪一闪,蒸汽从锅灶四围冒出来。

接生婆里里外外紧忙活。

透过雾气,我们看见船老大和戴号对坐抽烟,脸色阴沉,显然已经坐了好一阵子了。

戴号没戴眼镜,目光迷离,船老大不时冷眼瞟一眼他身上穿着的肥大船工黑衣。

内室不时传来秋水痛楚力竭的呻吟。

船老大:"你啥时候到的我的家?"

戴号:"你问了几十遍啦。"

船老大:"你在那条破船上睡的?"

戴号:"嗯。"

船老大:"你的衣服被劫路的剥走啦?"

戴号:"是的,在军马场附近被劫路的剥走了。"

船老大:"我听说那里有个劳改农场,你的衣服兴许是被逃出来的囚犯抢走的?"

戴号:"这我不知道,那时天刚蒙蒙亮,我没看清楚。"

船老大:"你说那时天刚蒙蒙亮?"

戴号:"是的,那时天刚蒙蒙亮,我被劫路贼抢走了衣服,逃到你家。你老婆送我两件衣服遮体,你如果舍不得,我这就剥下来还给你,马上离开这儿。"

船老大不露声色:"你何必性急?"

这时,手上沾血、状如巫婆的接生婆走出内屋,神态惶然。

接生婆:"老大,我的十八般武艺都使出来啦,不行啦,你给她准备后事吧。"

船老大抓住接生婆的胸襟:"女人不要了,你给我保住儿子。"

接生婆:"没指望,你另请高明吧。"

船老大猛力地将接生婆搡出门外,转身冲进内屋。

31. 船老大家内屋

烛头摇曳,烛光温暖。

秋水衣衫半掩,热汗淋漓,半死不活地躺在床上,床上铺了黄沙。血与沙凝在一起,不堪入目。秋水睁开垂死的羔羊般的眼睛,望着船老大,嘴里只有无力的呻吟了。

船老大绝望地号叫:"你给我生出他来,你给我生出他来!"

戴号戴着眼镜出现在船老大背后。

船老大回头看见戴号的眼睛正注视着秋水的下体,愤怒起掌,扇在他的脸上。

戴号扶正眼镜,冷酷地说:"我是医生。"

戴号走近秋水。

船老大茫然无措地望着戴号。

戴号命令船老大:"找把刀子来。"

船老大:"你要杀她?"

戴号:"我要救她。找把剪刀,找块干净布单子,有酒吗?"

船老大执行了他的命令。

戴号口气冷峻:"你出去。"

二人的目光凶狠碰撞。

船老大悻悻地走出。

戴号抱起秋水,轻轻放在干净布单上:"你愿意活下去吧?愿意看到你的孩子吧?活着比死了好,配合我,忍着点,黄河上的女人!"

32. 灶堂

船老大坐在灶台边上抽着烟,一脸的焦灼。

内屋传来各种需要的声响和女人的呻吟。船老大猛地站起来。又坐下。又抽烟。

终于从屋内传出婴儿的啼哭。

33. 内屋

船老大风一般卷入。

一个遍体彤红的婴儿躺在金黄色的河沙里啼哭。船老大将婴儿举起,我们能醒目地看见那只可爱的小鸡鸡,是儿子。

船老大幸福的笑脸。

第 七 章

34. 黎明　村口

雾色朦胧。

一群河工向黄河岸边走去。戴号扛着一只大桨跟在后面。
船夫们依次上船。

35. 中午　城镇
满载着石灰的船队正欲解缆起船,跌跌撞撞的戴号冲上船来。
船老大和船夫们惊讶的表情。
船夫甲:"伙计,你怎么又回来了?"
戴号支支吾吾地:"我的,我的东西丢在府里啦。"
船夫乙:"什么东西?"
船老大威严地:"开船!"

36. 码头附近
中午木船队向一个码头渐渐靠去。远远地可以望见一片鸽笼般的房屋。

码头上,河滩上有一群穿着号衣的囚犯,周围有骑马的士兵。

囚犯搬运货物时,戴号是混在船夫们中间呢,还是躲藏在船上某个地方呢？根据情况定。但一定要表现出戴号那种极度恐怖极度紧张的心情。演员可设计一些特殊的小动作,来丰富镜头。

37. 大堤上
炎阳流火。囚犯们赤裸着身子在加固大堤,阳光垂直地照射下来,使他们的脸呈现出黑白分明的色块,犯人们流淌汗水的身体各部分肌肉都展示在银幕上,给人以极其艰难劳苦的感觉。

一张张疲惫黝黑的脸庞,一张张干渴裂开的嘴,一双双痛苦的眼睛。

一个戴眼镜的囚犯忽然跪在地上,手抓黄土,无声地抽泣起来。

两个士兵端来一个大箩筐,里面盛满了黑色的野菜团。

犯人们蜂拥而上,狼吞虎咽,艰难地打着嗝。

这一切被藏在船上的戴号看在眼里。

第 八 章

38. 黄河大堤上

走来一队干部模样的人,都穿着那个年代的干部常穿的粗布中山装。领头的是一个清瘦的中年人,他身后有个小伙子为他牵一匹瘦马。

中年人站在大堤上,用草帽扇着风,汗水早已濡湿了他的衬衣,他默默地注视着黄河,一脸忧国忧民的表情。

黄河缓缓地流淌。

第 九 章

39. 河神庙工地上

烈日照射。河神庙工地上一片忙乱景象。

一群泥瓦匠正在忙碌着。

船老大率领着一群船工抬着一块大石向一个小山坡艰难攀登,他们大汗淋漓气喘吁吁,他们赤裸着脊梁。

小山坡上。

船老大:"把镇河石竖在这儿!"

众船工疑惑的脸。

船老大:"这是大禹治水站过的地方!"

40. 黄河滩

那群神神鬼鬼的孩子们又开始了他们的与创造历史同样庄严、同样滑稽的游戏。

"我是大禹!"

"我是大禹的爹!"

"我是大禹的爷爷!"

"我是大禹爷爷的爷爷!"

……

为了争夺最高的辈分,"战争"爆发了。孩子们在黄河滩上打成一团。

41. 河神庙工地上

船老大将木杠伸进抬筐的绳扣里,对面的伙计被人替换了。船老大直起腰时,不由得愣住了,嘴巴大张着。

船老大:"是您,张县长……"

前面出现的那个中年干部憨厚地笑着,他已脱去中山服,裤腿高挽着。

船老大也不客套,给人的印象是他们是熟人。二人将一筐黄土抬到河神庙前,放下了。

张县长:"老大,汛期要来了,你看今年会不会决口子?"

船老大:"水这东西说不准,自古水火不留情,全看老天的脸色啦。"

张县长:"你该领着乡亲们去修大堤啊!"

船老大:"大伙信这个。"

张县长:"听说乡亲们挨饿啦?"

船老大不语。

张县长:"我这心里难受啊……"

42. 修建河神庙工地

有几个男人饿晕了。

几个女人抬着几桶饭来到工地。

众人一窝蜂拥上去,围住饭桶。几个挤到前边的人伸手从桶里抓出一些黑乎乎的东西往嘴里塞,立刻又皱眉张嘴,连连叫喊。

"呸!呸!这是什么东西?"

"杨树皮。"一个女人说。

"为什么不剥些榆树皮来煮?"船老大问。

"榆树皮早剥光啦!"女人说。

"政府再不给救济粮连杨树皮也没得吃啦!"

众人抓着杨树皮,抻脖子瞪眼地往下咽。

船老大忧心忡忡地咀嚼着树皮。

张县长走过来,抓起一块树皮放在嘴里嚼着,他的眼睛里渐渐溢满泪水。

众人面无表情地望着他。

第 十 章

43. 无边的芦苇荡

长长的蒿草在旭日里舞蹈,预示着盛夏的来临。

河流湍急。

那群精灵般的孩子围着一堆火在烤着什么。

一只只狼眼般的眸子在闪亮。

44. 蒿草丛深处

戴号在草丛中寻觅,荒芜中没有一点可供人类吃的东西,浅水洼里没有一条有生命的动物。

戴号绝望地抬头四顾,他看到了那群孩子和火堆。

45. 火堆旁

孩子们贪婪地注视着火上烤着的东西。

46. 草丛更深处

戴号深一脚浅一脚地走着,忽然他呆住了。草丛中躺着一具被切割得支离破碎的尸体,只有头部还算完整。

戴号颤颤地走过去,如遭雷击般木然地傻在尸体旁。

尸体已近腐烂,爬满了蛆,这是本片中一个令人惊骇的活的生命的镜头,蛆蠕动着。那尸体的鼻梁上架着眼镜,破碎的囚服上依稀可见 008 的字样。

戴号恐惧痛苦的脸强烈扭曲,他眼前出现了幻觉——那尸体叠化出活的戴号,他爬起来,古怪地笑着……

47. 火堆旁

肉在火堆上嗞嗞地响着。

戴号捂着嘴巴疯狂地向孩子们冲来。

戴号:"不许吃,你们这群野兽!"

孩子们愤怒地盯着他,一片小狼般的眼睛闪烁着,都把牙齿磨得吱吱响。

48. 黄河上

大潮汹涌。

木船队逆流而上。

49. 岸边

一群纤夫佝偻着身子,弓身拉纤。凄凉高亢的船夫号子拍打着堤岸。

纤夫们各种部位的特写镜头,除了表现一种绝顶的苦难之外,另外还表现一种悲剧的崇高的壮美。

50. 火堆旁

戴号胆怯地倒退着。

孩子们逼上前来。

孩子们一声呼号,一窝蜂般地扑上去。

51. 黄河岸边

纤夫们艰难拉纤。悲壮的船夫号子撞击河岸。

52. 地平线上

戴号跟跟跄跄地逃跑,孩子们穷追不舍。天地间始终鸣响船夫的歌声,好像黄河痛苦的呻吟。

53. 黄河岸边

戴号和孩子们跑入黄河滩地,他们与纤夫们背道而驰。

戴号扑进纤夫们的行列,抓起绳索,拉起纤来。

孩子们停止喧哗,安静。然后,他们排成行列,模仿着拉纤的动作,与纤夫们背道而行,重叠又分开,重叠又分开,如此者三。与此同时,短促粗犷的船歌重复三遍,第一遍船夫们吼唱,第二遍孩子们吼唱,第三遍合二为一。

拉纤歌词：

  伙计们哟——
  拉船上济南哟！
  拉着血一船哟！
  拉着汗一船哟！
  伙计们哟——
  拉着金满船哟！
  拉着银满船哟！
  拉船上济南哟！
  ……

54. 船老大家里

秋水半掩着衣服给孩子喂奶，一阵晕眩，她差点栽倒，她靠在墙上，无力地喘息着。

戴号撞门进来，从绿草团里抓出一块烤肉。

秋水惊喜："哪儿来的？"

戴号："从死马身上割下来的！"

秋水挪动身子，抓过肉大口大口吞咽着，如同饿疯的野狗。

戴号转身冲出屋，欲呕吐，他伸手捏住喉咙。

第 十 一 章

55. 黄河河道上　晨光迷蒙

装满各种石灰砖瓦的木船队顺水而下，剪开缠绕的乳白色水雾。

透过薄雾，我们看见船夫们僵硬的脸，他们紧张地注视着北面。

显然,春天的黄河水湍急多了。

船老大站在领头船的船尾,神态依然是那样安详,它一手操舵,一手从口袋里掏出一张告示,默默地看着。

告示的特写,那是一张通缉令,戴号的照片赫然在目。

船老大将告示细心叠起塞进口袋里,脸上浮现出沉思的冷酷的表情。

黄河上大雾渐次浓了,河道已然看不清楚,一只船撞在礁上,石灰落水,白气冲天,河水沸沸作响。

56. 雾

大雾。

57. 黄河上

木船队停止行驶。

柱子从船首奔过来:"大叔,看不清河道啦。"

船老大低沉而又威严:"请大王。"

一个船夫应着,从后舱里抱出一个盖着红布的大瓦罐,这个瓦罐我们当然熟悉,在影片开始起船的场面中它曾构成一个悬念。

船老大揭掉蒙罐的红布,我们看见一条鲜红色的斑斓小蛇,正在吐信子。

船老大将瓦罐放在船头,他从腰中拔出刀子,在手掌心划了一下。

鲜血滴入瓦罐。

一滴。

又一滴。

船老大转身伏在船板上,众人一起跪下,脑袋匍匐在船板上,头叩得当当有声。

瓦罐中小红蛇不见了。

众船夫惊恐起来,只有船老大面不改色。

58. 黄河上
这时出现了一个极为神奇的超自然的场面。
浓浓的大雾中显出一条光明来,众人觅光寻去,但见"大王"在河面上蜿蜒浮游,犹如一把活动的剪刀将迷雾裁开一条缝,缝隙前方,竟然是金光万道,明朗彩虹。
而黄河的其他水面上,不但有浓雾缠绕,且有绵密的细雨。

59. 船上
船老大兴奋地操住舵。
船老大:"驶船。"

60. 细雨中的村庄
夜色降临,晚风送来黄河凄凉的歌唱。

61. 船老大家里
戴号和秋水坐在炕头上看雨,秋水裸露着一个鼓囊囊的乳房在喂养孩子。
戴号埋头缝制一件小衣服。
秋水不时俯下头在孩子毛茸茸的头上亲着,一脸的母爱。
戴号默默地笑着,眼里充满温柔的感情。

62. 雨中大堤上
那群孩子哆嗦着望着汹涌的大水,就像一群黑色幽灵。
一男孩:"我是龙王!"

一男孩:"我是龙王的爷爷!"
一男孩:"我是龙王爷爷的爷爷!"

63. 船老大家里

戴号逗着孩子。秋水埋头往一块尿布里塞沙子,戴号惊奇地望着她。

秋水笑:"黄河沙养人!咱这儿小孩的尿布子、女人的月经带、男人吃的大饼都掺沙子。"

64. 船老大家窗外

雨中立着一个人影,是船老大,他湿漉漉地站在窗前看着屋里的一切,目光停留在秋水半掩的胸前。他脸色阴沉,大概已站了许久。

65. 内室

门砰然而开。

船老大水漉漉地进来,阴沉着脸。

秋水慌忙跳下炕,满脸堆着笑说:"回来了?快换换衣裳。"

船老大不理睬秋水,两只眼死盯着戴号,阴沉沉地问:"你到底是干什么的?"

戴号惊愕地望着船老大。

秋水拉着船老大的胳膊说:"当家的,你发什么愣?他是咱儿子的救命恩人。"

船老大推开秋水,轻蔑而狠毒地哼了一声,抓来一只斗笠,气冲冲出门去。

戴号惶惑沉思的脸。

66. 黄河岸边

黄水翻滚。

雨。

船老大披着蓑衣戴着斗笠伫立在雨中,默默地注视着雨中的黄河。浪涛澎湃,发出震耳的轰鸣。

河边停泊着几只破木船,被浪头冲激得摇摇晃晃。显得可怜巴巴,一副即将被淘汰或已经被淘汰的模样。

67. 雨中黄河边

两个黑影朝船老大走来,其中一个打着破油布伞,另一个提着马灯,我们能认出提马灯的是张县长。

船老大默默地站着。

张县长:"老大,干啥哩?"

船老大:"我听见龙王爷跟你发话啦。"

张县长:"哦?说些啥?"

船老大:"他说你管堵口子,他管掘大堤,各管各的事儿!"

张县长苦笑了一下,说:"老大,今天这水势很猛啊,县里决定这一带的乡亲们都搬离。"

船老大:"搬离?你去问问大伙儿哪个舍得走?这水是命!"

张县长从怀里摸出一个黄色窝头,塞给船老大,提着马灯继续向前走去。

第 十 二 章

68. 牛棚

一头并不肥壮的老牛被拴在柱子上,模样凄凉。牛角上拴着红布,显示出它的特殊用途。

门被猛然撞开,戴号扑进来。

他疯狂地举起菜刀,对着老牛砍去。刀砍在牛肩上,牛血冒出。他扑到牛身上,嘴巴贴紧牛肩上的伤口,贪婪地吸着。老牛痛苦地挣扎着。

69. 细雨中的河庙工地

几堵墙立了起来,墙周围矗立着凌乱的脚手架。人们在船老大的指挥下,筋疲力尽地忙碌着。

远处传来黄河的咆哮声。

几个男人跌跌撞撞跑来。一个汉子上气不接下气地对船老大说:"大哥,你家那个书生饿疯了,拿刀去砍祭牛……"

船老大火冒三丈:"砍死了?"

汉子:"砍伤了。正喝它的血。"

两个汉子拧着戴号的胳膊,拖拖拉拉走来。戴号满身泥水,脸上血糊糊的。

船老大:"狗杂种!那是祭河的牛!你想惹恼了河神把我们淹死!"

戴号:"有屁的河神!应该杀了牛,让大伙吃顿饱饭,去加固河堤!"

船老大:"给我打!"

一个船工抡起木杠子向戴号打去。

戴号躲闪着。

几个手持棍棒的船工围上来,打得戴号像没头苍蝇一样乱撞。

一个女人扑进来护住戴号。是秋水。众人停住手中棍棒。

沉寂中的雨声使沉寂更沉寂。

船老大从一船工手里夺过棍子,逼上去,冷笑着。他突然抡起棒子,把秋水打倒在地。

戴号跃上去,扼住了船老大的咽喉,把他按倒在地。

众人把他们撕掳开。

船老大和戴号仇视着,嘴里都咻咻出气,像红眼狼一样。

船老大抄起一柄钢锹对准了戴号。

秋水抄过去抱住了船老大的腿:"不怨他!不怨他!是我勾引了他,你打死我吧……"

秋水号啕大哭。戴号惊愕的脸。

船老大踢开秋水,走到戴号面前,阴森森地说:"逃犯!"

船老大掏出那张折叠着的布告,掷到戴号怀里:"你能从那里跑出来,也算条汉子。黄河上的人仗义,不告你,滚吧!"

戴号颤抖着展开布告。

船老大:"按规矩,把她扔到河里去!"

众人应着,把秋水平放在一扇门板上抬起。秋水苍白的脸望着雨雾蒙蒙的天。

70. 黄河岸上

船老大命令:"把淫妇扔下河!"

四个船工抬起门板。

突然响起了婴孩的哭声。

我们看到一个女人抱着秋水的儿子,他在号哭。

秋水从门板上翻下来,向孩子扑去。

秋水抢过儿子,紧紧抱着,向堤外茫茫的滩涂跑去。

71. 雨中黄河滩

一群囚犯手持着抢险用具,被两队骑兵押解着跑步向黄河大堤前进。

我们听到马的嘶鸣、士兵的叫骂和犯人们沉重的喘息声。

72. 黄河滩上

抱着婴儿跌跌撞撞逃跑的秋水,迎着那队跑步前来的囚犯。

秋水和她的儿子淹没在这浊流一样的囚犯队伍中。

73. 雨中的黄河大堤上

两盏探照灯来回扫射着。大堤上全是拼命干活的囚犯,他们几乎没有工具,用草袋子加固着大堤。

一副副扭曲的肉体。

一张张痛苦的脸。

第 十 三 章

74. 傍晚　初具规模的河神庙前

村民大会在雨中进行。衣着朴素、满面愁容的张县长站在高处训话。庙前蹲着一片船夫和船夫的女人、孩子们,张县长骑来的一匹瘦马拴在一棵被剥光了皮的死树上。

船老大在斗笠下闷头抽烟。

秋水在给孩子喂奶。

戴号非常惹人注目地蹲在船老大和秋水之间。

所有的人都阴沉着脸。

张县长:"乡亲们,我们要相信党的领导。从来就没有鬼怪河神……大家不要信迷信了。立刻拆掉河神庙,把砖瓦木料运到河堤上去抢险……然后按照县里的安排疏散到安全地带……"

人群骚动起来。
那群孩子冲进会场,高喊着。
"杀马烧肉吃!"
"杀马烧肉吃!"
孩子们扑向那匹瘦马。
几个县长随从与孩子们撕掳。
会场大乱。

75. 夜晚
河堤上挂着一排鬼火似的灯笼。
雨中的黄河水势滔滔,十分可怖。
几百名囚犯在大堤上忙碌着,持枪的士兵在一旁监视。

76. 河堤
灯火渐暗,黎明时分。天边一道血红的长云。
犯人们艰苦劳动的情景。
一犯人在芦草丛中奔跑,迎着那残破的红云,他发疯般地叫着,跳入水中,一个猛子扎出去,向对岸游去。
一士兵端枪瞄准。
一声锐利的枪响。
犯人们惊恐的脸。
大雨如注和雨中的大河。
一具死尸扔在了大堤上。

77. 通往黄河岸边的破路
几匹遍身泥泞的马在艰难行走。

78. 村口　大雨滂沱

以船老大为首的村民们跪在路边,拦住了那几匹马。

从马上跳下几个穿中山装的人,其中有张县长。

女干部:"乡亲们,张县长始终和你们战斗在一起。"

船老大跪在地上,扬着脸,恳求道:"县长,把您的大印给我们吧!"

张县长疑惑地:"要什么?"

船老大:"大印。康熙年间,黄河开了口子,县太爷把大印祭了河,口子就堵上了。"

张县长哭笑不得地说:"乡亲们,只要能使黄河不决口,把我祭了河都行!乡亲们,大水急涨,千万别再迷信,赶快到堤上去抢险吧!"

船老大:"县长,给我们大印啊……"

众人一起要大印。

张县长与身边的女干部商量。县长从口袋里掏出一本红皮《毛主席语录》,匆匆写了几个字递给女干部。

女干部:"乡亲们,人民的县长是没有封建时代的县太爷那种大印的。为了满足你们的要求,县长把他最珍爱的《毛主席语录》送给大家,这上面有县长的亲笔签名,它比大印更珍贵、更庄重!"

船老大跪接《毛主席语录》。

众乡亲崇敬地望着船老大手中的"圣物"。

一男干部跑来对县长耳语。

张县长:"乡亲们,快上大堤去吧。桃花浪情况危急,我们去了。"

县长等人仓促上马。

乡亲们望着马匹远去。

第 十 四 章

79. 雨夜　河神庙

河神庙前正举行抽死签的仪式。

烛火。香烟。大墙上挂着一张毛泽东主席的画像。

香案上摆着一个大酒坛和一个装签的木匣子。

船老大主持仪式,香案前簇拥着群众。

船老大:"开祭——"

一白胡子老头摇头晃脑、咬文嚼字地朗诵祭文。祭文大意:

开天辟地,黄河伊始。千秋万代,育我百姓。尔为灵河,佑善惩恶。大水盈堤,民心惊惧。预备青牛白羊,为尔牺牲。民心至诚,鬼神皆知。河不越堤,国泰民安。大河大河,伏惟尚飨……

群众跪地听祝。我们看到戴号和秋水跪在一起。孩子欲哭,秋水拖出奶头堵住孩子的嘴。(黄河岸边有些地方的女人,生孩子后,所穿裋子在乳房处开两洞,两乳房露在外边,给孩子喂奶极其方便。)

船老大:"乡亲们,按祖上的规矩,抽签定红哨。"

喇叭声凄厉森然。

船工们排成队轮着抽签。

柱子抽到了红签。

念祭文的老者拖着腔喊:"刘柱子中签——"

船老大倒了一大碗酒给柱子。

柱子抖着,喝酒。

柱子的媳妇哭起来。

轮到戴号抽签了。

船老大冷冷地盯着他。

戴号抽出一支红签。

秋水绝望的表情。

老者问戴号:"尊姓大名?"

戴号不语,接过船老大递过来的酒,一饮而尽。

80. 夜　船老大家外屋

船老大、秋水和戴号围灯而坐。

小桌上放着一支红签和那本《毛主席语录》。

戴号:"你是说要我驾着船沉在决口处?"

船老大抽着烟点头。

戴号:"没有别的办法?"

船老大:"古来就是这样。"

秋水:"要死大家一块死!"

船老大苦笑着说:"命该如此。"

戴号:"老大,我是个逃犯,可没和你老婆睡觉。我老婆在黄河里等着我呢!"

船老大沉默不语。

戴号:"我没罪,我是冤枉的。"他从怀里掏出一个纸包,说,"帮我投张状子吧!"

船老大:"给谁?"

戴号:"国家主席刘少奇。他也许能帮我洗清冤枉。"

81. 柱子家中

柱子的新媳妇满脸是泪,扑到男人怀里。

柱子揪住媳妇的头发,使她的脸仰起来。他冷酷地逼问:"说,第一次为什么不见红?是谁先把你弄了?"

媳妇抽泣着说:"死到临头了,你还逼我……"

柱子怒骂:"你这条破船!"

82. 大堤上

黄河水在昏暗中咆哮着,一条破木船被水冲走。

那群囚犯在昏黄的灯光下紧张地加固着大堤。

83. 船老大家里

秋水在和玉米面:"全村人凑的,你狠吃,做个饱鬼吧。"

船老大抓起一把沙土撒在玉米面里。

戴号敲着一只破盆说:"好!好!好!吃了黄河沙,耳不聋眼不花。"

84. 柱子家炕上

昏暗中依稀可见两个脱光了衣裳的男女躯体。

柱子的声音:"你这破船!说,谁把你弄了?谁让你见了红?"

我们看到一张压在男人身躯下的朦胧的、苍白的脸,好像一张僵死的面具。

85. 船老大家

戴号大口地吃饼子。能让人感觉到开胃——沙子磨着他的牙,我们感觉到牙碜。

船老大把酒一饮而尽,扔掉杯子,说:"你来到咱家没睡过一次好觉,今晚你就睡在大炕上吧!"他站起来,抓起斗笠,对秋水说:"好好侍候他!"

船老大夺门而出。

门外,风雨交加,有零星的枪响,可以猜到又有逃跑的囚犯被击毙了。

86. 柱子家里

柱子光着身子坐在炕上。他的女人趴在他的下身,虽然看不清是怎么回事,但能猜测到这情景的究竟。

柱子又把女人压在身底,又骂又撕,疯狂地蹂躏着。

87. 船老大家内室

戴号坐在炕上抽烟。

赤裸着的秋水从背后抱住他。我们只能看到黄河女人丰腴的背部。

戴号夹着烟的手在颤抖。

一双女人的手解着他的衣裳。

88. 牛棚

昏黄的灯光下,船老大喝得醉醺醺的。他歪歪斜斜地站起来,对着牛骂道:"婊子!臭婊子!我饶不了你——"

他拳打脚踢甚至用嘴咬那头可怜的牛。

89. 柱子家里

一只女人的手摸起一把剪刀。

我们听到了柱子的惨叫声。

一个手持剪刀的女裸背影。我们看到了她把剪刀扎向自己胸膛的动作。

无声无息缓缓前仆。

他和她一起消失了。

90. 船老大家里

分明是做爱后的男女紧紧依偎着。他们互相抚摸着,愿意抚摸哪里就抚摸哪里去吧。

第 十 五 章

91. 黎明　雨中

一阵激烈的锣鼓声。

河水暴涨,水天茫茫。堤上站满了群众。县长与一群干部们簇拥着一辆马车在大堤上,大车上装满沙石泥袋。

岸边停泊着四只大木船,人们往船上搬运着石头沙袋。

船老大在一边指挥。

那老者对船老大说:"老大,柱子死了。缺了一个红哨……"

船老大:"知道了!"

92. 大堤上

水势滔滔的大堤上,那群神神鬼鬼的孩子们说着话,嘴里嚼着黄沙。

"真饿。"

"大禹,我们饿。"

那个被称为大禹的孩子说:"黄土里有蝎蟆虎子,咱们掏出来,烧了吃。"

孩子们积极响应,用木棍之类的东西,掘着一触即溃的黄河大堤。

黄水从小洞中喷出,决口渐大,水声响亮。

"决口啦!"

"决口啦!"

孩子们随水而去。

93. 雨中大堤上

锣声紧,枪声乱,囚犯们有的逃窜,有的被卷入水中。

94. 决口处

张县长率领众人轰赶着马车扑向缺口,马车与马被水冲走。

大水铺天盖地而来。

张县长放声大哭,几个干部拉住他:"县长,快跑吧!"

张县长纵身跃入黄河。

干部们:"县长!县长!"

95. 河神庙工地前

船老大和一群乡亲默默地注视着决口的黄河。

大堤上传来人们的惊喊:"县长跳河啦!"

"县长跳河啦!"

96. 雨中黄河堤边

一阵咚咚的鼓声,压住了黄河的咆哮,几个大汉赤膊抡槌,敲击着大鼓,震天动地。

四条装满沙石的木船停在岸边。七个身穿红裤衩、红兜肚、头上包红布的红哨立在船边,戴号也在其中,他仔细地戴上眼镜(逃到这里后他一直不戴眼镜)。

老者捧着一套红哨服着急地问船老大:"缺一个红哨,怎么办?"

船老大扒掉身上衣服(扒得干干净净,但避免正面暴露),换上红哨服。

　　老者:"祭河——"

　　群众肃然后退。十几个船工把祭河的牛羊推到前边。

　　刽子手砍杀牺牲。牛头落地,羊头落地。

　　人们将牲口的血涂到船上,船变成红的了。

　　牛羊头摆在船首,牺牲装在船上。

　　换好红哨服的船老大走向人群,走到抱着孩子的秋水面前,把衣服和戴号那包"状子"交给秋水:"帮他告,去找国家主席刘少奇!"

　　秋水是哭呢,还是镇静地点头,由导演酌定。

　　老者:"红哨上船——"

　　红哨鱼贯上船,每船两人。

　　戴号单独一船。

　　船老大手持着那本《毛主席语录》跳上他的船。

　　两人相视无语,戴号粲然一笑,安然戴上眼镜。

　　秋水与孩子的镜头。

　　决口处黄水奔突的镜头。

　　船老大:"起船!"

　　四柄利斧砍断缆绳,四船顺流而下。

　　岸上有人跪地,有人颤抖。

　　鼓声更响了。十几个船工赤膊擂鼓,鼓声惊涛裂岸。

97. 黄河决口处

　　红船上,戴号抡斧猛劈船上活板,瞬息,连船带人一起沉在决口处。

　　四条大船几乎同时沉没。

　　无数手持石头沙袋的群众向决口处扑去。一群囚犯拖着石头等向缺口扑来。

汹涌大水继续向银幕涌来。

叠化出一片无边无际的汪洋大潮……

第 十 六 章

98. 平缓的黄河上

叠印出字幕：一九六三年，古历七月十五。盂兰盆节。

99. 茂密的芦苇边

菱花开放，一片银白，充斥银幕。

草丛中鸟儿蹒跚。

草丛中有大鸟蛋（可用鸡蛋代替）。

百姓们跪在芦苇荡边哭泣，显示着对大自然的慷慨赐予的感激与惊恐。那群怪异的孩子们却拣了鸟蛋互相投击。

100. 黄河边

黄河边摆着一排床板。每张床板上躺着一具木制的尸体，尸体上刻着死者的名字。

镜头停留在刻着戴号名字的木尸上。我们看到木尸的脸上有用油漆画上的一副眼镜。

河葬开始。人们哭号连天，将木尸倒进黄河。此时，大号唢呐锣鼓一起奏响。

（木尸可换成别的，如用面粉做成的面人。）

101. 黄河上

大月初升，金光流泻。

男女老少齐集河边放河灯。

河面上飘游着万万千千各种瓜灯。满河灯火灿灿,景色迷人。

黄河温厚如母亲。

我们看见了秋水和她的儿子。

那群船工们。

最后,我们看到了那群太熟悉了的孩子们。他们全都穿着长及膝下的一色中山装,不穿裤子赤着脚,在河堤上排成整齐的阵势,好像有一个看不见的指挥在指挥着他们一样,好像在进行幸福的演出一样,他们合唱起来——我们听到了美妙的童声合唱:

圣人出,黄河清清,
千家万户放瓜灯。
什么灯?什么灯?
南瓜北瓜葫子瓜灯。

圣人出,五谷丰登,
千家万户放瓜灯。
什么灯?什么灯?
冬瓜西瓜倭罗瓜灯。

圣人出,天下太平,
千家万户放河灯。
什么灯?什么灯?
甜瓜苦瓜脑袋瓜子灯。

在渐渐弱去的童声合唱里,推出剧终的字幕。

哥哥们的青春往事

（与刘震云合著）

人 物 表

周武：县大队长　二十三岁

黎坚：县委书记兼县长　三十一岁

林峰：县委副书记　二十五岁

孙虎：县大队一连长　二十二岁

崔胜：敌谍报队长　我地下情报员　二十三岁

李瑞龙：县敌工部长　二十五岁

王良：敌谍报队员、我地下情报员　二十岁

吕排长：县大队新兵排长　二十五岁

李马童：县大队战士　十六岁

王老实：县大队老炊事班长　三十四岁

王二栓：县大队新战士　二十五岁

马四：县大队新战士　十九岁

周老太爷：周武之父、商人　五十余岁

老张：周家长工　四十余岁

周小妹：周武之妹、文化教员　十四岁

周照月：县委宣传油印科长　二十二岁

张红枣：县妇救会主任、周照月新婚妻子
李寡妇：二十四五岁
大野：日军头目
王妻：三十岁
李汉卿：伪军大队长
宋大能：监狱看守长
县大队战士若干，识字班妇女若干，被围困及逃难的群众若干。
日军翻译官士兵、侵军、狱卒、国民党兵痞子等。

插曲之一

（抒情的）

二哥、二哥
你用一双大手
打开父亲的粮仓
呼喇喇竖起一杆红旗
招来八百儿郎
兵强马壮上马场
小妹妹紧紧跟上
好像那小星星追赶大月亮

二哥、二哥
你的双眼明亮
为何热泪盈眶
白雪下掩埋了父老遗体
不怕小鬼子猖狂
浴血战斗保家乡

小妹妹紧紧跟上
好像那红星星追赶红月亮

二哥、二哥
你的心潮激荡
东风吹起波浪
风潮中青春新美如画
烈火炼出金钢
彩霞飞舞天辉煌
小妹妹紧紧跟上
好像那银月亮追赶金太阳

插曲之二

（诙谐的）

哥哥们年轻时，抗日拉武装
骑上那大白马，斜挎着盒子枪
高粱地是青纱帐
芦苇荡是好战场
活捉了龟田、山本、宁次郎
还缴了些鳖盖匣子三八枪
哥哥们喜洋洋
哥哥们年轻时，鬼子大扫荡
夜晚点大火，白天拉大网
鬼子们真猖狂
老百姓遭了殃
八路军、县大队英勇抵抗
撕破了铁网游进大海洋
小鬼子算白忙。

哥哥们年轻时，斗争精神强
刺刀闪闪亮，子弹压上膛
端了炮楼夺机枪
鬼子心发慌
走投无路投了降

哥哥们喝上了羊肉汤
味道实在香。

第 一 集

片头
全黑的画面。骤然响起激烈的枪炮声……
推出片名:

    哥哥们的青春往事

依次淡入演职员表,字样工整、精致。
演职员表隐去时,传来整齐的脚步声……
(淡入)
荒凉的土地上,一队队日军士兵持枪走过。
穿皮靴的脚践踏着焦黄的土地。
(叠印)
马蹄嘚嘚,扬起一阵尘烟(镜头摇起)日军马队耀武扬威地朝远处驰去,扬起阵阵烟尘。
字幕:1942年冬　山东某地
响起娶亲的乐曲……

1. 田野,封锁沟里　阴

唢呐声响……

白茫茫的盐碱地一望无际。

唢呐声由远而近,田野上却不见影儿。

(镜头降下来)封锁沟里,行走着一支迎亲队伍。

新郎周照月二十多岁,娃娃脸上惊喜参半。他牵着一匹小毛驴,毛驴上坐着打扮得很漂亮的新娘——张红枣。她顶着红盖头,暂时看不到她的真面目。

几个全副武装的县大队战士和刚刚招来的新兵(服装各异)推车的,肩扛的,担担的,前后簇拥着走来。

长工老张推着一车布匹也在队伍中。

走在前面的战士李马童,突然,朝大家摆摆手,音乐停止。

李马童:"别出声了,前面就是李家庄炮楼了。"

队伍悄悄地行进着。(跟摇)

周照月:(低声地)"红枣,你爹娘真是老脑筋,战争时期,还非要搞这些名堂。"

张红枣:(不悦地)"这能怨我,谁家没有爹娘。"

吕排长:(凑过来)"照月,算啦,小两口别拌嘴,咱们这次是公私兼顾嘛!要不周大队长和黎县长也不会同意……"

张红枣:"哼,就是嘛!"

新兵王二栓挟着唢呐嘿嘿笑,不由得朝新娘看了一眼,他撞在一个新兵身上。

新兵被撞了个趔趄,铜锣落地,咣的一声响。

众人惊。

(镜头迅速升起)封锁沟(出画)起伏不平的田野上是几座伪军炮楼。

炮楼响起了拉动枪栓声。

伪军：（大声地）"干什么的?!"

2. 封锁沟里　阴

周照月浑身一惊，赶紧抱住翻身下马的张红枣。

吕排长：（笑笑）"没事。"

吕排长赶紧几步小跑，爬上坡顶。

吕排长：（大声地）"喂！站岗的兄弟听着，喊你们王队长出来商量件事！"

3. 炮楼内　阴

伪队长王疤瘌儿皱眉头。

王队长："妈的！找我？问他是干什么的。"

伪兵：（紧张地朝外喊）"队长让问你是干什么的?!"

排长："王疤瘌儿，我们是县大队的！想借条路娶亲走走！"

王队长："嘿！这帮小子儿胆子可不小！啥时候了，还娶媳妇呢！"

众伪军笑。

4. 封锁沟里　阴

张红枣掀下红盖头，脸都气白了。

大家忍不住一齐看张红枣。

周照月讨好地朝红枣笑笑，以示安慰。

排长：（急了）"喂，王疤瘌儿，你倒是给个话呀！"

王队长："你是谁?!"

排长：（思索了一下）"我是周武的部下——孙——虎！孙

大爷。"

王队长："屁！你的声音不像！这几天,风声紧,你们是不是换个道！"

排长："你说的是什么话！你要惹急了孙大爷,有你好吗?!"

5. 炮楼内　阴

王队长不知如何是好,思索着。

众伪兵望着他。

王队长：(突然)"这样吧……"

6. 炮楼外　阴

从炮楼里把一顶破帽子挑出来。

王队长："……喂！你们是谁我不管,只要你一枪打中这帽子,我就高抬贵手！打不中,兄弟也不敢做主了。"

7. 封锁沟里　阴

排长：(愣住了)"这家伙,鬼点子不少啊！喂！谁的枪法有把握！"

众人你看我,我看你。

李马童：(突然眼中一亮)"二栓哥,你在家打兔子不是没放过空吗?……"

王二栓："那、那是打兔子……"

排长："打兔子和打他们一个样,来吧！"

王二栓接过枪,愣头愣脑举枪瞄准。

众人屏气望着。

枪声响。

8. 炮楼外　阴

帽子被打飞。

传来一阵喝彩声。

9. 封锁沟内　阴

大家终于松了口气。

李马童:(抱住二栓)"真行真行!"

王二栓:"蒙上了。"

王队长:"孙连长别忘了,得让周队长给兄弟记上个红豆儿!"

排长:(指挥大家快走边回答)"放心吧!"

娶亲队伍一溜小跑匆匆朝前走去。

李马童边跑边从背包里掏出什么东西奋力朝炮楼方向扔过去。

10. 炮楼外　阴

地上落下几包香烟,众伪军从炮楼内拥出抢烟。

远处响起了唢呐声……

11. 小河边　阴

水洼地芦苇丛中娶亲队伍匆匆走着(升成大全)消失在远方。

唢呐声渐渐远去……

传来(画外)周小妹的声音:"鬼子来了……"

12. 破旧的大房子内　日

墙上挂着一块大黑板,上面写着"鬼子来了"字样。

十四岁的周小妹站在黑板前,教妇女识字,妇女中有奶孩子的,有纳鞋底的。大闺女挤在一起,搂着肩搭着背的。

周小妹:"……鬼子来了……"

妇女们:(齐声地)"鬼子来了……"

周小妹:"鬼子来了……"

突然,人群中有个孩子哇地哭了。

周小妹愣住,转过脸来。

众妇女也循声望去。

李寡妇怀中的孩子哇哇地哭着。李寡妇二十五六岁模样,目光中含着丧夫后的悲伤。她和孩子都戴着孝。

周小妹:(不悦)"李大嫂,这是怎么搞的!"

李寡妇:(抱歉地,柔声地)"小妹,我……"

周小妹:(命令地)"用奶头堵着他的嘴。"

李寡妇堵住了孩子的嘴,孩子不哭了。但是,李寡妇却忍不住抽泣起来。

周小妹蓦地转过身来。

李寡妇:(抽泣着)"小妹,别念了,孩子他爹就是用这个吓唬孩子,念来念去鬼子真的来了,你爹就是躲鬼子掉在河里,淹死了……"

众妇女沉默了。

周小妹颇受感动,思索着,忽然,她把黑板上的字抹掉。然后,快捷地写上:

姐妹们参加八路军,人人都说好!
八项注意我们要做到。
吃的是高粱,铺的是干草。
穿的衣服冷热是一套。
姐妹们慢慢熬……

周小妹:"我唱一句,大家跟着唱一句,姐妹们参加八路军,预备——唱!"

妇女们音调不齐地跟着唱。

从街上传来唢呐声……

屋内乱了,妇女们奔向窗口……

小妹忍不住也挤过去。

13. 街上　日

村街上有人在墙上书写着"粉碎日寇的铁壁合围阴谋"等标语。

县大队战士指挥着一队掩埋粮食的老百姓(从镜头前)走过去。

娶亲队伍在街道上吹吹打打走着,他们不时地和擦肩而过的战士们打着招呼。

队伍中的王二栓被街上忙碌的景象所感染,精神倍增。

窗口上的妇女们叽叽喳喳议论着。

王二栓被窗口的声音所吸引,边吹边朝画外望去。

王二栓来劲地吹着。

李马童:(突然发现了什么,惊喜地)"小妹,周小妹!"

14. 楼窗口　阴

小妹也发现了李马童。

小妹:(兴奋地)"马童,你过来,过来……"

15. 村街上　阴

李马童离开队伍朝大房子跑去。

娶亲队伍朝远处走去。

16. 破旧的大房内　阴

李马童破门而入,一下子被妇女们围住,显得又紧张又高兴。

小妹:"新兵接来了?"

李马童:"接来了……给你接来个侄媳妇!"

小妹:(高兴地)"红枣姐姐来了!"

马童:"真傻! 她该叫你姑婆婆呢!"

小妹:"瞎说。"

马童:"周照月不是你侄子?"

小妹:"八竿子打不着的个远房侄儿。"

马童:"这就对了,这叫……屎壳郎爬屎蛋上,在粪(份)上哩!"

小妹打马童,马童朝外跑去。

17. 走廊上　阴

小妹追打马童。

妇女们挤到门口看热闹。

马童忽然想起了什么,严肃起来。

马童:(对众妇女)"有什么好看的,回屋去!"

马童拉着小妹走了几步,停下。

马童:(神秘地)"小妹,我给你说件事。"

小妹:"啥事?"

马童:"说了,你可要保密。"

小妹点点头。

马童对小妹耳语。

小妹:"……我爹知道吗?"

马童嘿嘿傻笑。

小妹:"啊?!"

18. 农家大屋　内

屋里除一张没生火的大通炕,别无他物。

刚招来的新兵都是近村的农民。他们冷得索索发抖,背靠背地挤在炕上。

人们默默无语,有的吸旱烟。

这时,周武走进来,由于大家不认识,人们仍闷坐不语。

周武:"大家累了吧?"

大家懒洋洋地望着他。

一个叫马四的胖子转过脸去,伸伸懒腰。

马四:(结巴地)"累,累啦,没没劲劲儿了……"

周武:"吕排长呢?"

马四:"跟栓栓哥儿,送嫁嫁妆……了……"

大家哄笑。

孙虎阵风似的走进来,见状,生气了。

孙虎:"都给我爬起来!"

大家一惊,不知所措。

周武:"孙虎!"

马四:(惊讶地)"孙、孙大爷……"

大家慌忙站起来。

孙虎:"你们知道你们在和谁讲话吗?你们在和周武周大队长讲话。今后跟首长讲话要讲规矩,要立正。听见没有。去,都给我出去跑步。"

19. 大破屋内　日

小妹和众妇女把歌儿已唱得很像回事了。

周小妹:"大家唱得好极了!慢点,还有点事……"

妇女们望着她。

周小妹:"大家说,八路军和咱老百姓是什么关系?"

大家一怔,继而齐声回答。

妇女们:"鱼水关系!"

周小妹:"八路军是什么?"

妇女们:"鱼!"

周小妹:"老百姓是……"

妇女们:"水!"

周小妹:"鱼最怕什么?"

众妇女面面相觑。

一个机灵的姑娘眼中一亮。

姑娘:"网!"

周小妹:"鱼儿最怕网,可大嫂子们头上都带着网!"

结过婚的女人都惊讶地摸头,互相观看。

周小妹:(边走边指着妇女的发网)"这就是网!"

妇女们轰地笑了。

周小妹:"你们说这吉利不吉利?"

留辫子的大闺女们齐声回答。

闺女们:"不吉利!"

周小妹:(诡秘地)"对!不吉利怎么办?……说呀?怎么办?!"

闺女们:"摘下来!"

周小妹突然从背后举起一把剪刀。

周小妹:(笑了)"来,谁先来?!"

众妇女乱了,大家躲闪着。

周小妹边走边说。

周小妹：（严肃起来）"鬼子就要拉网了,咱不能让八路军不吉利吧！"

众妇女沉默了。

周小妹上前,咔嚓剪掉一妇女的网子。

妇女甲："哎哟！羞死人啦！"

妇女乙：（摸着自己的发髻）"铰了就怕公婆不依……"

周小妹：（抓起她的发髻）"……你依就行！"

咔嚓又是一剪子。

妇女丙：（慌了）"我怕他！"

周小妹："谁？"

姑娘甲："县大队的吕排长。"

周小妹："噢！吕排长,他最喜欢'二刀毛'啦！"

说着,小妹又是一剪刀。

众人哄笑。

周小妹：（走到李寡妇面前）"嫂子,轮到你了。"

李寡妇：（望着小妹,泪水慢慢流下来）"小妹……孩他爹刚……"

周小妹：（难过地放下剪刀）"那……不铰了。"

众人沉默了,同情地望着她。

李寡妇抽泣着,突然,她把孩子放在一边,孩子大哭起来。她抖开发网,披散下来一头秀发,从周小妹手里抢过剪刀,发狠似的把头发剪下来,握着发网狠命地铰着,在孩子的哭声中似铰着仇恨。

最后,扔下剪刀,抱起孩子,号哭起来……

20. 农家院子　日

新兵们围着院墙在跑步,个个大汗淋漓,气喘吁吁。

孙虎一声令下，新战士停住，迅速靠拢，站成一排，战士们喘着粗气。

马四：（低声地）"孙、孙大爷儿。领教、教了……"

周武面色严肃地观察着战士们的情绪。

这时，院外传来"嘚嘚嘚"的马蹄声。

周武朝院门口望了一眼。

21. 院门外　日

一个穿便装的战士翻身下马，朝院内跑去。

22. 农家院内　日

新战士们被这位突然赶来的人惊动，不约而同地朝他望去。

那位穿便装的战士直奔周武。

便装战士：（紧张地）"周大队长，掌柜的有消息……"

周武把穿便装的战士拉到院子的角落里。

新战士们互相望着。

便装战士：（低声地）"……提前扫荡的准确时间目前还弄不到。掌柜的说这次鬼子行动，不同往常……"

周武："你等一下。"

孙虎也预感到什么，转过脸望着。

周武："孙连长，请你派一个排的战士配合二连迅速把村外道口周围全部埋下地雷。"

孙虎转身欲走。

周武："另外，你通知各连要把哨兵放远点，今晚县大队谁也不许脱衣服睡觉，要做好战斗准备！"

孙虎应声而去。

周武朝新兵们走过来。

周武：(想了想,笑笑)"怎么样？冻得够呛吧。"

战士们：不冷不冷！

周武："嘿嘿！不冷是假的。(指着一战士)看,鼻涕都冻出来了。"

众笑。

周武：(手臂一挥)"兄弟们！眼下的情势万分紧张！日军马上开始铁壁合围了！这次敌人纠集许多兵力,妄图消灭我们。想把我们抗日根据地变成一片废墟,一片焦土！"

战士们紧张地望着周武。

周武：(面色严肃)"请大家记住,我们县大队这次不是和土匪、伪军打,而是和日本兵、和成千上万个日本兵打！他们有骑兵、有机械化部队,也就是说,这次反扫荡任务是很艰巨的。全县人民都在看着我们,父老乡亲们都在看着我们,咱们可不能成孬种啊！"

战士们激动了,纷纷立正。

王二栓："大队长,你放心,别看我们新来乍到,可打小日本鬼子我们绝不含糊。"

战士们："是！是！"

周武笑了："我相信大家！个个都是好样的。"

23. 县委驻地农家小院　日

吕排长和几个战士把拉过来的布匹、棉花往院里搬。

长工老张正在忙碌着。

周武和几个战士从院外走进来。

长工：(突然发现了什么)"二少爷。"

周武："别这么叫。老张,老爷子不知道吧？"

长工:"二,二……噢,大队长,全按您说的办的,没敢惊动老太爷,只怕……"

周武:"没问题,以后我再和他慢慢说。吕排长,你带人把这些东西给小妹她们送去,请识字班的姐妹们连夜赶做棉衣……"

吕排长:"是!"

这时,黎坚、林峰从屋中走出来。

黎坚:"周队长,悄悄地又弄这么多,还是应该让老人家知道才好。"

林峰:"儿子拿老子东西嘛,无所谓。"

黎坚:"不,这里有个政策问题。"

周武:"顾不上了,确实顾不上了。"

黎坚:(握着长工老张的手)"谢谢你,这下可帮大忙了!"

周武:(对黎坚)"黎书记,掌柜的有消息,情况很紧急……"

黎坚:"噢!"

他们一起走进屋子。

24. 县大队伙房内　日

炊事班长王老实与两个炊事员正在做野菜窝窝,手上沾着湿面粉。

一个衣衫破旧的中年妇女抱着一个吃奶的孩子坐在小凳子上低声哭泣。一个半大孩子站在母亲身边,目光盯在窝窝头上,馋得直伸舌头。

女人哭泣道:"……家中粮食都被伪军抢走了……孩子天天饿得哭……你抗日,俺支持,可俺娘仨怎么过……"

王老实:(不耐烦地)"就知道哭哭哭!我回去又能怎么着?不把小鬼子打走,回去也没好日子过!"

女人说:"俺也没说让你回去……"

一个炊事员过来,暗示筛子里的东西,附在王老实耳边小声嘀咕着什么。

王老实:"不行不行!那些谁也不能动。"

炊事员只好倒了碗热水递给女人,说:"大嫂,喝点热水吧!"

王老实擦擦手,掏出烟袋,低头抽着,忽然用烟袋猛敲盆沿,骂道:"小日本!我操你八辈子祖宗!"

王老实抱着头流出了眼泪。

周武进了伙房:"老王啊,晚饭时间你调整一下……"

炊事员站起来:"大队长……"

周武环视左右,说:"这是大嫂子吧?"

女人惶恐地站起来,孩子搂住她的腿。

炊事员对女人说:"这是大队长。"

女人慌忙说:"大,大队长……"

周武:"王班长,给嫂子气受了?嫂子大老远来看你……"

女人哭的声音提高了。

王老实站起来,走到女人身边,连推带搡地:"孩他娘。我不好,行了吧,回去,快回去吧……"

女人点着头,擦干泪,对周武说:"……大队长,是俺不好,给队伍上添麻烦了……"

女人拉着孩子欲走,孩子恋恋不舍地看那筛子。

周武说:"大嫂,吃罢饭再走吧。"

王老实急忙说:"不啦不啦!快回去吧。"

孩子哇地哭起来。

周武大步地走上前去,掀开一个倒扣着的筛子,露出几个没掺野菜的窝窝头。

周武怒视炊事员:"这是怎么回事?!"

炊事员望望王老实,结结巴巴地说:"老班长说……首长们这几天辛苦了,做几个不掺野菜的,给首长们改善改善……"

周武几乎掉下泪来,低声说:"王老实呀!王老实……你好糊涂啊……"

周武拿起几个窝头,分给孩子和女人。

女人犹豫片刻,然后接过窝窝头,狼吞虎咽地吃几口,噎住了,半天才缓过气来。

女人哭笑不分地说:"……瞧我……多没出息……"

周武端碗水递给她,深情地说:"大嫂,喝口水,慢慢吃。等打走鬼子,咱们天天吃饱饭,过好日子……"

25. 破屋内　黄昏

小妹和姐妹们正在赶做冬装。

吕排长、王二栓继续往屋中搬进布匹和棉花。

吕排长边搬东西边对小妹说:"周小妹,大队长让你去找他。"

周小妹神秘地瞥了吕排长一眼跑出去。

吕排长放下东西,在屋内巡视着。

妇女丙有点紧张地转过脸去。

吕排长发现了她,朝她走去。

妇女丙把头低下去。

吕排长来到她身后,站住。

众妇女紧张地望着。

吕排长:(盯着她的背景)"……把头转过来,转过来……"

妇女丙把头埋得更低了。

突然,吕排长一把把她的头拉过来。

吕排长:"……这是谁呀?好漂亮,差点没认出来!(扑上去)今晚我饶不了你!"

众人哄笑。

二栓在群众的哄笑声中,显得很激动。

26. 通往村口的小路　黄昏

周武在二连长的陪同下检查埋设地雷的情况。

周武:(对二连长)"那边道口还要增加密度,要炸就狠炸,炸得他个人仰马翻。"

这时,周小妹唱着歌走来。

周小妹:"(高兴地)二哥,你找我?"

周武:"小妹,做冬装的事怎么样啦?"

小妹:"没问题,放心吧。二哥,我做了一件非常非常漂亮的事,你该奖给我一支小手枪了吧?"

周武:"什么漂亮事,说说看。"

小妹:(高兴地)"我把识字班姐妹们的头发都剪成了'二刀毛'了……哈哈!"

周武:(停住)"那些妇女的头发都是你剪的?"

小妹:"那当然!"

周武:(厉声地)"胡闹!"

小妹:(呆住)"……我,我可是为咱八路军好……"

周武:"剪掉人家的头发与八路军有啥关系?"

小妹:(神秘地)"哥,李马童跟我说,人家湖西女人头上的网都去了,八路军是鱼,最忌讳网嘛,所以……"

周武:"荒唐!敌人就要来了,扫荡中她们会出事的!"

小妹:(傻了)"那,那怎么办?"

周武:"去,想办法,让她们把头发再网起来,你呀你!要一个一个向人家道歉。"

小妹委屈地:"……我不去……"

周武:"这是命令!"

小妹抹眼泪。

一声嘶叫,惊动了他俩。

周老太爷骑着一匹骡子,驰来。

小妹发现是周老太爷,索性哭了起来。

周武:(迎上去)"爹,你怎么来了?"

周老太爷怒容满面,不理周武,走到小妹跟前,发现了小妹的神情:"你怎么啦?"

小妹:(委屈地)"我哥不讲理。"

周老太爷:(转向周武)"你小子本事大了,了不得了,我们家容不下你了!"

周武:(赔笑)"爹!布的事我还没来得及向你解释呢。"

周老太爷:"你不用解释,我不听!那年从城里拉回几百匹布,你要,我二话不说,都给了你,如今就剩下这几十匹做家底,你还来偷我的,你眼里还有没有我这个当爹的?啊?"

周武:"爹,你听我说。"

周老太爷:"我听什么,你这下可光彩了,可我这老脸往哪里放啊!再说,你和我讲清楚,我也不会不同意。"

周武:"爹,眼下情况紧急,不能再计较这些了。"(上前搀扶老人)

周老太爷:"混账!不计较什么?(挥手把马鞭扔到地上)到什么时候,我也是你爹,你也是我儿子!"

周武先是惊呆,继而仍赔笑:"爹,是我不对,您老要不解气,您再

打我一顿。"（把鞭子拾起给父）

周老太爷紧紧握住鞭子，小妹冲上来："爹，八路军不许打人！"

周老太爷颤抖着，突然，他把鞭子掰断：（伤心地）"我白养你们了，我积攒下点家底，不也是为了你们好嘛！"

周老太爷蹲下，周武上前扶住周老太爷，周老太爷推开周武："去！去！离我远点！你眼里没我这爹，我也不认你这儿子！"

周老太爷拉住周小妹。

周老太爷："跟我回家去！"

周小妹：（挣脱）"不不，我要抗日！"

周老太爷："好，好，你也和我作对！"

周老太爷颤颤巍巍地向骡子走去。

周武跑上来，把老人搀上了骡子。

周武："爹，鬼子就要扫荡了，你老人家，多保重啊！"

周老太爷：（气愤地）"滚开，用不着你管我！"

说着头也不回地走了，朝村外骑去。

周武望着父亲远去的背影，不觉地有些伤感。

周小妹：（扑到周武怀里）"哥！"

周武："……小妹，快去告诉姐妹们，鬼子快来了，要把头发绾起来。"

27. 院中　晚

婚礼白天已经结束，院中闹房的人正在热闹之中。王二栓凑到李寡妇身边说什么。李瞪王，走开。

王又跟上李，从后边摸李，李拨开王，走开。

这时，黎坚、周武、林峰等走进院子。

群众甲："喂，黎县长，周大队长来啦！"

大家赶忙闪开路让他们走进去。

28. 新房内　晚

新郎新娘的床上坐满了闹房的孩子。

新娘红枣端着一篮子红枣、花生、栗子送给领导们。

黎坚:"抱歉了,婚礼没有参加。祝漂亮的新娘新郎早日生个漂亮的白胖小子!"

众哄笑。

王二栓:(起哄地)"新郎新娘亲个嘴吧。"

红枣:(白了他一眼)"坏小子。"

众再次哄笑。

这时,周小妹进来,脸色苍白,对周武耳语。

周武刷地脸色大变。

周武:"王二栓!"

众人愣住。

正在吃枣的王二栓一怔。

周武:(厉声地)"出去!"

29. 院内　夜

李寡妇站在院门口,抽泣着。

周武拉着王二栓走到院中,李寡妇赶忙转过脸去。

周武:"(指着李的背影)你认识她吗!"

王二栓先是一愣,继而"扑通"跪下。

王二栓:"……我,我,我只拉了她一把……"

周武:"你现在是战士,不是老百姓,你懂吗?"

王二栓:"我懂我懂,我再也不敢了。"

周武:"站起来。把他关禁闭!"

吕排长和战士拥上……

(淡出)

30. 村口　夜

远处传来几声狗叫声。

县大队战士在巡逻。

31. 洞房内　夜

宾客已散。

烛泪点点。

床上,红枣头抵住照月的胸。

红枣:"今晚的事,闹得人心烦。"

照月:(急切地)"你心烦什么,快点吧!"

照月猛地抱住红枣。

烛灭。

村外传来尖厉的枪响!

第 二 集

32. 一片水洼　黎明

渐渐白亮起来的天光夹杂着湖面的水色,升腾起来。东方的日头被晨雾吞噬了。四周白茫茫一片。

33. 乡间小路　黎明

太阳初升,一队日本兵举着太阳旗在行进。

34. 山丘　黎明

山丘后地面升腾起团团烟雾（镜头升起）山丘背后的空地上坐满了吃饭的日军。

日军学山东人吃饼卷大葱，辣得他们龇牙咧嘴。

一伪军上前讨好，示意鬼子吃葱须蘸大酱，被日军用葱蘸了好多大酱抹了满脸。

众日军哄笑。

35. 小树林　晨

黑烟滚滚。

小树林数百名群众扶老携幼，牵猪赶羊抱鸡，像无头苍蝇一样，拼命奔跑，突然，一颗炮弹落在人群中间，腾起一阵烟尘。

36. 芦苇中　黎明

芦苇中匆匆走过的县大队。

马四一瘸一拐，慢腾腾地走着，队伍拉开空当。

吕排长逆着方向，清点人数，见马四停下来。

吕排长：（挖苦地）"……马四，让两个人搀着你走吧？"

马四面红耳赤，一句话答不上来，快点跟上。

大家都急匆匆地走着，有的战士打着寒战，互相有意地碰撞着。

忽然，队伍停住了！

吕排长转身赶快朝前面跑去。

马四屏住呼吸，呆若木鸡，后面的人拥挤过来，差点儿把他冲倒……

马四站住，盯着脚下。

地上原来有个死人横在路上,惨不忍睹。

马四两眼发黑,好似有股冷气钻进心里。

大家都看见了,也都屏息不动了。

吕排长一迈步从尸体上跨过去。

吕排长:(略带讥笑地)"过来,过来……以后还会看个够呐……"

马四闭上眼,跨过去。大家跟着跨过去,有的是跳过去……(镜头跟摇升起)大家在溜滑的道上跑起步来。

(淡出)

37. 一片芦苇荡　晨

日军的炮弹相当猛烈地落在芦苇丛附近,但是日军的迫击炮射得不太准,许多炮弹落在水洼中,激起浪花,还有的落到更远的地方。

冷气逼人,战士们抱着枪哆嗦着开始抽烟,抽分得烟雾腾腾,人们沉默着,各自想着心事……

一个老兵正在吃一个沾了鲜血的玉米面窝窝头,就着一棵大葱。

老兵:"他娘的,鬼子又开始了。"

李马童:(突然发现)"……血!……"

老兵:"血是我流的,不能白白糟蹋了。"

说着闭上眼,咬吃血窝头和沾血的大葱。

李马童恶心地转身。

38. 野外,帐篷内　晨

日军官大野正津津有味地啃着鸡腿。

李汉卿、崔胜、日伪军官等肃立一旁。

日军副官指着推开的地图对大野汇报:

"……昨天,我们推进20公里,像梳篦子一样,连个蚂蚁也未放过。土八路县委和周武的部队像丧家之犬望风而逃。"

大野:"现在,他们在什么地方?"

副官:"据崔队长的情报,周武的主力目前在大陈庄一带,这里距莱福河还有六七公里。我们现在的位置是杨家集一线,和他们只有二三公里。在这后面,按照您的命令,还布置了……"

大野:(挥手止住副官)"昨天,我们消灭了湖西八路主力十团和地委,辛苦大大的,功劳也大大的。龟田司令非常赞赏我们,这次我们一定要将土八路周武的部队统统的消灭!"

李汉卿附和地:"周武再神出鬼没,这次也插翅难逃了。"

大野:(胸有成竹地)"让他们全部到莱福河去喂王八!哈哈!"

李汉卿拍马地:"太君大大的英明!"

大野扯下一只鸡腿给李:"李大队长,你的辛苦大大的!"

李受宠若惊,装出吃得很香的样子。

崔胜讪笑,凑到大野前:"太君,我们这样(作手势横着推进)向前推进,是不是还要防止周武从两侧溜掉?"

大野:"周武狡猾狡猾的,我的安排严密,你的担心的不要。"

李见崔讨好不成,奚落崔:"崔队长吃鸡呀!"

崔胜:"李大队长真是好胃口。"

大野:"你们矛盾的不要,努力效力大日本皇军,奖赏大大的。"

39. 山梁后树丛中　上午

周武聚精会神地用望远镜观察着敌人动向,黎坚在旁皱眉思考,林峰在专心擦眼镜,大家无语。

黎坚:"(对李瑞龙)现在我们和上级失去了联系,李部长,你这敌工部长该发挥作用了。"

李瑞龙:"我想单个跳出去,尽量和地委取得联系。"

周武:"顺便把敌人的部署情况也再摸一摸。"

黎坚:"那你去吧,要尽快联系上。我们大致方向还是继续向北撤。"

李瑞龙和周、林等握手离去。

黎坚:"形势怎样,周武?"

周武:(没有马上回答)"……很严峻,鬼子这次扫荡确实不同往常,他前后设了几道防线,像拉网一样,你看迎面这股鬼子少说也得有三四千人。"

黎坚:"我们怎么办?"

周武:"现在我们距莱福河只有十几里了,到了莱福河就等于到了鬼子县城边了,他们把我们往河边赶,其中必有文章,我看,得想想办法。"

这时,孙虎跑来。

周武:"怎么样?"

孙虎:"派出去三个,回来两个了,他们讲,鬼子步步为营,网拉得很密,一两个老百姓往外钻还行,咱们这么多人不好办!"

周武:"两侧怎么样?"

孙虎:"他们有些零散部队打穿插,虚实不好掌握。"

周武:"三个侦察员都回来,你叫他们一块到我这儿来,另外情报还要继续收集。"

孙虎欲走又回:"队伍刚刚清点了一下,被冲散和牺牲的一共30多人。"

周武:"有没有看到新郎新娘?"

孙虎:"没有。"

黎坚:"周小妹呢?"

孙虎:"也没有。"

40. 树林　日
一群鬼子、伪军追逐着一群老百姓。

41. 壕沟　日
又一群鬼子伪军追逐着一群老百姓。

42. 芦苇丛林中　日
透过芦苇可以看见,奔跑的百姓(摇)后边一群日军伪军赶上来。

43. 打麦场　日
(机器架在场中央,大俯,摇动)

敌人从一个路口追赶着老百姓,(摇)另一个路口,又一群敌人追赶着老百姓,(摇)另一个路口老百姓逃来,后边是追赶着的敌人。

(镜头继续环摇,可做2—3个360°的摇摄)敌人从四面打着枪,不慌不忙地往麦场上挤,百姓们在麦草垛上乱跳,但四面无路可逃,人群以草垛为中心汇集合在一起。

周照月、张红枣、周小妹在一起。

张红枣还穿着结婚时的衣服,格外显眼。

周照月在草垛上挖了一个洞,让张红枣和小妹钻进去。

俩人不进。

周照月:"求求你们了,快进去,看看你们的打扮!"

张红枣和小妹进洞,周照月匆匆掩埋洞口,还没埋好,敌人围上来了。

敌人对天放枪,大声喊叫。(演员自己发挥)

以下的视角完全是张红枣和周小妹透过麦秸垛洞口往外窥视

的,可放滤拍摄影机在垛里拍,镜头有时被乱草遮挡,每一个画面都不完整,有时是人脚,有时是人头,借此新的手段拍这场戏。

伪军副大队长凶狠地喊道:"谁是土八路,谁是土八路的干部,站出来!"

狼狗汪汪叫声紧随他的喊叫。

"不站出来,就要开枪了!"

枪声。

周小妹往外挣扎,被张红枣死死搂住。

一只手把一个妇女的假发髻一把揪掉。

妇女惊恐的脸,这是被周小妹剪掉头发的那群妇女中的一个。

周小妹奋力往外挣扎,并大声喊叫,被张红枣捂住嘴巴。

又一只手连续揪掉两个发髻,又是两个观众曾见过的女人脸。

女人的哭叫声,伪兵的喊叫声,"又是两个'二刀毛'女八路!"

周小妹拼命挣扎。

出现一只握着钢笔的大手,画外伪军的狞笑声,喊叫声:"你是干什么的?"

张红枣突然松开了周小妹。

出现周照月被麦秸草分割得残缺不全的、惊恐扭曲的脸。

"抓起他来!"敌人大叫。

张红枣拼命往外冲,这次轮到周小妹抱住她,拉住她,捂住她的嘴,这一动作的换位重复可拍得稍长一些,因为可以暗喻出许多难以言传的意味,如:恐惧、理智、感情等等。

女人的号哭。

44. 壕沟　日

女人的号叫声中,出现了一道壕沟。

李寡妇的孩子在沟底哭叫着。

李寡妇攀着陡峭的沟壁往上攀缘,攀上去,滑下来;攀上去,滑下来,又攀上去。

鬼子甲举起枪,瞄准李寡妇。

鬼子乙对鬼子甲咕噜着,按下鬼子甲的枪。

鬼子乙把小孩子提起来,拧着孩子的腿,孩子像杀猪样地哭嚎着。

李寡妇攀上沟壁,往前奔跑,但孩子的哭声尖锐刺耳,(画外)她奔跑的脚步放慢了,突然停下来,一怔,转身,发疯般冲回去,如同一只大鸟,扑下了沟壕。

李寡妇爬起来,向孩子扑去。

鬼子乙却躲闪着她。

鬼子甲用刺刀抵着孩子的肚皮,用半生不熟的汉语说:"花姑娘的,衣服的脱掉,孩子的死啦死啦的……"

李寡妇大张着嘴,静止。

孩子号哭,枪刀刺破肚皮,流着血。

李寡妇眼中的泪干了,甚至有一些疯狂的微笑挂在她的脸上。

突然,她一下子撕开了衣服,露出了半个胸脯,然后,猛然的倾倒在沟底。

鬼子乙见状大喜,扔下孩子,扑上去。

这时,一声枪响,鬼子乙栽倒。

王二栓纵身跳下壕沟,与鬼子甲拼起了刺刀,鬼子甲的刺杀技术很娴熟,几次把王二栓逼到绝境,二栓胳膊被刺破,见血性起,一个突刺,把鬼子洞穿。

王二栓持枪跑过去,刚要拉李寡妇,突然怔住。

李寡妇亦怔住,看到二栓胳膊上的血迹。

李寡妇:(哭号地扑向王二栓)"好兄弟!"

王二栓倒退两步,保持一定距离,二人凝视,突然传来孩子的哭声,冻土上挣扎的孩子。

王二栓一双大手,抱起孩子。

李寡妇接住孩子……

王二栓用手帮助李寡妇合拢衣襟,包住孩子。

画外王二栓的声音:"附近有亲戚吗?"

李寡妇点点头。

二栓的声音:"找地方藏起来,不要乱跑了。"

李寡妇又点点头。

王二栓从死鬼子身上解下枪弹,搜出几盒饼干之类的食品,堆在一起,对李寡妇(画外)说:"这些可以吃。"

李寡妇的视角:

王二栓背着大枪,沿着壕沟走去。

45. 山梁后树林中　上午

黎坚:"你说不能继续往北撤,那怎么办?"

周武:"我想是不是能顺着前面的狭长洼地试一试突围。"

林峰:"要遇到鬼子怎么办?"

周武:"必然要遇到鬼子,到时候只能见机行事,但我们绝不能在这里坐以待毙。"

林峰:"我的意见还是继续向北撤。"

周武:"根据各方面情况看,敌人绝不会只是把我们赶到莱福河边就算了,这次他们搞的是铁壁合围,想把我们一网打尽。"

黎坚:"目前的迹象还很难说,前两个月鬼子在沂蒙地区也是拉网扫荡,把我们部队赶出根据地也就结束了。"

周武:"那是在山区,我们的部队是以沂蒙山为依托,现在我们没有依托,再退就是鬼子县城,而且……"

黎坚:"好了,不往北撤,先往那边突围试一试。"

突然一颗炮弹落在附近,腾起一阵烟尘。

46. 山梁后　上午

孙虎:(压低声在喊)"排以上干部到小树林集合。"

吕排长以及一、二、三排的排长迅速跑过。

战士们预感到了什么,互相望着……

47. 小树林附近

县大队排以上干部和县委领导聚成了一个小圈子。

周武:"……一连在前,二、三连在侧翼,四连断后,要加强联系。出现情况要冷静,防止东南方面敌人夹击我们。"

黎坚:(颤抖地)"……同志们,这次行动关系着全大队和县委机关的命运,往北撤,过莱福河是敌人县城,我们很难有立足之地,如果我们往东突出去,也许就是一条生路。"

周武:"一连派一个排打头阵,中间拉开点距离。"

黎坚用手擦擦额头上的汗珠儿,有点瑟缩地对孙虎吩咐:"孙虎你安排?"

周武:(镇静地望着每个人)"……一连的排长自告奋勇吧……最好……是有丰富作战经验的人……"

大家屏住呼吸。沉默。

孙虎:(望着大家,来气了)"怎么,哑巴了!"

吕排长接连吸了几口烟,尔后慢慢吞吞,每个字都清楚地说:"我应该打头阵……但我不带新兵,还带原来的一排。"

周武慢慢转过脸来。

黎坚惊疑地望着。

周武:"为什么——你应该?"

吕排长:"为什么……因为我是县长的儿子……我应该,应该证明(蓦地转过脸,泪水满面)……我没有给他丢脸。"

周武:(猛地扬起头,颤抖地)"你不是孬种!孙连长,把一排给他带。"

48. 无边无际的芦苇荡

49. 芦苇丛中　日

命令下达之后,没有被派作打头阵的新兵排战士们显得有几分轻松。

马四脸上露出一种欣喜和羞愧相交织的表情。

马四:(喃喃自语)"……不是我们,不是我们……谢天谢地……"

李马童听到马四的喃喃自语,满脸不高兴。

马童:"你……猪……蠢猪。"

马四怕惹事赶忙逃开。

这时,吕排长走过来。

吕排长:"马童,把你带刺刀的枪给我调调。"

马童:(不解地)"这是干什么?!"

吕排长:(不由分说,把自己的冲锋枪给他换了)"……我习惯用这种枪。"

马童:(突然,眼中一亮)"……噢,我明白了!"

突然,吕排长笑了。

吕排长：（自言自语）"唉，巧珍儿，你要成个寡妇了……别忘了我，你老头儿不坏，是真心喜欢你的！"

马童：（有点哽咽地）"吕哥儿，你说的什么呀？！"

50. 山梁后

有的战士在监视南边的敌人，身后大队和县委在准备向东转移。

51. 又一道山梁前

吕排长与孙虎在观察。

孙虎："只要你冲过洼地，我们就跟过去。"

吕排长："你放心吧。（回头）大家跟我走。"

52. 洼地　日

吕排长带领全排战士组成散兵线前进，他们跑了几十米后，纷纷进入洼地，洼地并不深，但可以遮掩他们。

……突然，响起了敌人的机关枪，接着是迫击炮的怪叫。然后，什么东西在一排的上空爆炸开来——一颗，两颗……四颗，再往后数不清了……

腾起的灰色烟云笼罩在洼地上空，几乎动也不动……

53. 小树林附近　日

周武站在一棵树旁边，目不转睛地望着洼地里的战士们，一颗炮弹打过来，他甚至没有想到应该立即卧倒。这时，子弹已沙沙地钻进树林，在他头上尖叫而过。

离他不远处，也是在一棵树后站着黎坚，他的视线也没有离开洼地里的战士。但到现在，一丝令人胆寒而可恶的恐惧钻入他的心里……

54. 山梁

孙虎在山梁:"他妈的狗娘养的。机枪掩护,三排跟我来!"

孙虎率一排冲上去。

55. 远处洼地

吕排长一些人明显被一队鬼子隔开,一队骑兵从南向北冲过来。

56. 山梁上

孙虎:"奶奶的,来一个我收一个。"

孙虎神枪,一枪一个,一枪一个。

鬼子注意力向这边转移,这时尖刀排一些人退下来,一班长:"孙连长,撤吧,不能硬拼,鬼子从东南边插过来了,足有上百人。"

孙虎:"你们排长呢?"

突然一颗炮弹打来,孙虎、班长卧倒。孙虎起来,见一班长已死。这时枪炮声大作。

孙虎:(无奈)"小王快通知大队长,这边鬼子上来了,其他人准备阻击。"

57. 周家院内　日

许多伪军在拆门窗。

两个日本兵在翻箱倒柜,乱打乱砸。

一个日本兵从屋中抱着一个大罐子走出来,摔在地上,罐子碎片乱飞。

日本兵发现了什么,从碎片中拿起一沓厚厚的簿子,他慢慢地翻着,走着。

长工老张突然冲出来。

老张:"太君,这是俺家的家谱,给俺们留下吧!"

鬼子怪叫一声,举起枪托把老张打倒在地。

鬼子故意地把家谱一页页地撕下来投入火中取乐。

熊熊燃烧的火堆。

这时,从房后冲出一个人来,他是周老太爷。

周老太爷冲上火堆旁,拼死地从鬼子手中抢夺家谱,并用身体护着家谱。

几个鬼子怪叫着拥上,对周拳打脚踢,从周手中抢走家谱。周又扑向鬼子,撕扯着,鬼子大怒又将周打倒,两个鬼子把周拖向门口。

58. 周家门外　日

几个鬼子拥着周老太爷往前走。

59. 村街上　日

敌谍报队长崔胜带人走过。迎面碰上押着周老太爷的鬼子。

崔胜:"(用日语)大野太君要找一个本地老人了解情况,这老家伙让我带着去吧"。

日本兵:"哈依!"

周老太爷挣扎着,唾崔胜:"狗娘养的,汉奸!"

崔胜挥拳打周老太爷。

崔胜:"老不死的,我他妈的毙了你,给我带走"。

两个谍报队员把周老太爷架走。

60A. 院内

长工老张乘机溜掉。

60B. 一道沙梁　日

日军的炮弹怪叫着飞过去,落在远处爆炸,机枪声不太响亮,射击声也不太稠密。

沙梁上无一人影。

在这种环境中,县委会在沙梁后进行着。

林峰:"硬突是没有用的,我的意见还是向北撤,过莱福河。"

黎坚:"看来只有这条路了。敌人是以县城作为包围圈依托的,以为我们不敢过河,我们渡过莱福河,队伍可疏散隐蔽下来。"

周武:"敌人是不会让我们舒舒服服过河隐蔽的。"

黎坚:"我认为这种可能还是有的,鬼子这次扫荡也许就是为了把我们赶出湖西,那么化整为零总是有办法的。"

周武:"我们不能凭侥幸心理。我的意见,还是考虑突围出去。"

黎坚:"难道刚才你没有看见?怎么突!吕排长几个人到现在还没有返回来?"

周武:(背过镜头)"突围遇到了挫折。但这不是说,就再不能突围了。"

黎坚:"不能再考虑突围了,完全是鸡蛋碰石头……"

此刻近处一颗迫击炮弹爆炸,把县委领导们掀到一边去。

61. 沙梁上　日偏西

长工老张拖着负伤的身子艰难地走着。

62. 沙梁后　日偏西

黑色的硝烟飘散着。

浓烟中……周武抖掉泥土:"喂!黎县长!老黎……活着?"

黎坚慢慢从泥土中抬起身子,嘿嘿傻笑。

林峰和其他几个人爬起来的时候,大家满脸污垢,你看看我,我看看你。同时嘿嘿笑。

这时,长工老张在一个战士陪同下突然出现。

周武:(惊异地)"老张,你——"

老张:(哭了)"周老太爷被日本兵抓去了,老太爷先前还说,叫我无论如何找到你。"

周武:"你怎么过来的?"

老张:"我顺着封锁沟拼命地跑。"

周武略有所思。

老张:"老太爷让我告诉你,要照顾好小妹啊!"

周武:"她……"

一提起小妹,大家都沉默了。

又一颗炮弹打来,大家隐蔽。

老张爬到周武面前:"二少爷,我不行了。"

周武:"不要这样说。"

老张:"我没有别的挂念。我只求二少爷做主,照顾一下我那儿子,让他帮东家放羊吧!"

周武:"老张,你放心吧。(对战士)把他扶下去包扎一下。"

周武:(向黎伸手)"老黎,给支烟。"

黎坚递给他一支。

周武索性躺在地上,凶猛地抽烟,他显得很冷静。

大家沉默着。

周武猛吸一口烟,将烟扔掉,坐起来。

周武(坚定地):"继续突围!"

黎坚:(真诚地)"周武,你要冷静点。"

周武：(诚恳地)"我们必须想办法跳出去,绝不能过莱福河。"

黎坚："同志,敌人有数万人,武器精良,我们不到四百人,武器差,子弹少,这围怎么突？"

周武："所以,要智取,我建议迎着鬼子包围圈往外跳。"

黎坚："什么？迎着鬼子包围圈往外突围。你疯了。"

周武："硬的不行,来巧取,白天不行,夜里走,迎着敌人,钻空当跳出去。"

黎坚："这不是胡来嘛！上万的敌军几道封锁线合围,跳什么？"

周武："我知道,敌众我寡,来势凶猛,但是,越强大也可能越虚弱。根据几个侦察员的情报,敌人虽然里外三层一线拉开,但他们各部分之间还是有空隙的。尤其在晚上他们胆怯要收缩成一坨一坨的,我们完全可以利用各种关系和封锁沟迂回穿插出去。"

林峰："太冒险,我反对。"

黎坚："我也不同意。突围比过莱福河更不稳妥。"

林峰："我提议,集合连以上干部集体讨论。"

周武："我同意,请允许我充分向大家谈一谈我的想法。"

黎坚："不必了！咱们几个人表决吧！"

又一颗炮弹落下,黑烟滚滚。枪炮声中响起黎坚声音："……为了能保全抗日力量,县委紧急会议决定：一、由我率县委机关及警卫连向莱福河撤退,化整为零,潜入敌区,老林就地疏散。二、由周武同志率县大队全体伺机突出敌围。"

63. 丛林中　日偏西

大家在收拾行装,每个人的情绪都很沉重。

战士甲："要想突出去难啊！你看鬼子伪军多少人呐！"

战士乙：(苦笑)"伙计儿,扛上这玩意儿(指枪)就是把头拴在腰带上了。"

　　战士甲:"喂,你娶媳妇了吗?"

　　战士乙:(玩笑地)"……娶了……"

　　战士甲:"你值了。"

　　战士乙:"唉,还在她娘家没过门呢!……"

　　战士甲:(苦笑了)"咱哥俩儿,白活了……"

　　老班长:(背着锅过来)"喂!别胡扯了,快准备。"

　　这时,李马童脸色苍白跑来。

　　李马童向孙虎跑去。

　　李马童:(急切地)"孙连长,快快……"

　　孙虎:"怎么回事?"

　　马童:"有,有个死猪耍赖!"

　　孙虎:"走!"

　　孙虎随马童跑去。

64. 丛林另一角　日

　　马四靠一棵树坐着,瞪着白眼,像发疟疾似的颤抖。

　　孙虎:(狂怒地)"站起来!"

　　马四勉勉强强,好似笨猪那样吃力地站起来,不敢正视孙虎。手在抖着。

　　孙虎:(稍缓和了点)"拿上家伙起来!"

　　马四低沉并带点哭腔儿,手抖得更厉害了。

　　马四:"……我,我不突围,我要回家……"

　　他尖叫着,企图再次坐在地上。

　　孙虎抓住他一只袖子,往上拽,不让他坐下。

　　孙虎:(命令地)"马童,叫几个人来!"

马童跑去。

孙虎边抓住马四,边逼视着他的眼睛。

孙虎握紧拳头,慢慢抬起来……

孙虎想起了什么,拳头松开了。

这时,来了两个战士。

孙虎:(松开手)"把他带走!"

两个战士各自抓着马四的一只手臂。

开始马四赖着不走。

孙虎:(思索片刻)"放下他……"

马四:(坐在地上,喘息地喃喃自语)"我,我不突围……"

孙虎:"马四,告诉你,这是部队,不是在家里,战士不执行命令,可是要就地枪决的。你可要听明白……"

马四一点也不明白,傻傻乎乎地,翻白眼。

孙虎从马四的目光已经清楚,他的劝说是白费的。

孙虎思索了片刻,他的视线没从马四身上移开,两手慢慢端起冲锋枪。

孙虎:(平静而坚决地)"站起来。"

马四蜷着双腿,身子稍微抬了起来,但他没有完全站起来。

枪栓猛然的咔嚓声,在寂静中显得格外响。

马四发抖了,突然坐下,两手撑地往后退。

马四瞪着的双眼,变得茫然了。

孙虎的手指触到扳机钩……

枪响……

65. 丛林另一角　日偏西

枪响……

战士们惊异地朝枪响方向望去……

66. 丛林中　日偏西
周武吃惊蓦地转回头。

67. 丛林　日偏西
几个战士抓起马四的四肢准备把他拖走,大家忽然看见了什么停住。

周武面色严峻地走来。

周武:"干什么放枪?"

孙虎擦着脸上的汗珠儿,小心地把枪栓放下。

李马童:"瞧,这个坏蛋,差点浪费我们一颗子弹……"

周武默然走过来,望望孙虎,又看看地上的马四,接着,他转过身子,突然他发现了什么……

原来,坑洼旁躺着一具敌人尸体。

(淡出)

68. 硝烟翻滚的背景
周武面色严肃地从硝烟中(迎镜)走来。

周武停住。凝视(镜头)众战士。

周武:(激动地)"兄弟们,我没有多少话可说!我们都是人,都不愿死,可是。日本鬼子逼着咱拼命的时候,咱也得拼!谁要是怕了,他多想想吕排长和那些为父老乡亲牺牲的弟兄们吧!"(热泪盈眶)

69. 壕沟岔口　黄昏
县大队与县委机关分别。

远处传来枪炮声,县大队许多战士面向南方警惕着,部分战士肃立着,望着从身边走过的县委机关人员和县警卫班的战士们。

大家默默地走着,远处又一颗炮弹炸开。

一个警卫连战士突然跑出去,哭着对周武说:"大队长,我要跟你一起突围……"

周武心中很不平静,摸摸小战士的头。

周武:"小王,服从命令,赶快归队!"

小战士:"队长!"

小战士跑去追赶队伍。

周武与黎坚握手。

黎坚:"我们走了。三五天后争取还在这里再见。"

周武:"请多保重!我们一定努力跳出去,三五天后在大陈庄见。"

第 三 集

70. 农家院内　日落

锅里煮着一锅羊肉汤。

院中坐着警惕的县大队战士们。

周武在考虑问题,王老实匆匆进来。

王老实对周武说:"大队长,东院有头被打死的猪,要不要带着?"

周武:"不要,晚上让大家喝足羊肉汤,吃得饱饱的。"

孙虎:"大队长,侦察员报告,一股敌人向我们这边过来,离咱这儿只有几里路了。"

远处传来炮声。

王老实听罢有点惊慌欲灭掉灶里的火,被周武制止:"老王,你做什么?"

王老实:"不转移吗?"

　　周武:"不要慌。"说着又往灶中填了些柴。

　　王老实:"队长,鬼子……"

　　越来越近的枪炮声。

　　周武舀起勺羊肉尝尝,说:"还不到火候,老班长,加火呀!"

　　王老实:"这冒烟别被鬼子发现。"

　　周武把王老实按在灶边说:"好好给我烧火吧,你看,现在到处都在冒烟。"说着一颗炮弹在附近爆炸,一股烟尘飞起。

　　周武:(对孙虎)"通知各连谁也不许暴露目标,没我命令不许轻举妄动。让大家好好休息准备天黑行动。"

71. 小河岸的小树林　黄昏

　　小河沟树林边战士挖了许多深浅不一的坑作为掩体。

　　战士们无声息地依偎在坑洼中。有单个的,有两人缩在一起,都警惕前方。

　　不远处传来枪炮声。

　　阴沉沉的灰暗天空慢慢地发暗了,潮湿而寒冷。

　　孙虎来到前沿环视着。

　　突然,马四那边传来惊叫声……

　　孙虎弯腰跑来。

　　马四手指着坑外的地方……

　　孙虎跃进马四的坑内,抬头朝外望去。

72. 旷野坑洼地　黄昏

　　附近是刚刚结束的战场,有弹坑和尸体,炸毁的树干冒着缕缕青烟。突然,有个像幽灵一样的人影儿站起来,看不清穿什么衣服,这个影子向丛林这边挪动了几步……随后就倒下了……

73. 丛林中的弹坑　黄昏
战士们也发现了,枪栓哗啦哗啦一阵乱响。

74. 村子附近　黄昏
那个人影儿又站起来了,朝这边挪动着……

75. 丛林中的弹坑　黄昏
孙虎:"没有命令不许开枪!"
马四喘息地朝外望着。

76. 附近旷野　黄昏
那个人影一瘸一拐地走着……数次跌倒,显然是个受伤的士兵……又站起来,拖着一条受伤的腿……
一片寂静。

77. 丛林中的弹坑　黄昏
马四:(惊慌地)"鬼子会向他开枪的……"
孙虎:(压低声音)"别说话!"

78. 附近旷野　黄昏
那人影儿顽强地缓缓地走着,跌倒……长时间没动静。

79. 弹坑中　黄昏
马四:"完了,完了,死了。"

马童:"连长,快帮他一把吧!"

孙虎:"不能去!"

马童:(带哭腔儿地)"他死了……"

孙虎:"不能去,这样会暴露咱们的目标的。"

突然,坑洼里的战士高兴地叫起来。

"站起来了!""站起来了!"

孙虎:(惊异地)"这是谁呀!"

80. 在一辆炸毁的马车前面　晨

那个人又站起来了,(高速摄影)双臂甩开,为了不失去平衡,一步一步向丛林边的弹坑处蹲过来……(长时间地跟拍)

弹坑中的李马童突然发现了什么,抽泣起来。

李马童:(跃起,高速摄影)"二栓哥!二栓哥!"

马四:(奋不顾身地也跃起,高速摄影)"嘿嘿嘿!二栓,是这小子……"

一阵猛烈的枪炮声向这边袭来,战士通通卧倒。这时只见王二栓没有倒下,他继续往前走。

王二栓穿的原来是伪装服,而且血迹斑斑,烂成一条一条的,无怪乎远看时非同一般服装,很难辨认。

王二栓背着两支枪和日军钢盔,跌跌撞撞地走过来。

王二栓咧嘴笑了……倒下去。

81. 丛林中的弹坑　黄昏

众围着昏过去的王二栓。

周武:(关切地)"是饿昏的,快抬走。"

82. 农家小院的角落　黄昏

王二栓渐渐苏醒过来。

王二栓：（闪着泪花）"大队长，孙连长……终于找到你们了！"

周武："二栓，你吃苦了。你，你怎么从鬼子那边跑过来的？"

二栓："……我也说不清楚，夜里我顺着封锁沟爬过去了。后来，听老百姓说，你们被围在网里，我就又……"

周武："二栓，把你沿途经过说说看……"

二栓回想着……

83. 农家小院　日落

孙虎急匆匆进来。

孙虎："大队长，鬼子离这里也就一二公里了，转移吧！"

周武："什么队形？"

孙虎："一字排开的。"

周武："还没发现我们吧？"

孙虎焦急地说："大队长，转移吧，鬼子发现了可就被动了。"

周武道："坐下坐下，我在想，今儿一定跟大家好好喝上一顿羊肉汤。"

众人蹲下，外边传来枪炮，众人不安。

周武突然笑出声来。

王老实说："好大队长，都什么时候了，你还能笑出来？"

周武道："我想起了前几年一个喝羊肉汤的故事——一九三七年七七事变后，我按组织要求从北京回老家，那年发大水，坐船能到莱福河，刚一上岸就闻到一股扑鼻的羊肉汤的香味，馋得我肚子咕咕地叫唤。可我口袋里一文钱也没有了。没办法，肚子叫，我一横心，先喝了羊肉汤再说，一口气我就喝了三大碗，站起来，装着摸摸口袋，说:'掌柜的,我的钱被小偷偷了,怎么办?'掌柜的揪着不放,高声叫骂我,说我是无赖。不一会儿,来了一大群围观的人,我想这下好了,这里一定有熟人,果不其然,一个人认出我:'哟,这不是周二少爷吗?'掌柜的一听这话,马上放了手。于是我把鞋脱下来,说:'掌柜的,我把鞋押您这儿,待会儿拿钱来赎鞋!'"

众人笑起来。

周武道:"王班长汤好了吗?"

王老实:"我看差不多了。"

周武:"来,招呼大家轮流来喝羊肉汤。"

众人迟疑。

有人讲:"大队长,这敌人……"

这时,侦察员跑来说:"大队长,敌人在小周村安营扎寨了。"

周武说:"大家放心了吧,只要我们隐蔽好,鬼子不敢贸然到咱们的大庄里来的。天一黑敌人就不敢活动了,他们怕被打了伏击,这是规律嘛。"

王老实说:"大队长神了!"

周武舀了一勺汤品尝着,说:"那也比不上你王老实的鲜肉汤呀,炖出了这么好味道!"

王老实说:"缺盐少酱的,有什么好滋味!"

周武道:"同志们! 来喝汤!"

84. 残破的村庄　黄昏

残垣断壁,青烟袅袅。

匆匆撤走的,许多人已经换成了老百姓的衣服,队中有黎坚、田大喜等县委领导。

穿棉袍大衣的黎坚和穿大褂的田大喜神情疲惫。

突然,前面传来一阵自行车铃响。

众人立刻隐蔽起来。

黎坚:"千万不能开枪。"

稍顷,透过断墙可见伪军谍报队骑车而过,扬起一阵烟尘。

黎坚等人松了口气,正欲起身,又听到什么动静。

大家重又隐蔽起来。

村口,一个人骑车过来,他朝谍报人驰去的方向看看。然后,朝相反的方向骑来。

断墙后,黎坚紧握手中的枪。

黎坚:(厉声地)"拿下!"

几个警卫连的战士跃出。

85. 村口附近　黄昏

那个人被捆住,极力解释什么。

黎坚走来。

那人突然大叫起来。

中年人:"黎县长!"

黎坚:(马上认出来了)"老王同志!你……"

韩同志:(边松绑边说)"总算找到你们了。"

黎坚:"地委情况如何?"

韩同志:"昨天傍晚鬼子突然发动袭击,敌强我弱,损失很大,李书记牺牲了,十团长也牺牲了。地委派我送信刚好碰到李部长。"

黎坚:(接过条子,贴在眼前)"……要保存主力,千方百计地突围出去! 突围? 让我们突围。……晚了……我们现在只有一条路——过河,潜伏,再集合。"

86. 农家院内　黄昏

王老实正在刷洗大锅。

周武道:"老王,把这些叮叮当当的家什还给人家,免得影响行动。"

老实扛起锅朝院外走去。

周武:"……老王,那只羊是从哪拣来的?"

老实:(回过身来)"村口那个瓜棚旁。"

周武:"查查是谁家的,咱们不能白吃老百姓的东西。"

老实应声走去。

87. 村外的瓜棚里　黄昏

王老实坐在那儿喘息着。

突然,外边传来一阵脚步声。

王老实警惕地从棚里抓起一把生锈的镰刀紧攥着。

小鬼子提着裤子过来。

小鬼子放下枪,蹲在地上。

小鬼子是在出恭。

王老实偷偷地把鬼子竖在门边的大枪拖过来,扔在屋子里隐蔽的地方,然后攥紧镰刀等待着。

鬼子解完手,站起来找枪,枪不见了,大声喊叫,但鬼子队伍走远。

鬼子慌了,哆嗦着,拣起一块土坷垃,试探地往屋里扔着。

连扔几次,王老实沉住气没动。

鬼子定定神,尔后闪身进了瓜棚,王老实大骂着挥动镰刀。

王老实:"日你舅舅!"

鬼子挨了一镰刀,怪叫着,抽身跑去。

王老实提着镰刀追出去。

鬼子受了伤,跑不快,跌跌撞撞地,正好与王老实的速度相仿。

红日沉沉。

田野里一片萧条景象,此处可考虑采用高速摄影,动作富于浓厚抒情意味,但事实上却是十分残酷的。

伴随着沉重的音乐和喑哑、低沉的男声无词调:

"哈!……嗨……哈……嗨……"

这中间小鬼子几次停步,欲与王老实拼命,但看到他手持镰刀、怒目金刚般的形象,负伤的鬼子撒腿又跑。

哈……嗨声再起。

88. 墓地　黄昏

乱坟中,几棵大松树。

鬼子跑来,从地上拣起一根木棒,躲在树后。王老实跑来,一时不见鬼子。正在搜寻,鬼子从树后跃出。王老实的头被击一棒子,他与鬼子搏斗,鬼子又挨了一镰刀。

鬼子几次试图爬上树,但每次刚爬上一点,王老实就扑上去,鬼子滑下来,挥舞着木棒子,王老实便退走着,如此反复数次……

89. 树林　黄昏

猛然,炮声骤起,几处爆炸声。

周武一跃而起,紧接着倒下,太阳穴紧贴树干卧倒……

周武:(喊道)"卧倒,全卧倒!"

战士们纷纷卧倒……

炮弹呼啸着从战士们的头顶掠过,在远近爆炸。

马四浑身绷得紧紧地贴住地面,当一颗炮弹在他附近爆炸时,他吓得身上乱颤。

　　鬼子的炮击向其他方向转移,炮声渐渐稀落了……寂静。

　　周武:"大家不要怕,鬼子这样打炮说明他没有发现我们,我们可以放心休息了。"

　　周武站起来,在林中漫步走着,看到战士们怎样从地上爬起来,伸懒腰,他们脸上的土色怎么消退,眼睛怎么变得灵活起来……大家开始抽烟,谈话……

　　(这个镜头完全从周武的视线点来拍)生命充分表现出自己的力量来。

　　周武看到战士们最初的害怕心理都已消退,脸上露出微笑。

　　周武:"二连长,你招呼排以上干部在西边大沟来碰碰情况。"

90. 小庙前　黄昏

红枣和小妹潜入小庙前。

　　突然一个汉子模样的人从庙中持木棒冲出来。红枣和小妹躲闪着。

　　小妹:"大叔,我们是逃难的!"

　　大汉模样的人停住,掀掉包在头上的毛巾。

　　小妹:(惊讶地)"是你!李嫂。"

　　李寡妇:"小妹!"

　　小妹:"这个是俺红枣姐。"

　　李寡妇:"你俩怎么跑到这儿来了? 县大队怎么样啦?"

　　红枣:"大嫂,我们也在找他们。"

　　小妹:"你的孩子呢?"

　　李寡妇哭。

　　红枣和小妹互相望望,欲安慰她。

李寡妇:"他又吓又饿,死了……我还有啥活头,真不如死了好!"

红枣与小妹急忙拦住。

小妹:"大嫂,我们不能死……"

红枣:"对,活下去,找县大队。"

李寡妇:"小妹,听说白天鬼子扫荡很厉害,晚上鬼子又从村子里跑了……"

小妹:"还听说了什么?"

李寡妇:"说,晚上有八路军在村里过过。"

红枣:"这么说,咱们县大队还在活动!"

小妹:(兴奋地)"找他们去!"

91. 莱福河边　黄昏

静静的河水,鸟鸣。

撤退的县委及警卫连(全着群众服装)来到河边。

黎坚和县公安局侦察股长田大喜在丛林中望着寂静的河面,松了口气。

黎坚:"看来,我们的担忧是多余的,告诉大家,过了河就把枪都藏起来,潜入县城三天后大陈庄集合。"

黎坚一挥手,众人朝河中走去。

河水中,蹚水过河的人们……

突然,对岸响起枪声……

河中人们大乱,奔跑……倒下许多人……

黎坚急忙后撤。

后面岸边拥出许多鬼子……

河中人群惊慌,忙顺河四散奔逃。

(叠印)

92. 河边空地　黄昏

　　黎坚等人被反捆着,押解在一块空地上。

　　人群中,黎坚碰碰身边一个人。

　　两双被反捆的手,在解绳子。

　　几个伪军持枪而立。

　　黎坚悄悄蹲下,慢慢往外移动,然后,趁敌人不备,弯腰逃跑。

　　敌人发现,鸣枪……

93. 芦苇丛中　黄昏

　　黎坚力竭摔倒,急忙摸出印章、钢笔、怀表等物掩埋,然后,起身朝远处奔去。

　　几个鬼子追上,黎坚拼命逃跑,他跑不动了,蹲下,用手抱着头。鬼子一起举枪。

　　枪响,只见黎坚倒下的身影。

　　……远处,枪声、回响、鸟鸣。

94. 旷野　傍晚

　　熊熊的篝火。

　　大平原上,燃起十几堆大火。

　　日军停止了围剿,开始狂饮狂吃。

　　白天被捉来的人由伪军看守着。

　　周照月也在其中,他脸色苍白。

　　有被捕的农民与伪军发生了口角。

　　几个鬼子走上来,猛一顿毒打,农民反抗。

　　鬼子把他按倒在地,然后用布包住,抬向火堆。

周照月吓呆了。

被布包着的人乱蹬乱踢,鬼子大怒。

两个鬼子把他扔进火堆。

火中立刻响起爆裂声……

周照月张大了嘴,转过身子。

95. 壕沟里　傍晚

壕沟中,排、连干部紧张地听着,个个面色严肃。

周武:"大家如果没什么问题,我再说两句,今晚我们的行动是县委决定的,我们必须突出去,必须活着出去,彻底粉碎鬼子要想消灭我们县大队的阴谋。在突围中,我们200多人谁也不许出声响,不许掉队,遇到意外没我的命令不许开枪,谁违反纪律我饶不了他。"

这时侦察员带一个农民模样的人走来。

侦察员:"这小子总跟着我,甩不掉,我就把他扣住了,嘿,他倒来劲了,非见你。"

农民:"周大队长,我是王良,这是掌柜的给你的。"

周武:(接条子,微微一笑)"老王你真不容易,怎么过来的?"

王良:"这次日本鬼子的巡逻队盯得很死,掌柜的很担心……"

周武:(看条儿)"这么说,大野司令在辛楼落脚了?"

王良:"西边紧挨着的是李汉卿队部。"

周武踱步,思考,站定。

周武:"你告诉掌柜的,今晚的第二道封锁线我们就从大野鼻子底下通过……"

孙虎:(着急地)"那怎么可能,从辛楼过?"

王良:"大队长,这不是虎口送食吗?!"

周武:(沉思地)"敌人现在骄横得很,很有可能疏忽,有可能有缝隙可钻。(吩咐王良)老王,你告诉掌柜的,我们争取天亮以前通过辛楼。你在村北河这边的道口接应一下我们。(王良答应)孙虎你也出发吧,过了第一道封锁线以后就按刚定的方案行动。"

96. 伪军防线火堆旁　夜

伪军们在抱枪而睡。

有几个哨兵在流动。近处一个炮楼。

97. 炮楼内　夜

孙虎带两个战士扮成伪军装束正与伪军头目王疤瘌儿交涉。

王疤瘌儿在看着一封信。

王疤瘌儿看完信,将手伸到大檐帽里抓挠头发。

王疤瘌儿:"孙连长,你这可真让兄弟为难了,现在是非常时期,你们几十号人过去,鬼子知道了,兄弟脑袋非搬家不可。你从望庄那边走吧。"

孙虎:"老实讲望庄那边沟浅路窄,再说这是周大队长看得起你,所以才给你写了亲笔信。"

王疤瘌儿:"周大队长的英名谁人不晓,这次鬼子拿出五万现大洋悬赏他……放他过去,这……事关重大呀!"

孙虎掏出一小布袋银圆,塞到他手里。

王疤瘌儿:(不要)"孙连长,你这是何必,这是何必。再说,银圆也没有脑袋重要呀,没了脑袋,还要银圆干什么?"

孙虎这时正色。

孙虎:"王疤瘌儿,咱明人不说暗话,行就行,不行把银圆还给我。周大队长那里都准备好了,双方一开战,(孙虎吹了吹自己手中的枪管)王队长可真没了脑袋啦。"

王疤瘌儿看着孙虎的枪,吓得汗都出来了。

王疤瘌儿:(忙说)"那是,那是。(突然拍了一下脑门儿,收起银圆)兄弟把脑袋押上了,再担一回风险,行周大队长和孙连长一回方便。再说,都是中国人,谁还给鬼子真心卖命?"

孙虎:"一言为定!王队长,记住,一个时辰后以火堆为号,我们就开始行动!"

然后孙虎带战士离去。

孙虎刚走。

王队长:(命令副手)"命令队伍,准备战斗!"

伪军副头目:(吃了一惊)"队长,你不是要放人家过去?"

王疤瘌儿:(朝地上吐一口痰)"放八路过去?那是以前;现在他们成了网中之鱼,日本人设了几道网,我放他们过去,日军那边他们过不去。既然县大队已成了一块肥肉,我何必把肉给别人?放他过去,我只能得这一袋钱;抓住他们,日本人就会给我升官晋爵!"

伪军副头目大悟,点头。

伪军副头目:"还是队长眼圈子大!"

王疤瘌儿:"准备战斗。"

伪军副头目:(如梦方醒)"是,准备战斗!"

王疤瘌儿摇电话:"喂,太君……"

98. 壕沟中　夜

周武(问孙虎):"这个王疤瘌儿没问题吧?"

孙虎(自负地):"放心吧。"

周武:"只说几十人通过?"

孙虎:"告诉他五六十人。"

周武:"一小时后点火为号。"

孙虎:"是,开始他不干,我把那袋银圆给了他,他才干的。"

周武:(思索着)"老孙,这次不比往常借路,这关系到整个县大队的生死存亡……"

孙虎:"大队长,全包在我身上。(转身对一班长)准备点火柴火。"

周武大手一挥。

周武:"稍等!"

众人停住,不解地望着周武。

孙虎:(焦急万分地)"队长,事不宜迟!"

周武:(沉稳地)"你的话我全信,但是……一班长,你再派几个人前去侦察!全大队立即集合,立即行动,王老实回来没有?"

孙虎:"还没有。"

周武:"派人找了吗?"

孙虎:"去了,现在恐怕顾不得他了。"

99. 伪军阵地　夜

王疤瘌儿:(兴奋地)"弟兄们,王丰集、望庄的太君率大队人马马上就赶到了,这回可别让土八路跑一个,谁打死一个八路,我给谁升一级,活捉一个,奖钱2 000块。"

众敌人大喜。

王疤瘌儿:(自言自语地)"孙大爷,让你小子也尝尝我的厉害吧!"

100. 小土丘　夜

一队伪军在鬼子率领下向炮楼涌来。

101. 土丘后边　夜

侦察员战士见状,大吃一惊。

102. 壕沟中　夜

孙虎神色沮丧,气得几乎要哭了。

孙虎:"队长,事儿是我搞坏的,我掩护。你们撤！王疤瘌儿！我操你祖宗！"

周武沉稳地踱着步子。

孙虎和战士紧张地望着他。

突然,周武转身。

周武:(坚定地)"一班长,立刻点火！出发。"

孙虎:(一惊)"队长！你……"

103. 伪军阵地　夜

一伪军:(兴奋地看那边)"点着了！一二三,三堆火。"

王疤瘌儿像热锅上的蚂蚁转来转去。

王疤瘌儿:"我的太君老祖宗怎么还不来呀！"

104. 壕沟上　夜

三堆火熊熊燃烧起来。

远远望去,壕沟上空腾起阵阵尘烟,有人影晃动。

105. 伪军阵地　夜

一队人马赶来。

王疤瘌儿:(兴奋地)"拉大网！"

"拿八路！"一个伪军应着。随后一个日军军官率一小队日本兵及上百名伪军过来,王疤瘌儿迎上前去。

　　王疤瘌儿:"太君,您来得真及时,您看那边火堆,是周武县大队。"

　　日军官:"牙希,你的立下大大的功劳。"

106. 土丘上　夜

又一股伪军赶来。

"拉大网!"

"抓八路!"

一日军小队长:"你们的从右边包围,快快的。"

107. 壕沟附近　夜

几队伪军从不同方向围上来。

壕沟里似有人影晃动,突然,数十颗手榴弹飞向壕沟。

爆炸,浓烟烈火从壕沟中升起来。

敌人的号叫声……

108. 日军帐篷里　夜

大野兴奋得手舞足蹈。

李汉卿、崔胜陪伴着。

大野:"土八路!周武统统的完蛋了!"

李汉卿:"太君战绩辉煌呀!"

李汉卿赶忙递上一瓶酒。

大野:(喝了一口酒,挥舞战刀)"准备集合队伍,向大陈庄靠拢。"

109. 壕沟中　夜

壕沟中的浓烟慢慢散去……许多伪军探头探脑地冲上来。

壕沟中,竟无一个人影,只见弹坑累累……有的竹竿上挑着帽子,上衣还在飘动……

王疤瘌儿奇怪地眨巴着眼睛。

日军官从后边猛地踹倒王疤瘌儿。

日军官:"你的假情报的有,周武的县大队哪里的干活?"

110. 望庄伪军阵地　夜

火堆旁只剩下几个守卫的伪军。

突然,一伪兵拉上枪栓。

伪兵:"什么人?!"

从附近走来几个伪军装束的人。

伪兵:"拉大网!"

来人继续往前走:"拿八路……"

伪兵:"站住,我看看……"

说时迟,那时快,伪装了的孙虎几步跨上来,一脚踢倒持枪的伪兵。

那伪军正欲爬起,被后面的王二栓用枪托打倒在地,其他伪军也早已被下了枪。

孙虎:(笑着)"怎么?不认识了!"

伪军:(跪下)"孙、孙大爷……"

县大队的队伍迅速地从他身后封锁沟通过。

111. 日军帐篷　夜

大野拿着电话听筒,大野:"周武的无影无踪,哪里去了?(对李汉卿)周武的哪里去了?"突然他狰狞地自嘲地笑起来,继而大笑,李与崔面面相觑,不知如何是好。

大野戛然止笑,歇斯底里地:"你们统统的给我滚、滚!"

112. 封锁沟出口　夜

战士终于冲出一道封锁沟。

周武:"孙虎,命令全体战士除枪支弹药外,所有东西全部扔掉,准备急行军。"

孙虎迅速传达下命令。

战士开始清理自己的东西。

孙虎:"不准出声响,各排长要各自管好自己排的战士!"

周武:"出发!"

周武一跃消失在黑暗中。

113. 坡坎下　夜

县大队急速行军,个个都累得气喘吁吁。

周武站在一旁巡视着。

周武:"还得加快,不然天亮前我们就赶不到辛楼了。"

马四跌倒,周武上前搀扶。

周武:"小心点。"

马四翻身:"队长,我可能脚崴了,我跑不动了。"

周武:"站起来走走。"

马四:"我跑不动了,打死我也跑不动了。"

周武:(低声地但非常威严地)"站起来,四排长派两个党员架着他跑,跑不动也得跑,不许掉队。"

114. 封锁沟　拂晓

星罗棋布似的封锁沟。

炮楼在沟上。

从沟里传来跑步声。

115. 敌炮楼内　拂晓

鬼子甲乙睡眼惺忪的样子,听到外边声响,甲:"有脚步声。"乙:"是,我也听到了有人。"紧张地朝外观望。

透过瞭望口可以看到外边仍平静如常。

甲:开枪!

乙:往哪里开?

俩鬼子奇怪地眨着眼睛。

116. 封锁沟里　拂晓

县大队最后一批战士轻轻地跑着。个个神色紧张。(镜头可以随战士拍摄)

117. 炮楼内　拂晓

几个鬼子侧耳听着,外边一片寂静。鬼子们感到莫名其妙。

甲:"见鬼,出去看看。"

乙:"你去吧,我不去。"

118. 村口　夜

队伍开始朝前移动,这时,不知谁被什么东西绊倒。

孙虎赶快跑过来查看。

孙虎:(猛踢他一脚,低声地)"你小子,他妈不要命了!"

一个战士:(一头冷汗)"爷爷,我不是故意的……"

孙虎:"你要坏了事,崩了你!"

战士赶快爬起来,轻步地赶上队伍。

119. 日军帐篷　夜

大野喝得烂醉如泥,副官站立一边。

大野:"你站在这里干什么?"

副官:"队伍早就集合好,一直在等你下命令。"

大野:"谁叫集合的?"

副官:"是你,下命令集合队伍准备向大陈庄靠拢。"

大野:"放屁,向大陈庄靠拢什么?解散!按原来部署防范。"

120. 沙梁后　夜

队伍停住了。

孙虎赶到前边。

孙虎:"怎么回事?"

一排长:"前边有人躲在那棵树后边。"

孙虎:"就一个人吗?"

一排长:"不晓得。"

孙虎:"派几个人摸过去。"

121. 沙梁树后

一个老百姓,浑身发抖地趴在地下。

两个战士冲上来擒住他,老百姓战栗不停,说不出话。孙虎、排长过来。

排长:"是个老乡。"

孙虎:"别怕,我们是县大队的。"

老百姓掉泪,哭。

孙虎:"不许哭。(说着,脱下衣服给老百姓)前边村里有伪军吗?"

老百姓:"村南有不少伪军。"

孙虎:"好,谢谢你。"

老百姓:"求首长,让我跟你走吧。"

孙虎:"不行,你逃命吧。"

122. 一村庄村口　夜

县大队隐蔽在沟边,一侦察员返回。

周武:"有多少?"

侦察员:"村南边有一排伪军,没动静。"

周武:(对孙虎)"你派一个班监视,其他人从这边绕过去。"

孙虎:"是!"

周武:"通知,谁也不许出任何声响。"

123. 树林　拂晓

透过稀疏的树枝梢头可以看到天边出现鱼肚白。(移动,画外响着县大队前进的脚步声)移动中的树影。(镜头摇下)透过树林空隙看得见林外白苍苍一片。

林子终于在前面大约几十米的干河沟前中断。

周武、孙虎等在仔细地瞭望着。

河对面的林子烟雾缭绕。两个侦察员回来,带来了刚来的那个农民打扮的老王,现在已换成了日本谍报人员服装。

王良:(指前面)"东边是大野司令部,河西是伪军队部。"

周武:"全到齐了?"

孙虎:"全在,没一个掉队的。"

周武:"马四呢?"

孙虎:"他能躲到哪儿去,在。"

战士们有的站着，两腿不停地倒换，有的瘫倒在树边，因为刚才这一路行军已累得汗流浃背，再加上一夜的折腾，人们已疲惫不堪了。

周武：(问王)"你熟悉这里，你说我们怎么过好？"

王良："可以顺着河边走，地势低，有流水掩护，然后，从桥下穿过公路，再下沟就安全了。"

周武："孙虎你们几个，认为怎么样？"

孙虎："行。"

周武："就这么办。(对王良)你在前边带路。"

124. 河床下　拂晓前

河岸上是日军司令部，依稀可见几顶日军帐篷。一日军哨兵，低声哼着日本民歌。如泣如诉，他的脚下，河床下县大队一个个正在轻轻地通过。远处传来一个哨兵的声音。

另一个日本兵："大本君，你在那里哼什么，想花子呀？"

这边哨兵："想有什么用，现在远水解不了近渴。"

另一个哨兵："这次扫荡完，部队可能就要去东南亚了。"

突然，一个哨兵走到岸边小便。

战士们屏息停止前进。

一股尿尿在李马童的脸上身上。

李马童憋足气，闭着眼，任凭尿顺脖颈子往里流。

一个鬼子："咳，到那里也是杀人。"走开。

李马童突然鼻子蠕动，要打喷嚏。他拼命捂自己的嘴，憋得眼睛都要突出来。

125. 河床上　夜

前边是一座小桥。

情报员对周武:"我们在小桥下过河。过小桥向西十来米就是一条沟,只要下到沟里就算过去了。"

周武:"公路上没问题吗"

情报员:"没问题,哨兵在东边,都睡了。"

周武:(挥手)"过!"

126. 河岸开阔地　拂晓

战士们一个接一个穿过开阔地,翻下封锁沟。

突然在公路边的小树林,亮起了两道雪白的光束,战士们卧倒。这时人们才看到树林里藏着四五辆鬼子摩托车。

127. 公路上　拂晓

两个鬼子牵着一条狼狗走出树林。

一个鬼子:"我听见有声响。"

另一个:"你做梦吧?"

128. 开阔地草丛中　拂晓

李马童猛然要打喷嚏,嘴巴张开,狠劲捂嘴。

这时,所有人都在看着他,他终究忍不住,打了一个喷嚏。

129. 公路上　拂晓

狼狗不等主人下命令,猛地蹿出去。

130. 开阔地　拂晓

狼狗一下子扑到马四身上,在他腿上狠咬一口。

马四咬紧牙,一动不动。汗珠子渗出两鬓,孙虎伸过一支枪口顶住他的脑门儿。

  狗咬了咬,不见人动,撒嘴,闻起来,闻闻马四的头、脸。

  人们紧张地注视马四,手都不由得拿起武器。

  王二栓要有所动作,被人按住。

131. 公路上　拂晓

  日本鬼子,说一句英语,召唤狗返回。

  一日本鬼子:"天快亮了,我看该回去了,走吧。"

  然打了一个喷嚏。

132. 开阔地　拂晓

  战士们见鬼子转身,又迅速地向前走动。

  刚走几步,人们发现马四没有跟上。

  原来马四真的被吓死过去,人们叫醒他。

  大家沿着封锁沟猛跑起来。

133. 封锁沟里　拂晓

  周武率领战士急匆匆走着,侦察员返回对周武说。

  侦察员:"大队长,有一队伪军顺着沟往咱们这里过来了。"

  周武:"有多远?"

  侦察员:"一里多地。"

  周武:(对孙虎)"快,迅速翻到河边上去。(又对侦察员)继续侦察。"

134. 河与沟的开阔地

  周武正拽一个战士上到平地上,侦察员和孙虎急促来到跟前。

侦察员:"大队长不好了,前面有日本骑兵巡逻队沿河边过来了。"

孙虎:"狗娘养的,给他敲掉。"

周武:"不行,还有多远?"

孙虎:"不远了。"

周武:"告诉前边人撤回来,回到沟里去。"

孙虎:"那?"

周武:"要快,不能出声。"

135. 封锁沟里

周武:(边注视着河边的鬼子对孙虎)"派人监视沟那边伪军。"

136. 河边

鬼子骑兵通过。

有个骑兵勒马特意向周武这边望了望,继续走去。

137. 封锁沟里

周武:"快,让大家再翻到河岸上去。快!"

138. 河与沟开阔地

战士们纷纷隐蔽通过。最后一个战士滚到河岸低洼处,传来伪军声响。

一个伪军队长说着话从沟里爬上来:"妈的,又是他妈的一个寒冬夜。"

下边伪军副队长:"走吧,老婆子都等急了。"

139. 河岸边

战士们在监视伪军。

伪军对话:"中队长,你他妈走不走?我们走了。"

伪军队长:"平平安安、日日平安、月月平安、岁岁平安……"返身离去。

140. 山冈下开阔处

东方那片青烟缭绕的焦土上,一轮滴血的太阳正在升起。

县大队终于突围了,人们以各种形态表达着兴奋的心情。

王二栓:"嘿嘿!大难不死,长命百岁!"

马四高兴地乱蹦乱跳……

大家转头笑着,望着。

马四:(高兴)"活下来了!哈哈!活下来了!"

人们兴奋地冲上山冈,朝着东方升起的太阳笑着,跳着……

突然,一颗流弹打中马四的头部,只见他的身子在摇摇晃晃……(高速摄影)人们不知怎么回事,搀扶着他。

马四瞬间望见天摇地动……随后可怕的黑暗掩盖了一切。

这个农民的儿子,两臂一摊,永生永世地倒在这被人踩脏了的黄土地上。(高速摄影)

音乐——

第 四 集

141. 水洼芦苇丛　晨

晨雾缭绕。

水鸟突然飞起,鸣叫着……

人们蹚草的脚步声由远而近……

这时,只能听到蹚草地哗啦哗啦地响,却不见人影儿……

周武:"各连长,让人跟上!"

接着响起一阵又一阵的呼叫声……

孙虎:"各排长,让人跟上!"

某排长:"各班长,让人跟上!"

各班长对战士们喊话了!

班长:"他妈的……跟上,快跟上!"

"喂!不要掉队!快走哇!"

在最后几声呼喊声中,(镜头缓慢降下来)战士们疲惫地走着。

人们眼中已经布满血丝,两腿吃力地迈动着,互相碰撞……

是谁一头栽倒在泥地上,躺着,躺着……

又是谁身子一软,跪伏在地……喘气……

还能走得动路的,从他们身边或身上迈过去……

周武:(嘶哑地)"起来,起来,不能这样睡!"

跪地的、躺倒的人们鼓起力气,站起来,摇摇晃晃地(镜头随之升起,跟着摇成大远景)朝洼地散落的村子走去。

(叠印)

142. 临水洼的村庄　晨

太阳初升,寒气袭人,枝条上挂着白霜。

在一堵短墙边上,战士们困乏已极,呼呼入睡。

李马童嘴角流着口水。

周武、孙虎和另外两个连长从村子里走出来。见到战士们的睡相,周武对部下说:"赶快把同志们叫醒到老乡空屋里去睡,这样非冻出病来不可!"

孙虎和连长们走进队伍,大声喊叫:"起来,起来,不能这样睡!

进屋烫烫脚再睡。"

战士们依令站起来,多半都摇摇晃晃。有几个战士双手拄着步枪,显出极度疲惫的样子。

李马童还坐在地上酣睡。

周武拧着李马童的耳朵,把他拽起来,李马童捂着耳朵,一脸哭相。

周武大声说:"同志们,搓搓手,跺跺脚,抖擞起精神!"

战士们依令活动着。

有几个战士拄着枪不动。

周武善意地讥讽他们:"我的同志,那是大枪,不是拐棍!"

李马童委屈地说:"大队长,咱们疯跑了一夜,人都累散了架了!"

周武指指正在一户人家的院子里担水烧水的王二栓说:"大小伙子,跑点路算什么?看看二栓还受了伤……"

李马童不吱声了。

王二栓过来对周武说:"报告大队长,水烧好了,让同志们烫脚吧。"

周武激动地注视着王二栓,说:"二栓,谢谢你了……"

二栓讷讷地说:"只是没有那么多盆……"

周武说:"以班为单位,轮流烫。"

143. 房东家小院内

院子里摆着五六个那种旧时农家洗衣用的很大的黑色瓦盆。瓦盆周围摆着各种能坐的东西:小凳子、砖头、秫秸捆……瓦盆里水蒸气袅袅上升。房东是一对老夫妻,都有七十岁左右年纪,腰背佝偻,白发苍苍,衣衫褴褛,老头儿用葫芦瓢往外舀水,老婆婆坐在灶前烧火,屋子里烟、蒸汽弥漫,老婆婆眼泪涟涟,不断地用袄袖擦眼。

屋里的一切都朦朦胧胧。

144. 水洼地　晨

水面上轻雾如幔,隐约可见一叶小舟在飘动着。

145. 小舟上　晨

小舟在水中荡着。

舟上坐着两个穿日伪装的人和一个穿老百姓衣服的人。

他们往四周看着,四周都是大大小小的水洼、苇子丛。

他们完全迷失了方向。

突然,日军指着远处。

远处,在晨雾中冒着一缕炊烟……

146. 岸边　晨

岸边果然有个小村庄,远处冒着炊烟。

船刚到岸,他们遇到一个拾粪老头。

农民:"老头儿,这是什么村?"

老头:(盯住他们)"马家村。"

日军:(快言快语)"你见过县大队吗?"

老头:(警惕地看一眼)"啥县大队?没有见,没见过。"

说罢,老头侧转身惊慌地跑了。

147. 芦苇小路　晨

三个人慌慌地走着。

突然,几个汉子从后面的苇子丛中闪出,无声无息地靠近了他们。

猛地,三个人被冲上来的汉子用麻袋罩住,很快地绑住他们的双手和双脚。

三个人大喊:"放开!"

汉子们大笑。

148. 村街　晨

这是个破而小的村子。

众汉子押解三个被捆着蒙着头的人走来。

在低矮破旧的茅屋前,他们一行人碰到一个战士,说几句话,战士和众汉子押着俘虏走去。

149. 院子里　晨

几十个县大队战士围绕着瓦盆坐定,气氛活泼起来。

战士甲扳着脚掌数脚底上的血泡:"一、二、三、四、五……哎哟,整整十二门,全是'过山炮'!"

战士乙说:"十二门算什么?我这儿有十六门!"

……

周武严肃地说:"同志们,不要嬉闹了,抓紧时间烫脚,穿血泡,回去睡觉,还有很多同志在外边等着呢!"

很多脚放在同一个盆里,盆里的水溢出来。

孙虎在一旁说:"轻点,别浪费热水。"

脚在热水里烫着,疲乏的战士们有的闭着眼,有的张着嘴,脸上的表情很古怪,说不清是幸福还是痛苦。

周武、孙虎听到外面的吵闹声,赶忙走出去。

150. 院子外　晨

战士押三个俘虏走来,农民把他们的蒙头布掀开。

小妹一把掀开麻袋,眯缝着眼。

小妹:"哥。"

红枣:"大队长。"

周武迎上前去抱住妹妹,孙虎见状大吃一惊。

周武:"小妹,你怎么到这里来了。"

孙虎:"快松绑,简直胡闹。"

汉子们傻了眼,赶快松绑。

小妹:(哭了)"二哥!我们找到你了。"

周武:"小教员不许哭鼻子。"

小妹:"爹让你好好带着我,你却把我扔下,自己跑了。"

周武:"我没扔下你,你看我这不是请他们(指农民)把你找回来了吗!"

众人笑。

红枣、李寡妇喘着气,眼泪扑簌簌掉下来。

农民:"对不起,小妹妹,我们不知道是你们……"

周武:"谢谢大家,你们做得非常出色。"

孙虎十分及时地轰散了咧嘴傻笑的农民。

(淡出)

151. 农民室内　日

室内烟雾弥漫,周武帮老汉把一桶凉水倒进锅里。

周武蹲在灶边,与那个白发苍苍的老大娘谈话。灶膛里火焰熊熊,映着周武和老大娘的脸。老头子从里屋里搬出一个破柜子,用斧子噼噼啪啪地劈着。劈碎的木板堆在周武身边,周武拿起几块木板递给老大娘,老大娘用衣袖沾沾眼睛,接过木板,添在火里。

周武深情地问:"老大娘,今年高寿了?"

老大娘是个聋耳朵,端详着周武的脸,眼里的泪愈发多了,沾眼睛的动作更勤了。

老大娘开始自言自语地唠叨起来。

老头子说:"长官,你不要理她,聋得像墙土一样了。"

老大娘:"俺儿子也是个大高个儿,生着两只大脚,给他纳双鞋底那个费劲,得用半斤麻绳子……"

(以下对话同时进行,老婆婆、老头儿、周武的话时而汇合,时而各说各的。)

老头说:"你就别唠叨了,陈芝麻烂谷子,抖搂什么,长官不喜听哩……"

周武:"老大爷,不要叫我长官,我是八路军县大队的,打日本的。"

老大娘用手去丈量周武的脚,说:"俺那个儿,那两只脚真是喜人哩!人高脚大,树大根深……"

周武大声问:"您儿子现在在什么地方?"

老太婆继续唠叨:"……后来他爹说:栓柱,你快下到地瓜窖子里藏着去吧,媳妇也下去,上边有俺这两块老货顶着,就算是大日本皇军,也不能伤害庄户人吧……"

老头子用力劈着木板,说:"都怨我,你闭着嘴吧,老百姓,蝼蚁命,死了就死了。死了也好,活着也是受罪……"

老太婆说:"……俺哭啊,哭啊,没了活头了。他爹说,老百姓,蝼蚁命,早死晚死都是死,死了也好,省了活着受罪……都是命,该着井里死湾里死不了……"

周武心情沉重地往灶里添柴。

老头子不耐烦地说:"闭嘴吧你!"

周武问:"老大爷,你儿子是怎么死的?"

老头的眼睛在烟雾中闪烁着说:"不值当对您说哩……这事,也是怨我,我寻思着咱一家善良百姓,一不偷,二不抢,三不欠皇粮,日本人也不会治咱……"

老太婆说:"……我吓得哆嗦着,就看到三个皇军端着枪进来了。枪翘子(刺刀)锃亮,在他爹头皮上来来回回地晃……一个皇军从腰里摘下一个炸弹,往枪上一磕,就填到地瓜窖子里去了……可怜我的个儿啊……"

老头子用斧头把木板劈得噼噼啪啪响。

周武眼睛里盈着泪,他猛地站起来,烟雾遮住了他的上半身(这是山东农村灶屋特点,开锅时雾气上冲,只有下边一截能看清),他的斩钉截铁的声音从雾气中传出:"大爷,大娘,我们一定给你们报仇!"

152. 院子里　午后

有的战士晒太阳,有的在挑泡儿,有的在衣服里挑虱子。

有战士睡醒觉懒洋洋走出屋。

李马童跑进院子。

李马童:"三连长到周大院那里开会。"

153. 湖边　日

王二栓正在湖边洗脸,身后响起脚步声……

二栓转过脸来,一怔。

李寡妇从苇子后面走出来。

二栓惊喜地要迎上前又止步,朝四周看看无人。

二栓朝李寡妇朴实地笑笑。

李寡妇:(呆站着,眼中有负疚之色)"……大兄弟,那次让你……"

二栓赶快低下头。

二栓：（羞红了脸）"……大嫂,别提了,都怪我不好……"

李寡妇蓦地跪下……

李寡妇：（泪水涌出来）"我、我对不起你……"

二栓欲扶,又止。

二栓："……快起来,求你了……"

李寡妇嘤嘤地哭。

二栓望着她。

李寡妇泪水满面的脸,显得格外动人。

二栓慢慢朝她走去,边走边警惕地环顾周围。

远处,只有几声鸟鸣。

二栓伸手拉起李寡妇。

李寡妇忍不住倒在他怀里哭着。

李寡妇："孩子死了,你就是我唯一的亲人了。"

二栓忍不住也淌下泪。

二栓："等打完了鬼子,日子……会……"

二栓真心地安慰她,手轻轻地抚摸她。

李寡妇抬起泪眼望着他。

二栓大口喘息着,目不转睛地望着。

对视,片刻的沉默。

二栓的一双大手,猛地抱紧李寡妇的腰部……

（叠印）

154. 静静的大片的芦苇

只能听到远处偶尔传来的几声鸟鸣……

（淡出）

155. 周武房内　日

周武在吸烟,不时地望望大家的表情。连长们随便坐着。表情各异。

周武:(吸了口烟)"……我们这是支委扩大会,随便说说,战士们都有啥反映?"

三连长:"我们连胡占祥不见了。"

周武:"枪呢?"

三连长:"枪在。"

二连长:"别的没什么,有的想家,惦念亲人。"

战士支委:"有的认为好不容易死里逃生出来,不想干了,想散伙。"

孙虎:(跳起来)"谁?是谁?"

三连长:"孙连长,你别急!你以为你连里的战士都像你。"

二连长:"总的讲,大家都想松口气,这死里逃生不容易,起码也得歇四五天……"

大家沉默着。

孙虎:(猛然站起)"打开天窗说亮话……不痛快!不痛快!我们都是扛枪的,这扛着大枪整天躲躲藏藏,不痛快!小日本也他妈的太欺负人啦!大家想报仇,杀鬼子!我看咱们趁他们扫荡,去抄他一家伙!去县城搅他个鸡犬不宁!"

三连长:(慢悠悠地)"那倒是痛快!孙虎你不看看咱们扛的是啥家伙,人家小日本是什么武器……再说,靠我们这两百号人?嘿嘿……"

孙虎:(气愤地)"嗨呀!刘连长刘连长,咱这几百号人咋啦?!小日本还不敢轻疯呢!没想到你却这么悲观!中国有四万万人,十个换一个也把小日本换个精光！"

三连长背过身去，不再争论。

二连长："孙连长，你说的话是个理，可目前天寒地冻，部队缺衣少粮，子弹也快打光了，也是个实际问题。"

孙虎："你们怎么穿一条裤子，啊?！太悲观了。"

周武：(扔掉烟头，挥挥手)"不要争了。孙虎的热情是好的，但是靠我们一个县大队的力量硬拼，会把我们的老本赔光。刘连长和赵连长讲的也是个实际情况，但我们不能消极地对待困难。我的想法是，依靠我们县大队本乡本土，群众基础好，内线关系多等有利条件，尽快潜回去，寻找时机，打击日伪的反动气焰，开创抗日斗争新局面。"

三连长："部队太疲劳了。"

二连长："是不是，先休整休整……"

周武：(果断地)"同时进行！黎书记他们怎么样了？老乡们怎么样了？还有吕排长、王老实他们。我们必须尽快找到县委的同志们。"

连长们都点头表示同意。

周武："据侦察和情报，敌人已经陆续在抽调兵力，如消息属实，我们休整一天，明晚就以排为单位陆续赶回大陈庄。"

156. 农户人家　日

李马童等一班战士在地铺上散坐着闲聊。

战士甲："听说过吗？一夜七十多里，兔子也得累死了，我可真的不行了。"

战士乙："不行了？鬼子来了，你比谁跑得都欢。"

李马童："听说今天晚上就要开始回大陈庄了。"

甲："好不容易跳出来,还回去干什么？找死？"

乙："找死？回去找我娘去。"

甲："我娘在丰县呢！我请假。"

李马童：(自语)"我呢？"

这时周武和一排长来到。战士起立,周武让大家坐下。

周武："大家接着说。"

大家沉默。

战士甲："大队长,我家离这儿只有十几里,家里有个八十岁的老娘没人照顾,我想……"

李马童："大队长我也想请假回家看看去。"(说着泪水滚落)

周武冷静下来,很和缓地问："还有没有家住附近,家中又有老母亲的？"

众人面面相觑,都有些迷惑。

周武的声音严肃、高亢起来："还有没有家里独根独苗的,家里有老婆有孩子的,家里有房子有地的？请举手！"

众人不语。

周武扫视着他的队伍,感动地说："谢谢你们,亲爱的同志们,我知道你们每个人家里都有自己牵挂的事,但你们不举手。这一段时间大家吃苦了,但是,目前县委机关和四连警卫连的同志们生死不明,敌人气焰嚣张。我们这次冲出包围圈不是主要目的,我们的目的是保存实力,消灭小日本,这样大家才能过安生日子。"

周武："……我知道大家都很疲劳脚痛腿酸,因为我跟你们一样是父母生的皮肉。但是,同志们,咱们都是有血性的中国人,不能眼睁睁地看着日本侵略军凌辱我们的亲人,践踏我们的家园,疯狂地杀人放火。白天大家都看到了,房东大爷大娘把自家的门板都劈了为我们烧水做饭,就在三天前,大爷大娘的独生儿子和媳妇躲在地瓜窖子里,鬼子往里扔了一颗炸弹……为了这些失去孩子的父母们,我们必须杀回去,与小鬼子斗争到底!"说完,周武从挎包里摸出两张钞票,送给李马童和战士甲。周武说:"你们俩把枪交给你们排长,就可以走了。这点钱拿着,买点东西回去孝敬老人,就说周武向他们问好!"

李马童惭愧地说:"大队长,我不走了……"

周武说:"你可以去参加别的抗日武装,我这里坚决不要你了!"

周武把钱拍到那个战士手里,说:"走吧,回去好好孝敬老人。"

战士看着手里的钱,热泪盈眶。

房东老夫妻从画外走进来。

老太婆双手捧着一双很大的布鞋,唠叨道:"除了俺栓柱,再没有你这样的大脚了……"

老头儿说:"别唠叨了,快把鞋送给长官吧!"

老太婆把布鞋送给周武。

周武心中十分感动,郑重地脱掉旧鞋子,把新鞋子穿上。

周武含着眼泪,说:"你二老就是我们的亲爹娘!"

157. 县城内由民房改建成的临时监狱

监狱周围,鬼子、伪军持枪林立,被俘的我方人员、老百姓、国民党杂牌士兵混杂在一起,鱼贯而入,监狱牢房门口,敌人排成两排,形成一条"夹道"。牢房门口一侧,摆着一张桌子,桌子上摆着笔、砚、纸簿,一长袍马褂的伪文职人员坐在桌后持笔登记造册。旁边站着一日军小头目,几个日本兵,一个伪军头目和几个带短枪的便衣。

黎坚等我方干部在俘虏队伍中。黎坚手腕上的伤口还没有包扎,血迹斑斑。

一个憨厚的农民在牢房门口接受审问。

伪军头目:"叫什么名字?"

农民嘟嘟哝哝地说:"赵明才。"

伪军头目:"大声点!嗓子里塞上驴毛啦?!"

赵明才大声说:"赵明才。"

伪军头目问:"多大岁数?"

赵明才答:"二十九。"

伪军头目问:"什么职业?"

赵明才迷惑地看着伪军头目。

伪军头目大声问:"问你什么职业!"

赵明才更迷惑了:"我不知道什么职业。"

伪军头目鄙夷地骂道:"土鳖!你是干什么的?"

赵明才说:"俺是种地的,大大的良民,长官,发发善心,放了俺吧……"

赵明才说着就哭了起来。鬼子小队长上前挥鞭就抽,威胁道:"哭的不许,哭的死啦死啦的有!"

伪军头目继续问:"家住哪里?"

赵明才哭唧唧地说:"高店乡赵家庄。"

伪文职员把登记簿往前一摊,让赵明才按手印,赵明才把双手袖在袖筒里,哭着说:"俺不按,俺不按,俺听俺爹说,宁愿饿死也不按手印……"

鬼子小队长大骂。

几个伪军拳打脚踢强拉着赵明才按了手印。

赵明才大声哭叫着,被几个伪军用枪托子捣进了牢房。

……

158. 牢房门口

一吊着胳膊的国民党老兵油子对伪军头目说:"兄弟,咱可是自家人,你们抓我,这就叫'大水冲了龙王庙,一家人不认一家人'!"

伪军头目道:"少他妈套近乎!"

老兵油子道:"兄弟名有钱,其实没有钱。外号'水耗子'。祖籍河南上蔡县,光棍一条,一人吃饱了全家不饿。平生只爱一口烟儿。民国元年生,今年三十一,兄弟,你穿黑皮我穿黄皮,干的都是一样的事儿……你明着保皇军,我暗着打八路,一个鸟样儿……"

伪军头目怒道:"赶明儿卖了你鳖种,省着你耍贫嘴淘人。"

伪文职人员让老兵油子按手印,老兵油子很爽快地按了,并说:"老子最不怵的就是按手印,按一次手印来一笔钱……"

伪军头目:"快把这个驴日的弄进去!"

伪军们捣老兵油子,老兵油子躲闪着,说:"爷,爷,轻着点捣,捣瘸了腿就不值钱了,爷,爷……"

159. 牢房门口

伪军头目和鬼子小队长死死地盯着黎坚,上上下下地打量着。黎坚装出很害怕的样子。

伪军头目突然说:"我看你像个八路!"

黎坚说:"长官,可不敢开玩笑,俺可是知道当八路要掉脑袋的。"

伪军头目说:"你手上的伤是怎么回事?"

黎坚道:"被皇军的枪打了。"

伪军头目:"皇军的枪怎么偏偏打你?"

黎坚道:"我这是轻的,俺二叔被皇军的子弹把头打穿了。"

伪军头目问:"什么名字?"

黎坚道:"刘福祥。"

"职业?"

"布贩子,小本生意,薛庄乡何大乡长知道,他是我的表叔。"

160. 野外河边

周武、李瑞龙与一部分县大队战士在莱福河边合围之地,掩埋了一批烈士的尸体。(用几十个新起的坟头表示即可)

孙虎与几个穿便衣的战士过来报告,说:"到处都找遍了,也没发现黎县长的遗体。"

李瑞龙道:"前几天,马店的刘太爷托人传过话来,说是'老大进城了',看来黎坚同志十有八九被俘了。"

周武道:"只要他活着,就好办。"

这时,一侦察员带着一个当日目睹黎坚被俘经过的老百姓过来。

侦察员:"人家都说他看见黎书记被俘了,他非说没看见。你说你看见没有?"

老百姓:"就啥也没看见,我是实在啥也没看见。"

周武:"老乡,别怕,我们是县大队,是打鬼子的,这一点你相信吗?"

老百姓不语。

李瑞龙:"周武,你听过吗?"

老百姓点头。

李瑞龙:"他就是周武,县大队队长。"

老百姓翻眼看一眼。

孙虎:"我说姑爷爷,你倒是说话呀!"

周武制止孙虎,问:"老实讲,我们也不想让你说什么,只是想请你帮我们指一指,那天,黎县长是在哪儿被俘的就行了。"

老百姓不语。

周武:(指河边苇子坑)"是那边吗?"

老百姓摇头。

周武：（指黎坚被俘地方）"是那边吗？"

老百姓点头。

周武：（对孙虎）"派几个人到那边好好探查探查。"

161. 县城监狱牢房内　夜晚

房梁上高高挂着一盏桅灯。

一百多人关押在一起，牢房内十分拥挤。犯人们只能紧挨着坐着。

那个国民党顽匪的老兵油子烟瘾大发，鼻涕一把眼泪一把，不停地抓自己的胸膛、喉咙，咬自己的手指……

牢房外传来狗的狂叫声，和伪军哨兵喝问"口令"的声音。

牢外不时地有手电筒的光柱射进来。

在一个墙角上，坐着黎坚，他的伤手已经包扎起来。在黎坚的身边，坐着吕排长和县公安局侦察股长田大喜。

三个人装作打瞌睡的样子挤在一起，黎坚低语道："看情况，敌人并没有摸清我们的身份……"

吕排长道："只要不出软骨头，问题就不大……"

黎坚道："我们的人被抓进来多少？"

田大喜说："我大概点了一下，约有六十多人，还有地委和其他县干部几十个，其余的都是被塞进来的百姓和……"

一道光柱突然射过来，三人装睡。

黎坚沉痛地说："损失太大了……"

吕排长说："周大队长他们也不知道突出去没有……"

黎坚道："周武同志是有能力的……"

吕排长道："只要周大队长能突出去，就一定会想办法营救我们……"

黎坚道:"我们也不能消极等待。估计敌人马上就会清查甄别被关的人,斗争将会十分复杂,我建议成立狱中支部,串联同志,团结起来,与敌人斗争……"

那个叫赵明才的哭声惊动了牢房外的敌人,敌人在外边吼道:"哭什么?!不许出声!"

黎坚用那只伤手和好手分别握住了吕排长、田大喜的手,对他们说:"握住你身边的党员的手。"

田大喜握住了一个党员的手,并附耳传言。

吕排长握住了一个党员的手,并附耳传言。

一只只手在暗中串起来。

162. 大陈庄一个农家　日

周武、林峰、李瑞龙在研究对策,桌上放着挖出的黎坚埋藏的县政府大印、私人图章、钢笔、笔记本等物。

见物如见人,战友们心情都很沉重。

林峰道:"看起来黎书记是被俘了,不知道他现在的处境如何……"

周武说:"事不宜迟,应该立即派人进城,查明黎县长下落,如真的被俘了就要不惜一切代价把他救出来。"

林峰:"这应该是我们反扫荡斗争中的一项重要任务。"

李瑞龙说:"我看,这任务非我莫属了。"

周武:"我同意,只是这时候进城……"

李瑞龙笑着说:"你方才不是说,不惜一切代价吗?"

周武说:"老林你看,也只有他这员大将出马了。"

张红枣走进来,说:"我也要求进城侦察。"

周武立刻说:"不行,你不能去。"

张红枣哭着说:"照月被敌人抓去了,生死不明……"

周武说:"就冲这一点也不能让你去。"

李瑞龙说:"让她去吧,也许更方便些。"

周武道:"既然你们都同意了,我也只好同意了。"

周武语重心长地说:"红枣,你我都是共产党员,所以我有几句话对你说:无论在什么情况下,个人利益都应该服从党的利益。"

张红枣痛苦地说:"如果他……请大队长放心吧!"

周武说:"我相信你!进城后,一切行动听李部长指挥,不要感情用事。"

这时,王二栓闯进来,脸色煞白。

王二栓:"大队长,王老实他……"

163. 乱墓地　古树下

远远望去,有两个人影,一个站着,一个跪着相对僵持着。一只野狗在啃咬着什么。

164. 芦苇丛边

王二栓:(手指)"就在那!"

周武:"你怎么发现的?"

165. 乱墓地　古树下

(镜头从周武的视点来拍,只听到画外几个人走动的脚步声。)

两个人影越来越近,原来就是王老实和小鬼子僵持在那里。野狗听到脚步声叼起一块人肉窜去。

(镜头停住,脚步停止)长时间的沉默。

王老实睁大双眼凝视远方,眼珠一动不动,脸上布满刀痕,鲜血已经凝固。

他的手紧紧攥着镰刀。

跪着的鬼子脖子上有几道刀痕,血肉模糊……身子歪扭着。

周武等人轻轻地走上来,站住,望着……

一切声音静止……

166. 敌人的刑讯室　日

室内摆着很多刑具,血迹斑斑,令人胆寒。

黎坚、田大喜、吕排长等十几个敌人认为的可疑分子被押进来。

伪大队长李汉卿、鬼子小队长、伪军看守长、行刑队员、鬼子军曹一干人,如阎罗鬼卒站立在室内。

伪大队长李汉卿手提一根皮鞭,倒背着双手,在室内踱步,一边踱一边阴险地说:"此次皇军扫荡,取得辉煌胜利,八路专区机关被消灭,专员李贞乾等匪首被皇军击毙,县大队长周武也被皇军击毙,只有一个共党的县长逃脱——你们以为他真能逃脱吗?哈……他这条大鱼,也被皇军网住了……"

李汉卿停住脚步,阴险地盯着黎坚等人。

李汉卿大声喊:"抬起头来,看着我!"

众抬头,与李汉卿的目光相对。

李汉卿突然说:"黎坚就在这里!"

黎坚目光平静,面如钢铁,一点感情也不外露。

李汉卿挥手打着黎坚一鞭,说:"你就是黎坚!"

黎坚说:"长官,你冤枉我了,我叫刘福祥,是贩土布的小买卖人,薛庄乡的何大乡长是我表叔,长官不信,可派人去打听。"

李汉卿挥手打了吕排长一鞭,怒吼:"你是干什么的?"

吕排长说:"种田的。"

李汉卿奸笑着,说:"剥掉他的衣服!"

几个打手上来,剥掉吕排长的上衣,显出吕排长右肩上枪背带磨出的痕迹。

李汉卿用鞭子指着那疤痕,说:"好一个种田的!你种的是铁杆庄稼?"

吕排长一看无法掩饰,便硬起来,说:"我种铁杆庄稼,专除铁杆汉奸!"

李汉卿说:"好啊,你他妈嘴硬!动刑"

敌人按倒吕排长,上重刑,吕排长哀号不止,昏过去。

敌人泼醒吕排长,问:"黎坚在哪里?"

吕排长咬牙不语。

敌人烧红了烙铁。

李汉卿说:"黎县长,共产党讲阶级友爱,眼看着阶级兄弟在为你受大刑,你却深藏不露,假装镇静。你的阶级友爱哪里去了?"

黎坚心中如被油煎,但脸上还是那样。

李汉卿令打手把烧红的烙铁放到吕排长双目前,说:"黎县长,你看着,这烧红的烙铁往下这么一放,这个小伙子的脸就玩完了。他即便能活着出去,这辈子也没法见人了,连个媳妇也讨不上了,黎县长,你能眼见着阶级兄弟受这等酷刑吗?"

黎坚的那只好手攥成了拳头,他决心自首。

吕排长突然说:"我说。"

李汉卿示意打手将烙铁拿开,问:"好!苦海无边,回头是岸!说吧,谁是黎坚,说出来我立刻放你回家。"

吕排长平静地说:"黎县长被你们打死在莱福河边。"

李汉卿说:"不老实!"

吕排长猛地跳起来,朝日本小队长扑去。

鬼子小队长开枪射击，吕排长扑地身亡。

黎坚热泪盈眶。

167. 周武住的院子内

院子内几个战士，在小声议论着。有人趴在窗户上往屋里望着。

这时，周武等人从外边回来。

战士们见状都静下来。

孙虎从屋内跑出来，对周武耳语几句，只见周武脸色沉重下来，站住。

周武挥手示意大家离开。

院子内战士们一个个悄悄地走出去。

周武：(对红枣)"你去搞点吃的来。"

周武站在院子里待了一会儿进屋。

168. 周武屋内

周武刚走进屋，看见两个孩子正在玩耍。

孩子看到他，赶快朝角落坐着的妇女跑过去。

那妇女是王老实的妻子，她双目呆滞地坐在地上。

王妻赶快站起来。

王妻："周，周队长……"

周武嘴角抽搐了几下，显出几分哭笑难分的神色。

周武："坐，坐，大嫂……"

王妻慢慢坐了下来。

周武不敢看王妻的脸，视线避开了。他颤抖的手掏烟点火，但点了几次，怎么也没点着。

王妻眨巴着眼望着他。

王妻:"部,部队上的人都好吧?"

周武:(嘴角颤抖着)"……好,好……"

这时,红枣端着两碗面条进来。

孩子见状,冲上去抢吃面条。

王妻看看孩子,泪水无声地滚落下来。

红枣:"大嫂,别这样。"

一个孩子抬头望望周武又望望母亲,又埋头吃,继而抬头:"这面条真好吃,真好吃。"

周武看看孩子狼吞虎咽,忍不住转过头去。

王妻:"大队长,我,我回去了……"

周武:"大嫂,我们……"

王妻:(凄楚地一笑)"大队长你不要说了……"

突然,周武转过身去,肩膀剧烈地抽搐着。

王妻:"周队长,你别这样……快别……"

周武一下子哭出声来……

音乐——

(淡出)

第 五 集

169. 农家小院　日

院子里拴着两匹马。

通过院门可以看到李马童从外边走来。马童见院中静无一人,悄悄地进来,为马儿梳理鬃毛。

屋中的小妹:"二哥,快来吃红薯呀!"

马童听到小妹的声音有几分惊奇,转头往屋中望望没吱声,仍低头刷马的鬃毛。

小妹从屋中跑出来,见是马童,惊喜地几乎要跳起来。

小妹:"马童,是你呀!(继而不高兴地)你跑哪儿去啦?我还以为你被鬼子抓走了……"

马童心事重重,叹了口气。

马童:"要被鬼子抓去那倒好了……"

小妹:"瞧你像丢了魂儿似的。给你,先吃块红薯吧。"

马童:"我不吃。"

小妹:(嗔怒地)"不吃拉倒!"

马童抬眼看小妹,突然抓住红薯狼吞虎咽地吃起来,显然他是饿极了。

马童:(边吃边问)"小妹,你真不知道……你哥不要我了……"

小妹:"你呀!真没出息!"

马童:(几乎要哭了)"我,我也是一时糊涂嘛!"

这时,周武从外边回来。

周武:"马童,你回来了?"

马童:(赶快起来)"……俺娘硬轰我走……他还让我给你带来几个鸡蛋呢!"(说着从兜里掏出用布包好的几个鸡蛋)

周武:"鸡蛋不能收,人更不能要!"

马童:(突然哭出声)"……大队长,我错了……我离不开你!"

小妹见马童哭得挺伤心,十分同情他。

小妹:"哥!你看人家也这么大个人,哭成这样……你!"

周武:"你少插嘴!"

小妹:"我偏要插!"

周武径直走进屋里,没理他们。

突然,周武在屋内喊。

周武:"李马童!"

马童:(立刻止住哭)"到!"

周武:(走到屋门口)"饶你小子一次,去把孙连长找来。"

马童和小妹都喜出望外。

马童:"是!"(朝外跑去又转回)他把路上节省下的鸡蛋塞给小妹。

马童:"怎么样,鸡蛋换红薯你值了!"

170. 村街　日

马童和小妹边吃边走着。

李寡妇神情恍惚地迎面走来。

李寡妇:"小妹,你哥在吗?"

小妹:"在。你有啥事?"

李寡妇:(欲言又止)"……没啥,没啥。"

171. 周武房内　日

周武:(猛拍桌子)"这个混蛋,真是狗改不了吃屎!"

李寡妇:(慌了)"不是这么回事大队长,二栓兄弟是俺的救命恩人,没有他……"

周武:(脸色缓和下来)"……怎么?"

李寡妇:"王二栓,上次逃日本时杀死俩小鬼子,救了俺娘俩……"

周武:"……没听他说过呀!"

李寡妇:"大队长,你可要给俺做主啊!"

周武:"说吧! 大嫂,你要怎么样?"

李寡妇:"……我……现在没亲人了……"

周武：（突然明白）"这容易，你就找他好啦。"

李寡妇："大队长，上次是我不好（哭起来）……害了他……现在，他……怕……"

周武笑起来。

周武："好吧，我让人把他抓来！"

正巧孙虎走来。

周武："孙虎你把王二栓找来。"

孙虎故意地看一眼李寡妇转身走了。

172. 战士们住的小院　日

院中只有王二栓一个人在擦着步枪。

一连长（孙虎）：（面色严肃地走来）"王二栓，周队长有请！"

二栓：（一惊）"队长……叫我干什么？"

连长："去了就知道了。"

二栓："兄弟，告诉我，啥事？"

连长："你小子呀，最近又干啥事啦？李寡妇等你去哪！"

二栓：（吓傻了）"啊？！"

连长：（走到院门口）"快点，别磨磨蹭蹭的！"

连长走后，二栓面如土色。

173. 周武房内　日

周武等人不见王二栓来，急了。

周武："这个人咋搞的，走！咱们亲自去把他抓来。"

174. 二栓屋内　日

二栓拎着行李站在炕上一只脚站在窗外，准备溜走。

175. 村街　日
周武、李寡妇边聊边走。

176. 二栓屋内　日
二栓另一只脚也移向窗外。
这时，突然传来李寡妇的声音。
李寡妇："周队长，你县大队要女兵吗？"
周武："目前还没有这个打算。"
二栓凝神倾听。
李寡妇："我想当第一个女兵，你要吗？"
周武："那你得问二栓干不干？"
二栓迅速从窗外回到屋内。

177. 县城街道　日
被洗劫的县城充满恐怖气氛。
李瑞龙打扮成车夫模样赶着一辆骡子车。车上挂着布帘，门外挂着一只鸟笼，笼里挂着一只会说话的鸟。
李瑞龙赶车走着，突然，从街的另一面拥来许多人。
这是些反动会道门成员，他们个个手持长矛大刀，打着绑腿，斜披白符带，簇拥着一个身穿青色道袍手执拂尘的老者，他闭目默念着什么。
骡车被围观人群堵住去路。
张红枣掀开门帘注视着。
只见那个老者轻轻挥动一下拂尘，竟有一群伪军伪警察持枪守护着一只木牌进来，木牌上写的是：白极会。

李瑞龙在说了无数次"借光"和"对不起"之后,欲挤出围观人群。

这时,人群突然一阵骚动,尖叫声和呐喊声响彻上空。

笼中鸟紧张地说:"不好了,不好了!"

骡车和瑞龙被人群冲撞着,推搡着。

笼中鸟叫:"别挤,坏蛋!"

终于人群闪开一个大圆场。

白极会的家伙推搡着几个革命干部家属模样的人拥过来。

一阵砍杀,地上横陈着几个血肉模糊的尸体。老者仿佛没有看到眼前的屠杀,自顾自捋着胡须,亲手把白极会的牌子挂在墙上。

突然,最后一个被杀未死的企图扑向他,可当老者转回身时,那个衣衫破旧的人已被砍成肉泥。

狂暴的杀人场面突然静下来,被鲜血溅红了脸的白极会队员揩脸,喘着粗气。

车上的红枣脸色煞白,浑身战栗。

老者发现了她,缓步走到车前。

老者:"小姐,受惊了。"

红枣的嘴角歙动着……

笼中鸟突然尖利地一声叫:"滚开!滚开!"

正在这时,一队日军走上来,推伪军和老者,咕噜日本话。

一日军挑开门帘,把红枣拉下车。

日军搜查车内,检查红枣和瑞龙的良民证。然后红枣上车。

鸟儿对日军说:"混蛋!"

日军不懂,对着鸟儿友善地嬉逗。

伪军和群众忍不住哄然大笑。

178. 日军司令部　日

墙上悬挂着太阳旗之类。

大野正得意地向上级汇报。

大野紧握电话兴奋至极。

大野:"……我们的扫荡战绩大大的辉煌！击毙土八路六百人,活捉土八路三百人！击毙了土八路的大干部多名……"

对方的声音:"你的,谎报战功的有！我问你,土八路的县长黎坚你捉到没有？土八路的大队长周武究竟在什么地方?!"

大野:"黎坚和周武很可能就在我的俘房之中！"

对方的声音:"限令你三日,给我抓到黎坚和周武！"

大野立正:"哈依！"

对方的声音:"现在东南亚战争很紧张,我军兵力要大大调动,限令你十日之内,修筑完毕薛庄、辛楼几个中心炮楼,挖通这几个中心炮楼至县城的壕沟,完成大日本皇军分割土八路的计划,建立确保治安区,巩固扫荡成果。"

大野立正:"哈依！"

对方的声音:"几天后,我将派平田次郎大佐去视察！"

大野立正:"哈依！"

打完电话后,大野神情沮丧、烦恼,抡起指挥刀把屋子里一件什么东西劈破。嘴里嘟哝着几句对上司不满的日本牢骚。

大野看到一直肃立在他身后的伪警备大队长李汉卿和谍报队长崔胜等人。

大野命令李汉卿:"李,你的,派你的副大队长率一个中队去薛庄、辛楼,不惜一切代价,十日内修好炮楼,挖好交通壕。"

李汉卿面有难色,说:"太君,天寒地冻,材料缺乏,老百姓心大大的坏,十日内难以完成任务……"

大野:"这是上级的命令,十日内完不成任务,你的脑袋、我的脑袋,通通砍掉的有……"

李大队长不情愿地答应着。

大野诡秘地对崔胜说:"……崔,你的,派人下去……"

179. 城内拐角处

几个伪军与伪文职人员正在一堵墙壁上张贴着花花绿绿的标语和缉捕令。那些标语上写着诸如:祝贺皇军扫荡大获全胜!建立大东亚共荣圈!强化治安修炮楼!缉捕令也是悬赏令,大意是如有取得周武首级者,赏金五万大洋。有取得孙虎首级者,赏金一万之类。

一群百姓在围观这些标语告示。

一个汉奸踏着一条高凳对人群宣传:"想不想发财?想发财就去取周武的脑袋,奖赏五万,现大洋呢!"

一老乡低声说:"只怕没拿到周武的脑袋自己的脑袋已被人取走了……"

汉奸在凳上喊:"不许走,我的话还没讲完呢!"

凳子突然歪倒,汉奸跌下去。众人趁机一哄而散。

180. 中药店门前　日

李瑞龙望着店门把骡子车停在门口。

他对车中的红枣说了句什么,然后向店内走去。

181. 药店内　日

年轻伙计在打算盘。

瑞龙进来。

伙计:(抬头看了他一眼)"请问先生,是抓药还是诊病?"

瑞龙:"诊病。"

伙计:"请跟我来。"

182. 药店后院　日

长长的夹院墙。

瑞龙随伙计走过去。

183. 店门外　日

红枣通过布帘往外观望着。

184. 诊病室　日

典雅的室内,墙上挂着一幅古色古香的字画。

白须老人正和王良密谈,听到有声音王良迅速掀开字画进去。这时大家看到王良即是周武突围时送信的农民。

伙计在门外喊:"先生,薛庄李先生来诊病。"

白须老人:"有请,有请。"

白须老人见李瑞龙走进屋起身。

白须老人:"老李可见到他了,外边形势怎么样?"

李瑞龙:"很紧张。"

这时字画掀起,王良从里面跳出。

李瑞龙:"王良,你正好在这里。你告诉掌柜的,我要尽快见到他。"

185. 大烟馆内　日

吸烟室里烟雾腾腾。

烟客男男女女侧卧榻上,拼命地抽着。

瑞龙和红枣在一伙计的带领下,缓步走着。

他俩狐疑地打量着吸烟室,像初进青楼的傻小子,惹得左右男女哄笑不停。

伙计把他俩送到一个男子跟前,鞠躬,尔后,离去。那人背对着镜头指指旁边的空座位,示意他俩坐下。另一伙计端来烧好的两泡鸦片放在桌子上。

可见王良和另一个谍报员打扮的人也在邻座吸烟。

红枣被烟呛得直咳嗽。

男子指指桌上的鸦片。

红枣:(难为情地)"不要,不要……"

男子:(笑笑)"我的小姐,吸几口就镇定了。鸦片虽为毒品,少量用时也是一味药。"

瑞龙:(情绪稍微平静一点)"这次我们是为找老大……"

男子:(惊讶地)"怎么?他没逃出去?!"

瑞龙:"三弟为此事急得不得了……"

男子:(沉吟片刻)"……这位小姐……"

瑞龙:"噢,忘了介绍,他是三兄弟的侄媳妇……"

男子:(笑笑)"……真是满园春色关不住,一枝红杏出墙来……"

红枣被这话羞得面容潮红,她捂住胸,想止住紧张跳荡的心。

186. 敌监狱　日

王良在一伪军陪同下,在监狱里查看,显然他没有发现要找的人,很是焦急。正在这时,崔胜在看守宋大能陪同下出现在监狱门口。

崔胜:"王良,你到这里干什么来了?"

王良："队长，我……"（他凑到崔耳边）

崔胜："好说，先跟我走。"

谍报队长崔胜在看守宋大能的带领下走进监狱。老兵油子头发蓬乱，衣服撕得袒腹露体，一见崔胜，跪下抱住他的腿，哭号着说："长官，长官，放我出去吧，我跟你们是一家人呐，我亲手杀死过土八路……"

崔胜一脚将老兵油子踢倒。

崔胜发现了躲在田大喜等人后边的黎坚。

崔胜盘问田大喜："你叫什么名字？"

田大喜回答道："李全桂。"

"干什么的？"

"种田的……"

"种田的？……"

崔胜一把揪过黎坚，很凶恶地问："你是干什么的？"

黎坚答道："贩布的小贩子，薛庄乡的何大乡长是我表叔。"

崔胜又问："你叫什么名字？"

黎坚道："刘福祥。"

崔胜又去审问其他犯人。

王良趁机和黎坚交换眼色。

187. 监狱走道上

看守长宋大能送崔胜、王良。

崔胜道："看守长免送。"

"崔队长走好。"

宋大能把一个纸包递给崔胜，道："崔队长，这是兄弟上次欠您的……"

崔胜挥手道:"老弟,这不是瞧不起我吗?算啦,留着你去神仙居多做几次神仙吧!"

宋大能点头道谢:"崔大哥,如有用得着兄弟的地方,尽管吩咐!"

188. 李汉卿住室　夜

李汉卿吸大烟养神,一伪军进来站立。

李汉卿:"我让你办的事怎么样了?"

伪军凑前:"回禀大人,近来我一直按你的吩咐在监视着他。"

李汉卿:"他都到什么地方去?"。

伪军:"他最近经常去大烟馆吸烟,没见有什么特殊情况,昨天在大烟馆有一男一女和他攀谈了一会儿。今天,他还去了监狱。"

李汉卿:"什么?"(有所悟)

189. 大野司令部

李汉卿、崔胜、周照月等人在场。

李汉卿拉着换上了一套新鲜服装的周照月对大野说:"太君,我给您介绍一个人,这位就是原共产党县委油印宣传科科长,周武的侄子周照月先生。周先生经过反省,决定投明弃暗,为皇军效力……"

大野大喜,拍着周照月的肩膀说:"好!你的大大的好!"

周照月嘴唇哆嗦。

大野问周照月:"你的,周武的侄子?"

周照月点头。

大野说:"周武,大大的英雄,我的佩服。"

周照月点头。

大野说:"黎坚,你的认识?"

周照月点头。

大野说:"县大队、周武,在什么地方,你的知道?"

周照月摇头。

大野说:"你的,不要害怕,周武,我的佩服,你去找他,我的,给他大大的队长当。你的金钱大大的给。"

周照月摇头。

大野说:"你的,摇头的不好。速速出发,去找周武。"

李大队长很焦急,对翻译官低语了几句。

翻译官对大野说了几句日语,大野大喜。

190. 县街上　日

李汉卿和几个伪军带周照月在街上走着。

191. 大烟馆内　日

王良:(背对镜头)"老大病得不轻啊,请转告三弟……"

正在这时,一个伙计看到了什么,惊吓得盘子落地。众一惊。

门口站着李汉卿等一群人。

伙计:(跑上来)"李队长,今日客满,请到雅座吧。"

李汉卿笑笑,把他推到一边。

李汉卿:"扯淡!老子对雅座没兴趣!"

李汉卿朝屋内望着……

屋内烟气腾腾,烟客们个个都蜷缩身体,忐忑不安地望着他。

李汉卿只身在屋内走动着。边走边看着每个人。

红枣突然发现了站在门口的周照月,惊呆。

李瑞龙平静地吸大烟。

王良站起,双手一拍。

王良:(不动声色地)"李大队长,今儿是啥风把您吹来了?"

李汉卿对他笑笑,最后把视线落在李瑞龙身上。

李汉卿:"这位老兄是头次光顾此店吧?"

王良:"介绍一下,这是我们崔队长的四哥,做买卖赔了本……这不领着他的……"

李汉卿盯视张红枣。

王良:"……嘿嘿!像个小瓷人儿吧?"

李汉卿:"良民证!"

李瑞龙不慌不忙地递上。

李汉卿看毕。

李汉卿:"哈哈,小老弟,艳福不浅呀!断了财路,有艳福哇!"

李汉卿说完,朝门口走去。

烟馆的气氛缓和下来……

门口的周照月似乎也发现了什么,迟疑地望着。

李汉卿注意到了,他走到周照月身边,猛地拍了下周照月的肩膀。

李汉卿:(小声地)"怎么,看到你的熟人了吧?!"

周照月支支吾吾,满脸惊慌之色。

李汉卿:(蓦地转过身来,疾速地举起手枪,吼道)"都给我老实待着!"

正在这时,全屋大乱,搏斗……

192. 大烟馆内

崔胜突然挑门帘从一个单间出来。

崔胜:"怎么李大队长今天在这里耍起威风来了?"

李汉卿:"噢,崔队长也在。"

崔胜:"怎么我的四哥什么地方得罪了大队长。"

李汉卿:"得罪我事小,得罪了皇军可要掉脑袋啊!"(转向周照月)"你说,你认得他们吗?"

崔胜:"慢。你从哪里搞了这么一条疯狗,乱咬人,告诉你,我崔胜也不是好惹的。"

说着崔胜等也拔出枪来。

崔胜对周照月:"你说,你是什么人?你要乱咬,我毙了你。"

周照月惊恐地看李汉卿,又看看红枣,又看看崔胜。

周照月:"我不认识他们。"

李汉卿上前一大耳光:"混蛋,撤!"

193. 大野司令部　黄昏

大野用刀指着周照月。

大野:"你的,老实,否则,死啦死啦的!"

周照月:"我不死,我要活。"

李汉卿:(打周耳光)"你要活,你就把黎坚、周武认出来。"

周照月畏缩地点头。

大野向楼下一挥刀。

大野:"监狱!开路!"

194. 中药店诊病室　黄昏

墙上中堂画轴掀起,地下党员王良钻进来。

李瑞龙和张红枣忙迎上去询问情况。

王良着急地说:"李部长,情况危急。周照月叛变,敌人要他去监狱认人。"

张红枣流着眼泪说:"这不可能……"

李瑞龙口气沉重地说:"我也不希望这是真的。"

王良焦急地说:"一会儿他们就要从这里经过去监狱,请李部长快拿主意。"

李瑞龙说:"掌柜的意见呢?"

王良道:"他说万不得已时,由他除掉叛徒,与敌人拼命。"

李瑞龙说:"不行!内线的同志一个也不能暴露。请你速回告诉掌柜的,说我将在敌人去监狱的路上,处死叛徒!"

王良说:"不行,大白天行刺,你是无法逃脱的!"

李瑞龙严肃地说:"服从命令,快去!"

王良眼含泪花,钻墙欲走。

李瑞龙道:"慢着,把你的匣枪给我。"

王良摘下自己的匣枪交给李瑞龙,然后钻墙而走。

张红枣满脸泪痕,呆呆地坐着。

李瑞龙说:"红枣同志,我理解你的心情,希望你能正确对待。"

张红枣擦擦眼泪,咬牙切齿地说:"李部长,让我去亲手打死他!"

李瑞龙道:"你待在这里,千万不要出去。"

张红枣说:"李部长,我知道你不信任我……"

李瑞龙说:"红枣同志,如果我不信任你,我会把你先捆起来的!"

张红枣的眼泪又流出来:"周照月啊,你把我害苦了……"

李瑞龙说:"红枣,执行命令!"

李瑞龙检查枪支,然后脱换衣服。

张红枣一咬牙,以十分迅速的动作把那支匣枪抢在手里。

李瑞龙大惊,怒斥:"张红枣,你想干什么?!"

张红枣慢慢后退着,哭着喊:"你别过来!"

张红枣倒退到那轴中堂画前,猛一掀,纵身跳出去了。

李瑞龙欲追不能,恨恨地骂道:"混蛋!"

195. 长长的过道　黄昏

这是通往大烟馆的后门。

张红枣跳出墙洞,哎哟了一声,她扭了脚,但她继续一歪一斜地往前跑,原来这墙洞和"神仙居"大烟馆的一个房间相连。

在烟馆的过道里,一个身材高大的伪军过足了瘾正从另一个房间里出来,与张红枣撞了个满怀。张红枣腿痛歪坐在地上,但她的枪口已经对准了伪军的头颅。

伪军双手高举,求饶道:"姑奶奶,八路姑奶奶,饶命,小的有眼无珠,冲撞了姑奶奶……"

张红枣情急智生,一纵身,跳到了伪军的背上。左手紧紧搂住伪军的脖子,右手持枪,枪口抵在伪军的太阳穴上。张红枣命令伪军:"背我去鸿宾楼,快跑,跑慢了我要你的命!"

伪军还要啰嗦,张红枣把枪把子一拧,伪军慌忙告饶:"姑奶奶,别拧,我背你去,千万别走了火……"

伪军背着张红枣一颠一颠地跑,一边跑一边叨叨:"姑奶奶……千万别走了火……"

张红枣道:"闭嘴!"说毕又一拧枪柄。

伪军鬼哭狼嚎。

196. 大烟馆外街道

大野、李汉卿、王良等人在后,两个伪军架着狼狈不堪的周照月在前。

大个子伪军背着张红枣跑过。

突然形成的对峙局面。

197. 大烟馆内　黄昏

李瑞龙追到门边,看到双方僵持,无奈地闪身躲在门后。

198. 大烟馆外街道

双方短暂僵持。

大个子伪军突然喊:"大队长,救命哇……"

张红枣大骂:"周照月,你这个叛徒!"

张红枣举枪对准周照月。

周照月大喊:"红枣!我……我不是真的……"

大个子伪军突然松手。

张红枣手中枪响。

周照月胳膊中弹倒地。

敌人乱弹齐发,大个子伪军和张红枣一起倒在血泊中。

周照月大喊:"红枣……"

敌人把欲往前扑的周照月拖住。

红枣挣扎起来,从腰里摸出在婚礼上周照月送她的那柄精美小刀,无力地掷过去。(刀子的特写。)再扑倒、死去。

血泊中的张红枣和大个子伪军。

挣扎哀号的周照月,失神的眼睛。

199. 大烟馆内

李瑞龙痛苦地擂墙。突然他想冲出去,但被一只手抓住,回头一看原来是崔胜。

李瑞龙:"崔胜同志。"

崔胜:"李部长冷静点。"

李瑞龙:"不能让周照月去监狱。"

崔胜:"我们现在去只能送死,我已安排王良相机行事。"

200. 街道

大野狞笑着道:"狱中定有黎坚!有土八路!开路,迅速地开路。"

201. 监狱院中

众俘虏列队而立。

鬼子、伪军对周照月大喊大叫。

周照月低着头,目光呆滞,口中叨叨咕咕,仿佛是疯傻了。

王良手握枪柄,紧随其后。

202. 监狱内 夜

"砰"的一声响,门被推开。

狱中的人皆惊。

大野走进来,站在门口。

李汉卿、王良肃立两边。

狱中人刷地站起来。

黎坚盯视着门口。

稍顷,周照月几乎是跌跌撞撞地跑进来,然后,他转过身来,望望门口的鬼子和伪军,倒退着走进狱内。

周照月转过头来。

狱中人们紧张地望着他。

周照月慢慢走来,他站在一个犯人面前看了看,转过身来,点点头,又朝黎坚走去。

黎坚尽力控制着自己。

周照月在黎坚面前站住,黎坚垂下头。

周照月盯视片刻,抬手摸摸黎的面颊。

黎坚喘着粗气,抬起来头望着他。

周照月呆痴的目光,一动不动。

黎坚慢慢地把目光移向别处,望着。

大野、李汉卿向屋里走着。

黎坚控制着自己,盯视着走来的大野等人。

周照月点头:"死了……死了……"

他又转过身去,对全屋的人说话。

周照月:"……死了……死了……"

大野歇斯底里:"死了死了的!监狱的土八路统统死了死了的有!"

(淡出)

203. 县大队所在地　日

李瑞龙已把城里的情况汇报完毕。

众人面色沉重,有人在吸烟。

周武拍案而起。

周武:"打他个狗日的!"

孙虎:"打吧,大家都憋急了。"

周武:"一定要打得漂亮,要打出士气和威风来。"

204. 大野　日

李汉卿正和大野神秘地汇报着。

李汉卿:"……上次皇军抓住了周武的爹,后来也是被他放掉了……我的忠于大日本皇军,他的土八路暗探的干活……"

大野:"你的怀疑,根据的不足……"

正在这时副官报告:"崔胜求见。"

大野看了看李汉卿,挥手命令:"叫崔队长进来。"

崔胜进:"司令官,我按您的吩咐派人打探黎坚和周武的行踪。我得到确实情报,黎坚已被我们打死在莱福河边,尸体被老百姓埋了,死前他在河边埋了东西。"

大野:"你的为什么不找来。"

崔胜:"我们还发现了新情况,(凑近)周武带人已经回来了。他们也在莱福河边找黎坚的尸体,我们不好下手。"

大野先死死地盯着崔胜,一言不发,良久突然大笑起来。

大野:"崔队长,你的良心的坏了的,黎坚就在我的监狱里,周武早已逃到徐州去了,你想转移我的视线……"

李汉卿:"崔胜,你是不是太愚蠢了。皇军早已打散周武,抓到黎坚。现在黎坚眼看就要从监狱抓出来了,你硬说他死了,你到底是哪来的谍报队长?"

崔胜:"太君,你不要听他的,他弄了一个疯子欺骗你,到了也没有认出黎坚来,我的情报可是千真万确的。"

大野眼睛转来转去,看看两人,半晌……

大野:"李大队长,你带一个中队马上让崔胜带路,去莱福河边探查。"

李汉卿、崔胜离去。

大野叫副官:"你的派一个中队跟在李汉卿他们的后边,远远地监视他们。"

205. 河边的一个村庄外　黄昏

李汉卿带一队人马警惕进行着,崔胜在他身边。

李汉卿:"中队长,让一个班去侦察,看看村里有没有动静。"

206. 村庄　黄昏
县大队隐蔽地,周武拿望远镜看着。
周武:"不要暴露,放他们过去。"

207. 村外公路　黄昏
一中队鬼子在行进,非常张狂,许多人把枪挂在马上,有的在吹口琴,有的在照相。

208. 村庄外　黄昏
伪班长:"报告大队长,村里村外就几个老头老太太。"
李汉卿看崔胜:"周武在哪儿?"
崔胜:"这是下边人的情报,信不信也要防备点好,别让打了伏击。"
李汉卿:"扯淡,你带路吧,我要见黎坚的尸体。"

209. 村庄河渠　黄昏
周武(继续观察着):"好,大鱼上钩了。"
孙虎:"大队长,后边有鬼子吗?"
周武:"你看,乖乖一中队呢!"(给孙望远镜)
周武:"通知各连以枪为号,速战速决,一个鬼子也不许放跑了。"

210. 河边　黄昏
崔胜指着河边:"有人看到黎坚被打死前,在这一块地方埋过东西。尸体就在那边埋着。"
李汉卿:"给我搜。"

211. 莱福河边　黄昏

一处刚被刨过的地方。

崔胜:"看来,尸体恐怕刚被人刨走了。"

李汉卿:"我看你编得还挺像。"

这时伪中队长激动地走来。

中队长:"找,找到了,大队长挖出一个包袱、一个大印和好些破玩意儿。"

李汉卿:"什么?"

突然,县城方向枪声大作。

李汉卿:"这是哪儿放枪?!"

212. 村庄外洼地公路上　黄昏

一中队鬼子被打了伏击,随着一颗颗地雷爆炸,县大队战士从四面八方冲过来。

213. 河边　黄昏

伪军大乱。

李汉卿:"不要乱,不要乱。"

但是伪军不听命令,纷纷逃散。

崔胜:"李大队长逃命吧,顾不得许多了!"(说着跳上一匹马)

李汉卿:"中队长,阻击断后。"

214. 公路边隐蔽处　黄昏

周武对二连长:"小鬼子我们坚决吃掉它。那边的伪军你带你们连给轰跑就算了。"

215. 大野司令部内

一身穿和服的日本商人正与大野密谈买俘虏运往日本做劳工的事。

商人："大野君,你的太固执了！八路的、共产党的,运到日本的,骡马一样的,死啦死啦的,你的大大发财的……"

大野："不不不,共党县长很可能混在里边,龟田长官怪罪下来,错误大大的……"

正在这时城外隐隐传来激烈枪声,大野栗然起立。

大野："八格牙鲁,周武的县大队。"

216. 公路上　黄昏

这时部分鬼子还在顽抗。

李马童凭靠一个死马在与一个鬼子对射。

李马童："我操你奶奶的。"

突然一个负伤的鬼子翻身扑向李马童,这时周武冲上前一脚踢翻鬼子,补上一枪。

李马童回头向周武笑了笑。正这时又一个鬼子冲上来持枪向周武刺去,李马童转身向鬼子射击,鬼子倒地,可是迎面的鬼子的子弹却打中了李马童。周武挥枪将鬼子打死,抱起李马童。

周武："李马童、李马童。"

李马童："大队长,我娘让我跟着你,我离不开你,我……"

周武："李马童！"（痛哭失声）

217A. 大野司令部

李汉卿与一日军官在报告。

日军一小队长："报告司令官,我们在县城外的路上遭到土八路的袭击,统统的,统统的……"

大野:"哪里来的土八路?"

李汉卿:"有七八百人,像是八路的主力部队。"

大野:"这样多的八路主力你的怎么跑出来?你的良心的坏了。"

李汉卿:(扑通跪地)"太君,我的良心统统忠于大日本皇军。"

这时,崔胜进来。

大野:"你的脑袋猪一样的笨,八路军主力远远地转移了,崔队长消息的准确,这股队伍就是周武的县大队的干活。"

李汉卿拿出挖出的小包袱。

李汉卿:"这是挖出的小包袱,太君,这是崔队长带我们在莱福河边击毙土八路的地方挖到的东西,确实是共党书记黎坚的。"

大野翻看黎坚的图章、笔记本。

大野:"黎坚的尸体找到没有?"

崔胜:"我们去晚了,可能被周武挖走了。"

大野:(沉吟地)"黎坚、周武都不在我的监狱里?"

217B. 路边隐蔽处　黄昏

战士们在倒毙的鬼子中翻捡着。

战士甲从一鬼子身上捡起一架旧式相机,奇怪地望着,咧嘴大笑。

战士乙挂着十几把日本东洋大刀兴奋地走着。老百姓也兴高采烈来捡拾鬼子的衣物。

218. 村外　日

在一块新的墓地,县大队刚刚掩埋了战友们的尸体。

周小妹坐在李马童的坟前哭泣着,周武抚摸着她的头。坟头上一个碗里放着几个鸡蛋。

周武:"小妹和孙连长回去吧。"

小妹:"我不走,我再陪马童哥坐一会儿。"

周武:"走吧,这里不安全。孙虎把她带走。"

孙虎:"一块儿走吧。"

周武:"你们都走吧,我想一个人在这里待一会儿。"

人们陆续走掉。

周武伫立在李马童墓前,他拿起鸡蛋,一幅幅画面出现在眼前,周武眼睛湿润了。

219. 村外小路　日

周武踽踽独行。他来到一个井旁。

周武坐在井边上。

泪水遮住了他的眼睛……

……

突然,隐约传来可闻的啜泣,忽而变成野兽的号叫……

周武猛地一震,站了起来,他咽着眼泪朝哭声传来的方向走去……

220. 一农家破旧房外　黄昏

烧焦的枯草在寒风中抖着。

周武走来。哭号声渐弱。声音是从房子里传出来的。

周武警惕地握住手枪,朝房子走去。

221. 房内　黄昏

周武握着手枪,推开屋门,他发现了什么,立即往后一跳。

原来,一个活着的日本鬼子倚木桶坐在泥地上,他眼睛一眨不眨地看着周武。

周武发现,这个鬼子脸色苍白,消瘦不堪,他还看到,他受了伤,没有武器。

周武站在门口,默默地盯住鬼子。

鬼子由于恐惧,眼睛也一直紧盯着他不放,鬼子的嘴唇颤抖着,扭曲成一种似笑非笑的可怜相,他吓呆了,一句话也没说。

仇恨和怒火冲上周武的心头,一阵恶心涌上喉咙……

一片鲜红的雾色遮住了周武的眼睛。

一组红色片拍摄的短镜头:

李马童等战士在战场上……

被追赶的老百姓……

吊死在树上的妇女、儿童……

同时还有一组日军的图像……

最后一个带红色片的日军镜头(叠印)为——仓库中这个半死不活的鬼子……

门口的周武紧握手中的枪盯视着。

周武:(声音嘶哑地)"龟孙儿!说吧,怎么办?!你不说,装哑巴,装吧……"

周武把枪插进枪套,随手从墙上取下一根长鞭子,扬起,抽了一个响鞭!

鬼子像兔子似的蜷缩着,动也不动。

周武慢慢地,一步一个响鞭地抽着走向鬼子。

周武:(厉声地吼着)"说!为什么放火烧了这个村子,为啥开枪打死了我们的百姓!?"

鬼子动了动身子,爬向墙角。

周武朝他抽去……

什么东西掉下来,砸在鬼子头上,他又爬进暗处……

空中甩动着的鞭子……

一下……两下……四下……

鬼子又爬到木桶后面。

周武追着,抽着,腾起的烟尘。

鬼子朝门外爬去……

周武从房内往外追赶着,抽打着。

鬼子奋力往外爬着,鞭子不断地抽打着他的身体。

222. 仓库外　黄昏

鬼子滚爬到门外,周武追出来。

鬼子衣服被抽成碎片,爬着,瘫软的身体却不听使唤,跪倒在地,泪水汪汪地用手势、用头部动作,用眼神表述着什么。

周武停止抽打,盯着鬼子。

鬼子的脖子、脸上布满了鞭痕,他的脖子像孩子一样细瘦,破口的军裤上洇了团殷红的血斑,泪水汪汪的眼睛充满孩子气。

周武喘息着,吃惊地望着他。

小鬼子继续用手势讲述着自己的母亲和父亲,讲着他没有打过仗,没有杀过人……

周武的鞭子掉在地上。

周武缓慢地掏出手枪,拉响枪栓。

正在这时,小鬼子从怀中取出一张带血的照片,高高举在空中……

照片上的一家人,小鬼子还是一个中学生。

周武闭上眼睛。

小鬼子：（突然喊出一声半生不熟的中国话）"叔叔！"

一声清脆的枪声……

照片被打得粉碎……

（淡出）

第 六 集

223. 原野　拂晓

周武和一警卫战士各骑快马奔驰在乡间路上。

224. 村头　晨

周武向一农民打听，农民指路。

225. 农舍　晨

周老太爷寄居的农家。屋内烟气弥漫，周老太爷披着棉衣坐在桌旁吃玉米贴饼。周武进外屋，看到老太爷在吃早点，突然一块贴饼落地，老太爷佝偻着身子在地上摸来摸去，终于拣起，吹了吹，又放入嘴里。

看到父亲如此凄苦，周武不免愁戚。周老太爷听到有人来，问："谁呀？"

周武："爹，是我——周武。"

周老太爷一时不知所措："你，你回来了。"

周武："昨天才知道您躲这儿，特意赶回来看您。"

周老太爷："小妹呢？"

周武边整理床铺被褥边说："路上危险，没有带她回来……"

周老太爷："张昆你见到了吗？"

周武:"见到了,他把您的话带到后,就死了。"

周老太爷不再言语,默默吃饼,咳嗽。

周武盛碗水送上。老太爷摆手。周武为父捶背。

周武:"爹,自打我娘去世,我们兄妹没能好好照顾您,让您受苦了。"

周老太爷:"县大队还好吧?"

周武:"扫荡的第二天,我们就跳出去了,突围中没死伤一个,还好。"

周老太爷:"黎县长他们呢?"

周武:"他……他受伤被俘了。"

周老太爷:"你失职,为什么不好好保护黎县长?"

周武:"我们要往南突围,他要过莱福河,结果……"

周老太爷:"那也是你的责任。"

周武:"县委做了决议,我要服从。"

周老太爷:"你有责任。"

周武沉默。

两人相对无言。

周老太爷:"你怎么不说话了?"

周武:(茫然)"说什么?"

周老太爷:"是不是又缺钱花了,救黎县长需要打点打点。"

周武:"不,不是的,我来就是来看您。"

周老太爷:"你不必瞒我。"

少顷,他返身到墙洞里掏出油布包,打开,是几张盖有大红官印的地契文书:"拿去吧,还能换几个钱。"

周武:"爹,我不能……"

周老太爷:"拿去吧,家都毁了,地留着还干什么,总会有派场的。"

周武:"爹……"

226. 伪监狱看守长宋大能家

孙虎与伪薛庄乡何乡长(我方人员)与宋大能对话。

孙虎递上崔胜的一个纸条,说:"看守长,这是崔队长的信。"

宋大能看毕纸条,问:"你们跟崔队长是什么关系?"

何乡长道:"崔队长下乡时,与兄弟在一起喝过酒。"

孙虎道:"还望宋先生能高抬贵手,我这个哥哥,是一等的好百姓。"

何大乡长帮腔道:"我这个表侄,忠厚老实,家里还有老婆孩子,看守长松松手,放他出去吧!"

宋大能道:"这事不好办呐!这些犯人,都是皇军登记造了册的,还说里边隐藏着八路的大干部,少了一个,我可担当不了这责任。"

孙虎道:"我哥哥刘福祥,真是一个平头百姓。"

宋大能继续卖关子:"这年头,办事难呐。"

孙虎把两根金条递了上去,说:"为了救我哥,俺爹把他的棺材本儿都拿出来了,请宋先生多费心吧!"

宋大能看到黄灿灿的金条,心动,嘴里却说:"这钱,其实也到不了我手里,皇军那里,警备队那里,不知有多少关节呢!"

何大乡长道:"那是那是,事成之后,一定再谢!"

宋大能道:"那好吧,既是您何大乡长的亲戚,又是崔队长的朋友,我宋大能就斗胆为朋友帮一次忙。你哥叫什么来着?"

孙虎答道:"刘福祥。"

宋大能道:"正好今晚皇军要卖一批劳工,就借此机会把人弄出来吧!我再说一遍,这可是担着天大的责任,如果不是崔队长的面子,甭说两根金条,就是二十根金条我也不干!"

孙虎、何乡长说:"那是那是!"

227. 敌监狱大院内　夜

院内停着一辆军用卡车。

岗哨林立,看守长拿着花名册在门口点名。

院子里已站着几十个犯人。大野、日本商人在暗影里监视。

宋大能点名:"李庆丰——"

李庆丰从监牢中走出来。

宋大能点名:"黄二虎!"

黄二虎从监牢中走出来。

宋大能点名:"刘福祥!"

黎坚从监牢中走出来。

宋大能道:"你就是刘福祥?"

黎坚道:"是。长官,我想解手……"

宋大能道:"你他妈的早不解手,晚不解手,偏偏这个时候解手!"

黎坚道:"我实在是憋不住了……"

宋大能对身边的一个伪军说:"你押他去,不准磨蹭,快去快回!"

伪军押黎坚消逝在黑暗中。

宋大能继续点名:"孔庆仁、袁金贵、刘立家……"

228. 厕所　夜

微弱的光亮照射下的厕所内站着杨看守长的亲信,穿着便装的伙夫老孟。

老孟问道:"是刘福祥吗?"

押送的伪兵:"是他。"

老孟:"你由这儿出去,贴墙根往北走,朝东拐,第二个门是看守长室,也别敲门,也别喊人,推门进去,有人接应……"

229. 监狱大院
监狱大院看守长还在点名。
大野向身边的鬼子咕噜几句,俩人悄悄向厕所方向溜去。

230. 过道
黎县长靠墙根深一脚浅一脚地走着。

231. 厕所外　夜
鬼子瞎子摸象似的走近厕所,打开门不见有人,这时他好像发现墙边有人,努力向那边窥探、走去。大野躲在墙角偷偷张望。

232. 过道　夜
黎坚绕过一堆花盆大缸,闪入看守长房屋。

233. 看守室内
孙虎在屋里等候,黑暗中说:"黎政委,周大队长派我来接你来了。"
黎坚:"你是谁?"
孙虎:"我是孙虎。"

234. 过道　夜
黑暗中循声走动的鬼子,听见屋里有动静,想加快脚步,不料踩翻了花盆大缸,绊翻在地,发出清脆的响声。

235. 过道　夜

大野拉着看守长宋大能,听到响声,打着手电筒快步赶来,大野大叫:"前面什么人的干活?"

宋大能以为刘福祥被发现,惊慌失措地喊:"出什么事了？ 出什么事了？ 啊?"

警戒的鬼子、伪军有的拉枪栓,有的跑过来,一片混乱。

大野(对宋大能):"你的,叫唤,死啦死啦的!"

236. 监狱看守长室外

摔倒的鬼子:"那房里有人悄悄说话……"

大野和警戒的一群鬼子、伪军拥向门口。

大野命令:"你们的后边,搜查。"

两个伪军去房后搜查。

宋大能吓出一身冷汗,哆嗦着:"太君……太君……我的住房,不会……"

大野手电照着发抖的宋大能,命令:"你的门的打开!"

吓走魂儿的宋大能,哆嗦着半天才掏出钥匙,却怎么也插不进锁眼,大野生疑,飞起一脚,原来门是虚掩的。

站在门口的宋大能,两腿发软,顺墙往下溜。

大野机警地躲在一边,命令一个鬼子:"你的!"

237. 室内　漆黑

手电光照遍,只有桌椅炕之类,没有人。

238. 屋顶外　夜

孙虎与黎坚正趴在房顶上。

孙虎两鬓渗出冷汗。

239. 看守室　门外

大野:"你的屋里藏人的有?"

宋大能:"太君看得清楚,屋里藏人的没有。"

大野:"你为什么慌张?"

宋大能:"看太君紧张,我的心里也紧张。"

大野:"唔——我的紧张,你的慌张。"

在房后的伪军跑来报告:"太君,房后的坏人的没有,可疑的没有。"

大野愤怒地朝鬼子脸上猛打一巴掌:"你的看见的没有? 听见的没有?"

240. 县大队所在地

周武、林峰、黎坚等人相见。

林峰道:"黎县长,受苦了!"

黎坚眼睛潮湿,哽咽着说:"谢谢同志们,谢谢同志们,我真对不住死去的……"

小妹闯进来,抓住黎坚的双手摇晃着:"黎县长!"

黎坚手上伤痛,忍不住叫唤起来。

周武批评小妹:"没看到黎县长手上有伤吗!"

黎坚强忍疼痛说:"没事,没事!"

周武:"我看黎县长伤势严重,还是送他先到根据地养伤去吧。"

黎坚道:"不,不,我不能走!"

林峰道:"老黎,大队长说的对,你的伤这么重,还是先去养好,留得青山在,不怕没柴烧嘛! 对了,地委已决定由周武同志代理县长。"

黎坚道："狱中还关押着那么多同志,不把他们救出来,我心中更不安!"

周武道："我们已初步设想了营救狱中同志的方案,正要向您汇报呢!"

241. 大野司令部内

视察官平田次郎正在训斥大野："龟田旅团长对你十分不满,薛庄一带中心炮楼没有修好,壕沟没有挖成,周武的县大队还在活动……"

大野拿出黎坚的图章给平田次郎看,说："我们击毙了土八路的县长黎坚。"

平田次郎粗粗地看了一下东西,说："击毙黎坚大大的好,龟田旅团长命令,当前的首要任务是修好炮楼,挖好壕沟,分割土八路,消灭周武。限你七天之内完成任务!"

大野立正受命。

242. 薛庄炮楼工地

圆形的炮楼砖墙已修起两米多高,围护炮楼的壕沟也正在开挖。到处都有持枪的伪军和手持藤条的监工。

伪军挥动藤条,打一个正在搬运砖头的老人,老人被打翻在地,翻滚哭号。

伪军骂道："老东西,让你磨洋工!"

243. 通往村头的土路上

从路尽头过来了几辆马车,车上拉着砖石、木料。

每辆车旁傍着一个持鞭者,车后随着两个扛铁锹的人。

第一辆车旁的执鞭人是县大队的一连长孙虎。

鞭声响亮。

244. 炮楼工地入口处

两个持枪的伪军拦住了孙虎他们的去路。

伪军甲:"哪村的?"

孙虎道:"周楼的。"

伪军乙:"周楼的,我看你像土八路。"

孙虎一扬手,甩过去两包烟,说:"老总,别逗了,快放俺进去,卸完了交差。"

伪军甲:"还挺聪明,像你这样,永远不会挨藤条子。"

孙虎等人赶车进入工地。

这时,一群人扛着铁锹进入工地,后边有几个"伪军"押着。周武等人在队伍中。

一"伪军"来到周武跟前:"现在里面11个人,主要是那个班长最坏,现在他在小屋里边打牌。"

245. 小屋

伪军班长和几个伪军打麻将牌。

孙虎等猛地冲进来:"举起手来!"

伪班长举手间突然去摘枪,不料被一旁的王二栓一脚踢在下部,倒在地上。

王二栓:"快把军装脱下来,快!"

246. 工地入口处

扮成伪军的战士甲:"你看,有情况。"

战士乙:"是吴阎王来了。"

战士甲:"喂,喂,老实干活!"

村外伪中队长吴阎王越来越近。

247. 入口处外

战士甲迎上前:"吴队长,我们刚抓住两个混进来的八路,他们……"

吴阎王:"好哇! 我正想抓两个活的夜里点天灯哩。"

吴阎王走向小屋。

战士甲:"抓的八路在那边。"

吴阎王:"我先去看看你们班长。"

248. 小屋外

吴阎王走进小屋,这时王二栓从屋里出来,忙行军礼:"吴队长到!"

吴阎王:"你是什么人,我怎么不认识你?"

王二栓:"我刚来,队长不熟。"

吴边说边走:"你们班长……"话没说完,刚进屋,冷不防,一枪托猛击在他的头上,下边一刺刀斜穿他的胸膛。

249. 工地

五六个伪军正往这边走来。

突然有人大叫:"挖出元宝来了! 挖出元宝来了!"

五六个伪军挤进去想把元宝抓到手。

周武一声信号,混在人堆里的县大队战士将伪军和监工按倒在地,一枪不发,全部俘虏,并剥了他们的衣服。

周武讲话:"乡亲们,我们不能让小鬼子把炮楼修起来。乡亲们,快动手,把墙拆倒,把沟填平,然后大家立刻逃跑吧,躲起来,小鬼子是秋后的蚂蚱,蹦跶不了几天了!"

群众欢呼,一拥而上,挥动铁锹填沟。几十个百姓与县大队战士一起,把敌人好不容易砌成的炮楼墙推倒。

百姓纷纷逃散。

一连长孙虎给一群只穿短裤、冻得发抖的伪军训话:"冷不冷?"

一个伪军打着下巴骨说:"冷,长官,都是一样的爹娘生的皮肉,怎能不冷?……"

连长孙虎说道:"都是一样的爹娘生的皮肉,可是有人英勇抗日,保家卫国,有人却卖国求荣,认贼作父!"

一伪军:"八路老爷,我们也是没法子……"

一连长孙虎说道:"看在都是中国人的份上,饶了你们的性命。回去告诉你们的大队长李汉卿,让他小心着点,如果继续糟害老百姓,我们就砸了他狗头!"

250. 大野司令部内

李汉卿向大野报告:"……薛庄炮楼被夷为平地。驻守薛庄的警备队被歼灭,民工都逃散了……"

大野的精神受到沉重打击,他手扶桌沿,目光呆滞,嘴里念叨着:"周武,大大的厉害!"

副官进来,手持一电报纸,说:"报告太君,龟田旅团长电报!"

大野烦恼地说:"念!"

副官念电报:"命令你部全力以赴,五日内完成在匪区修筑炮楼,建立据点任务,并寻机歼灭共匪残余武装,迟误者军法从事……"

大野夺过电报,撕得粉碎。

大野询问李汉卿、崔胜等人:"你们,什么良谋的有?"

李汉卿发牢骚道:"五天修好炮楼?天寒地冻,民夫抓一个跑两个,又有周武的县大队骚扰⋯⋯"

崔胜说:"太君,卑职有一个计谋,不知行不行⋯⋯"

大野:"你的快说!"

崔胜道:"太君,我们何不让监狱中的犯人去修筑炮楼?"

李汉卿道:"你这是放虎归山!周武他们巴不得让他们去呢。"

崔胜诡笑着说:"舍不得孩子套不着狼。"

大野很感兴趣道:"你的,说下去。"

崔胜用桌子上茶杯茶壶摆着阵势,说:"周武县大队不足三百人,而李大队长的警备队就有六百多人,再加上皇军两百人,总共八百人,李大队长警备队在前开路,中间由监狱看守队押解着犯人,皇军隐蔽行进在后。周武见到犯人,一定前来营救,这时,李大队长回马枪杀回来,前后夹击⋯⋯"

大野沉思片刻,拍着崔胜的肩膀说:"你的主意大大的好,消灭了周武,什么问题都好办了,严守秘密的有!"

李汉卿也讨好地说:"崔兄,想不到你还能出此高招。"

251. 周武住的农家

几个连长正与周武研究对策。

孙虎:"掌柜的还真行呵!能调动他鬼子团团转。"

二连长:"可是我们毕竟力量单薄呵。"

三连长:"我们把力量集中使用,只要能把同志们救出来就行了,关键是阻击鬼子⋯⋯"

周武:"我们不单把一二百同志救出来,这次我们还要想办法歼灭大野。"

252. 李家湾村

一条大路穿村而过,把李家湾村分成了两半。埋伏在大路两侧的县大队战士们,注视着大路上向前行进的敌人。

伪大队长骑马率大队伪军穿街而过。

一辆装着满满一车芦苇的四轮子长车从胡同里赶出来,车侧的人一扳机关,车轴折断,车子横断了道路。

押送着数百犯人的伪看守队被挡住去路。

看守长宋大能气汹汹走上前来,骂道:"他妈的,好狗不挡道!"

赶车的我县大队战士反唇相讥:"老总,您说话干净点!"

宋大能:"不干净怎么啦?"

宋大能上前欲打,另一县大队战士从车后转过来,用手枪顶住宋大能的腰。

宋大能转身逃跑,高呼:"土八路,有土八路……"

隐蔽在房屋顶上的周武对空连放了三枪,发出信号。

县大队战士扑过去,割断犯人绳索,指挥犯人转移。

看守队员有的被缴械,有的被打死。

253. 野外

李汉卿听到枪声,勒住马头,下令:"向后转,杀回马枪!"

他骑马向李家洼回驰,突然一声枪响,把他从马上打下来,埋伏在右边的县大队对敌猛烈扫射,伪军四散溃逃。

254. 野外

尾随前进的鬼子兵听到枪响,大野用日语下令:"土八路中计了,各中队前进!"

大队日军疯狂前扑,县大队利用交通壕,英勇地阻击。

大野:"周武县大队已被我们包围,不要放跑周武。"

255. 李家湾村　日

孙虎与周武在一堵墙后观察,战士们在阻击日本兵进攻。周武看了看表说:"我看差不多了。"

孙虎:"看来鬼子是真贴上来了。"

周武:"放信号弹。"

256. 洼地　日

副官向大野汇报。

副官:"我们二小队已冲进村子。"

大野:(手舞足蹈)"太好了,用不了一小时就可以解决战斗。"

突然,他们的身后吹起了嘹亮的冲锋号。

大野:"这是什么的干活?"

257. 一组镜头

我八路军主力部队九团战士从四面八方冲杀过来。

258. 洼地　日

大野用望远镜观察,气急败坏地:"八格牙鲁!这是八路军的主力部队,我的中计了。"

大野突然一把抓住崔胜:"崔胜,我的谍报队长的不是?"

崔胜:"太君,我的忠心大大的。"

大野:"你的八路的干活?"

崔胜:"太君,误会了,我要是八路,早就跑了的。"

大野:"你狡猾狡猾的。"

崔胜:"一定是有人走漏了风声,为什么八路几次都专打皇军,不打警备队?"

大野:(略有所悟)"哟希！你的带路……"

大野率队突围,遭到猛烈射击。想往李家村突围,迎面碰上孙虎率几十个战士从村里杀出来。

259. 一片洼地

周武率队与鬼子交火,一战士过来。

战士:"报告大队长,孙连长说,大野一帮人钻进了村西芦苇荡。"

周武:"追！"

260. 芦苇荡中

几个鬼子兵阻击。

大野换上老百姓服装和崔胜、副官溜掉。

261. 芦苇荡边坡后

周武看着,芦苇在风中起伏着。他突然想到一条妙计,命令孙虎:"放火烧！"

孙虎击掌:"妙！烧死狗日的。"

262. 芦苇荡中

火随风起。

几个鬼子举手投降。

唯独不见大野等人。

263. 芦苇荡外山坡

孙虎:"狗日的,让大野跑了。"

周武:"看来是谍报队长救了大野,我看值得。"

八路九团战士和县大队战士押着鬼子和伪军俘虏走来。

264. 田野上　日

空旷的田野上,只留下周照月一个人影,傻呆呆地跳着、转着……

周武叹口气,对孙虎:"送送他吧。"

周武转身赶上行进的部队。

身后响起一声枪响……

孙虎赶上,随部队走去。

远处,周照月像舞蹈一样,旋转着,倒地。(高速摄影)

周武迎着太阳率领部队远去。(高速摄影)

音乐——

——剧终

图书在版编目(CIP)数据

姑奶奶披红绸/莫言著.—杭州:浙江文艺出版社,2020.5(2021.3 重印)
ISBN 978-7-5339-6076-6

Ⅰ.①姑… Ⅱ.①莫… Ⅲ.①电影文学剧本—作品集—中国—当代 ②电视文学剧本—作品集—中国—当代 Ⅳ.①I235

中国版本图书馆 CIP 数据核字(2020)第 053054 号

策划统筹	曹元勇
责任编辑	王丽荣
封面设计	人马艺术设计·储平
插页设计	一千遍工作室
责任印制	吴春娟

姑奶奶披红绸
莫言 著

出版	浙江文艺出版社
地址	杭州市体育场路 347 号　邮编　310006
网址	www.zjwycbs.cn
经销	浙江省新华书店集团有限公司
印刷	上海中华商务联合印刷有限公司
开本	710 毫米×1000 毫米　1/16
字数	280 千字
印张	24.25
插页	6
版次	2020 年 5 月第 1 版
印次	2021 年 3 月第 2 次印刷
书号	ISBN 978-7-5339-6076-6
定价	49.00 元

版权所有　侵权必究
(如有印、装质量问题,请寄承印单位调换)